Side Story
トーヤの日常
トーヤ
トミー
JN038382
ビリヤードを作る。
先っぽのボールを突く部分には、タスク・ボアーの角。
握りの部分に装飾を入れることもあるようだが、
これまたオレたちには不要なもの。
貴族なんかが勝手にやるだろう。
基本的にはすべて木製。他の素材もできる限り
ラファンのものを使った。
結局、ボールはナオが試行錯誤して
魔法で作ることになったのだが、
他人が簡単に真似できないものになったのは、
怪我の功名だろうか？
商品がヒットしたらナオが死にそうだが……
それはそのときに、考えよう。

Pudding
プリン
食べる、食べる、食べる。
ナツキ
天ぷら
ナオ
焼き魚
fish
ミーティア

Milk
ミルク
ディオラ
異世界は食の宝庫だ。
梨
Pea
ハルカ
アイスクリーム
Ice crea
メアリ

Side Story
年越しといえば……？
蕎麦を打つ。
ユキ
サイ
エステル
Side Story
もう一歩だけ
~サイの冒険 第四章~

異世界転移、地雷付き。
いせかいてんい、じらいつき。
9
いつきみずほ
Illustration 猫猫猫

口絵・本文イラスト：猫猫猫
デザイン：AFTERGLOW

CONTENTS

ISEKAITENI
JIRAITUKI9

プロローグ ---- 005

第一話 箱庭の楽園？ ---- 015

第二話 食材は更に充実し ---- 077

サイドストーリー 「年越しといえば……？」 ---- 154

第三話 ディオラの依頼 ---- 169

サイドストーリー 「トーヤの日常」 ---- 266

サイドストーリー 「もう一歩だけ ～サイの冒険 第四章～」 ---- 289

「異世界転移、地雷付き。」周辺マップ

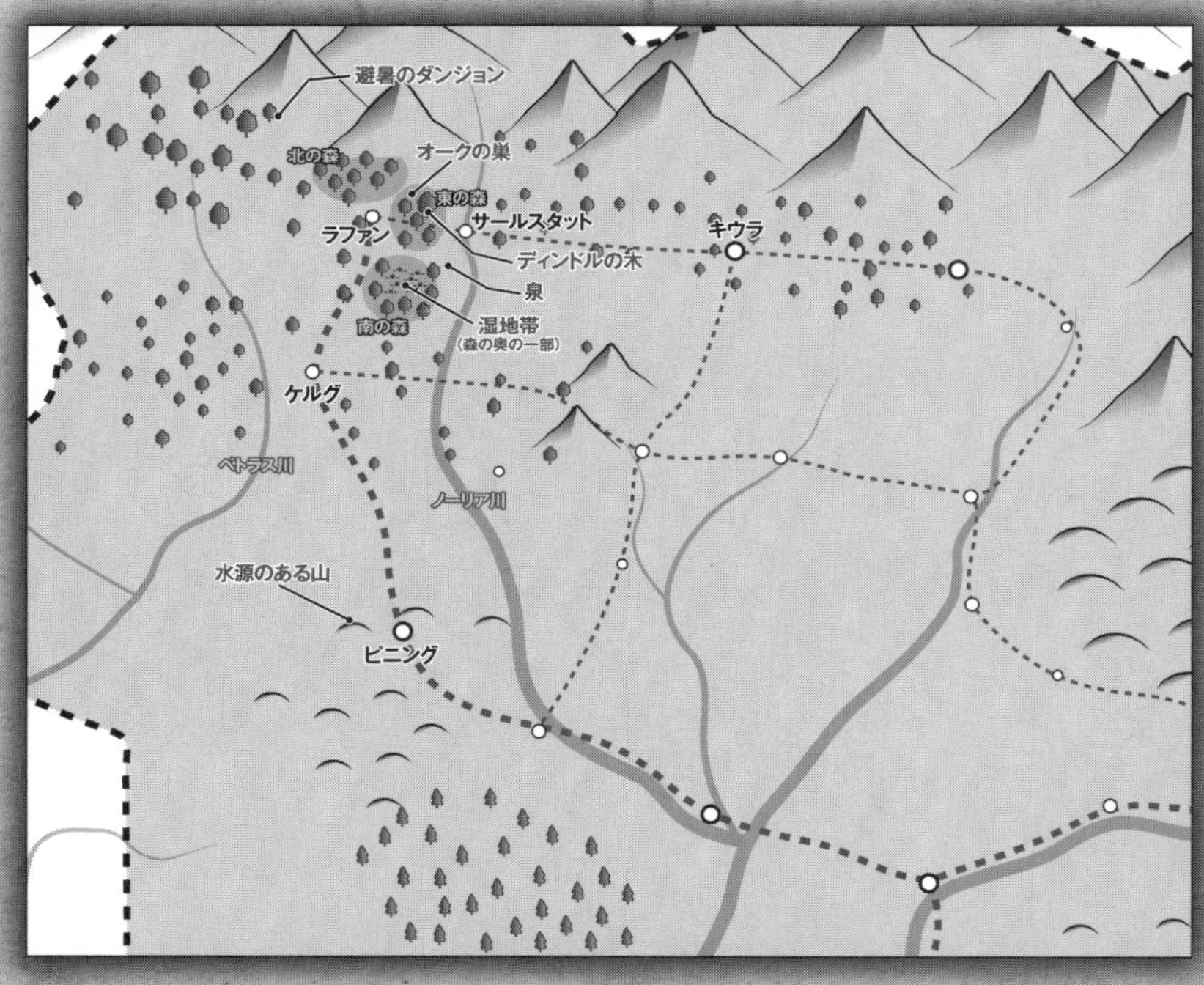

プロローグ

朝夕の時間帯を除き、ラファンの冒険者ギルドには、ゆったりとした空気が流れています。

そのカウンターで私——ディオラ・メレディスは、今日ものんびり過ごしていました。

このまま忙しくなる夕方まで、事務などをしながら時間を潰すのがここ何年もの習慣でしたが、最近私には新しい暇潰し——もとい、一服の清涼剤的存在ができました。

それは一年ほど前に突然現れた、ナオさんたちのパーティー。

この町で冒険者としてのキャリアを始めた彼らは、それから僅か一年で様々な功績を挙げて、今ではラファンのギルドで一番の稼ぎ頭となっています。

ナオさんたちが来るまでは、ちょーっと稼げるようになったらラファンからいなくなる冒険者ばかりで支部長も腐ってたんですが、最近は機嫌が良くて私も助かっています。

支部長や私——副支部長の給料は業績連動、ギルドの収入次第ですから。

地位が上がると権限は大きくなりますが、必ずしも給料が増えるとは限らないんですよね。

特にウチの支部長は、ケルグの副支部長からの異動です。あの町はここよりもずっと冒険者が多いので、たぶん収入は大幅ダウンしたことでしょう——が、それも過去のこと。

ナオさんたちのおかげで、今の彼のお給料はケルグの時以上になっているはず。

それに彼らは、当面この町を離れるつもりはない様子。安定した高収入が約束されています。土地を斡旋して家を建てさせた私、偉い！

とってもお手柄です。臨時ボーナスとかあっても良いんじゃないでしょうか？

特に私なんて、時々面倒な相談を受けることもあるわけですし？

まぁ、問題なく対応できる範囲ですし、この支部、忙しくないから別に構わないんですけど。というか、何もしていない支部長の給料も上がってるって、なんか不公平じゃないですか？

……今度、厄介事があれば支部長に対処させましょう。そうしましょう。

もしくはボーナスの支給を求めましょう。

もっとも、ナオさんたちに対応すると役得もあるんですけどね。時々、お裾分けしてくれますし。

そろそろディンドルの季節ですが、今年も採りに行ってくれるでしょうか？　利益だけを考えると難しそうですが、彼らもディンドルは好きみたいですし、可能性はあります。

エルフの新人冒険者がいれば、いつもの手が使えるんですが……。

いえ、『いつも』と言うほど、この町にエルフの新人冒険者は来ないんですけど。

むしろディンドル目当てのベテランが、この時季にだけ来るケースの方が多いくらいです。

そういう人たちって、自分で食べる分だけを採ってギルドには売ってくれないので、私がおこぼれに与れないんですよねー。ナオさんが顔を出してくれたら、お願いするんですけど……。

「そういえば最近、来られていませんねぇ」

当然、ダンジョンに潜ったナオさんたちが、長期間ギルドに顔を出さなかったのは、つい先日のこと。私は気を揉んだのですが、しばらくして彼らは、まるで何事もなかったかのように戻ってきました。その飄々とした様子に、肩透かしを食らったような気分になったものです。

もっとも、詳しく話を聞いてみれば、普通の冒険者であればまず助からない状況に陥っていたようなので、私の心配は決して杞憂ではなかったのですが。

今回も少し長いですが……前回のことを考えれば心配するだけ無駄でしょう。

「副支部長、お手紙が届いています」

「あら？　ありがとう」

ぼーっと考えに耽っていた私に、部下が手紙を持ってきたのはそんな時でした。

冒険者ギルドの輸送網を使った、手紙の配達システム。

一般人も使えるサービスですが、利用料金は安くないので、使う人はあまり多くありません。

時々私に届く手紙もギルドからの業務連絡か、母からの手紙かのどちらか。今回は――。

「母ですか。いえ、実質は叔父様からでしょうね」

差出人は母ですが、母が書いた手紙はむしろオマケ。

本命は同梱されている母の妹――つまり叔母からの手紙であり、その用件は叔父であるネーナス子爵からのものであるという、少々複雑な手紙なのです、これ。

領主が一ギルド職員に直接手紙を送るのは目立つので、それを避けるためにこんな方法を採っているのですが……まぁ、母は料金叔父様持ちで私に手紙を出せるので、喜んでいるようです。

そんな母の手紙は大抵、私の健康を気遣う言葉や近況報告など、たわいないものなので横に置き、まずは大事な用件が書いてあるだろう叔母様からの手紙――実質叔父様からの手紙を読みます。

「ふむふむ……わぉ、なかなかの無茶振りですね。さすが叔父様」

叔父様からの〝お願い〟は、毎回面倒なものが多い――それこそ、ナオさんたちからの相談が可愛く思えるぐらい――のですが、今回もまた同様だったようです。

もっとも、先日のナオさんたちが見つけた剣の買い取りなど、私の方から協力をお願いすることもありますし、持ちつ持たれつな部分もあるのですが。

それに加え、私の実家との関係から、叔父様の要請は断りづらいという理由もあります。

といっても、ネーナス子爵が実家に不当な圧力を掛けるわけではありません。

むしろ、私にとってはその逆で……。

このあたりは、私の実家に於ける複雑な立場が絡んでいます。

私がしがない男爵家に生を受けたのは、今から二〇――いえ、年数はどうでも良いですね。

重要なのは、私がメレディス男爵待望の第一子であったこと。

それでありながら、母が側室だったことの二点です。

もし私が正妻の子供、もしくは側室の子供でも男であれば、おそらく今頃――いえ、成人した頃には継嗣として認められていたことでしょう。

しかし、そのどちらでもない私を跡継ぎとするのは、正妻として納得できなかったようです。

また正妻の実家が、メレディス家より家格が上だったことも、事態を複雑にしました。

父もその意向には逆らえず、私の継嗣としての指名は遅れに遅れて未だならず。

正妻が今から子供を産むことなど、年齢からして不可能と解りそうなものですが……。

もっとも私は、メレディス家を継ぐことに固執しているわけではありません。

なので、どこか他家に嫁がせてくれるのであれば、特に不満はありませんでした。

しかし、他に子供がいない状態でそれが許されるはずもなく、結果私はこの歳まで独身。

こうなると、もうメレディス家の後継問題など関係なく、普通の結婚など望めないでしょう。

かといって、自立するために働こうにも、これも簡単ではありません。

貴族の子息であれば官僚となる人も多いのですが、それで私が功績を挙げてしまえば継嗣として確定してしまうので正妻が許さず、かといって庶民が就くような仕事では、貴族として相応しくないと、まともに働いてもない父が反対する。

正直、成人する頃には、将来にちょっと絶望しかかっていましたが、そこで手を差し伸べてくれたのが、ネーナス子爵家に嫁いでいた叔母。私と母が困っているのを見かね、ネーナス子爵に働きかけて、冒険者ギルドに就職口を用意してくれたのです。

領地貴族であるネーナス子爵の斡旋。

しがない男爵がこれに文句を言えるはずもなく、私は無事に就職、今まで勤めてきました。

そんな経緯もあり、叔父様から頼まれると断りづらいのですが……。

「田舎の冒険者ギルドに、何を期待しているんでしょうね、叔父様は」

今回の頼まれ事は、二つ。

一つ目は、貴族の婚礼の贈り物として、何か適当な物はないか、というもの。

贈る相手は、この領地に隣接するダイアス男爵の跡継ぎ。爵位こそネーナス子爵より低いですが、経済的にはあちらが上なので、それなりに気を遣う必要がある相手です。

冒険者ギルドなら何か珍しい物があるのではないか、ということなのでしょう。

「普通なら『素直にラファン特産の高級家具を贈れ』と返答するところですけど……」

領地に特産品があるなら、それを贈るのが定石。

それをあえて問い合わせてきているあたり、それとは別に、ということなのでしょうが、ラファンのような田舎のギルドに珍しい物など、そうそうあるわけがありません。

可能性があるなら、ダンジョン探索をしているナオさんたちでしょうが、あそこはあまり有望とは言えないダンジョン。貴族へ贈るに相応しいお宝が出るかはかなり微妙でしょう。

「でも一応、尋ねてみますか。そして次も……ナオさんたち案件ですよね、これ」

『腕が良くて、信頼できる冒険者を安く雇いたい』って……。

ふざけるな、って話ですよね。腕の良い冒険者を安く雇えるわけないじゃないですか。

更に信頼できるって、無理に決まってます。

これまたいつもなら『冒険者ギルドは便利屋じゃないんですよ？』と、返答するところです。

そもそもラファンに腕の良い冒険者なんていませんでしたし。

けど、今のラファンには〝明鏡止水〟がいるんですよねぇ。

おそらく叔父様も、面識のある彼らを念頭に置いてのことなのでしょうが、ギルド職員としてはナオさんたちに『安く依頼を請けて』とは言えません。

本来であれば突っぱねるのですが、身内としては叔父様の気持ちも解るんですよね。

なんでも、一つ目のお願いにあったダイアス男爵の結婚式。

それに叔父様の名代として、私の従姉妹でもあるイリアスが赴くようなのです。

しかし、ここからダイアス男爵領へと向かう街道は、山を越え、森を抜けていく道であり、道中では盗賊や魔物との遭遇が予測される、少々危険な場所です。

そんな状況になっているのは、対処できていないネーナス子爵とダイアス男爵の責任なのですが、そこを通るのが私の従姉妹ともなれば、『残念でしたね』と済ますわけにもいきません。

私にとってもイリアスは、可愛い妹みたいな存在ですから。

本来ならネーナス子爵領の兵士が護衛をするべきなのでしょうが、現在はケルグの復興に人手が取られていることに加え、得意とする分野が兵士と冒険者では異なります。

盗賊はまだしも、森などで襲ってくる魔物の対処に慣れているのは、やはり冒険者です。

それに個人の実力でも、〝明鏡止水〟の皆さんとネーナス子爵領の兵士では、確実に前者の方が上でしょう。だからこそ、イリアスの安全を考えるなら――。

「できればナオさんたちに請けて頂きたいですが、報酬はどうしましょうか……？」

ネーナス子爵家は元々裕福とは言えないのですが、時期も悪いです。

サトミー聖女教団による騒乱でケルグの町は現在復興中ですし、ダイアス男爵の婚礼祝いにも資金が必要なわけで。あまり余裕がないことは容易に想像できます。

私がお願いすれば、ナオさんたちは相場以下の報酬でも、首を縦に振ってくれるかもしれませんが、彼らも既にランク五の冒険者。私への信頼を利用して、安く使うなんてことはできません。

それに商人の護衛依頼と比べ、貴族の護衛は失敗したときのリスクが大きく、無茶を言う人も多いので依頼人対応も面倒、ナオさんたちほどの稼ぎがあれば、あえて請ける必要もありません。

私だって、何度職員という立場を投げ捨て、殴りつけてやろうと思ったことか！

護衛対象のイリアスは良い子ですが、ナオさんたちと面識があるわけじゃないですしね。

「金銭的報酬以外……子爵家が提供できて、且つナオさんたちが依頼を請けたくなるもの……」

例えば、珍しい美術品、とか……？

いえ、良い物は残ってないでしょうね。例の事件で大半を放出、貴族としての体面を保てるギリギリまで切り詰めたとか。叔母様も苦労しているみたいです。

それ以外だと、『ネーナス子爵家が〝明鏡止水〟の後ろ盾になる』という約束とか……？

う～ん、無価値とは言いませんが、貧乏子爵家の後ろ盾は、少々微妙です。

この領内でならまだしも、他の貴族相手では、吹けば飛ぶようなペラペラの盾ですから。

「……あっ、そういえばナオさんたちも、食事にはこだわりがありましたね」

あの年齢から考えると信じられないほど節制していて、無駄遣いをしないナオさんたちですが、唯一、食事にだけはお金を掛けています。

以前、お呼ばれした時に頂いた料理にも高級な物がありましたし、ディンドルや斃した魔物なども美味しい物は売らず、自分たち用に確保している様子。

食事に関係する物であれば、実際の金額以上に魅力的な報酬になるかもしれません。

「とはいえ、叔父様が提供できる物となると……お酒か、ダンジョンでしょうか？」

つい先日、ネーナス子爵家が酒蔵を二つ買い取ったという知らせがありました。

技術だけはあるものの、経営がまったくダメで傾いてしまった老舗の酒蔵と、詳しい経緯は不明ですが、何故か買い取ることになったらしい新興の酒蔵。叔父様には珍しく、どちらも買い叩いたようなので、その権利であれば、現金を使わずに報酬を用意することができます。

難点は、彼らがあまりお酒を嗜まれないことでしょうか。

老舗の方は、先日ナオさんから頂いたエールの蔵元なので、お眼鏡には適ったのだと思いますが、メアリさんたちの歓迎会の時も、招待客のためにお酒は用意されていましたが、ナオさんたちはほとんど口を付けていませんでしたし。

そしてもう一つ、本命となりそうなのはダンジョン。

ナオさんたちが〝避暑のダンジョン〟と名付けた、あのダンジョンの権利です。

本来、ダンジョンの管理は冒険者ギルドで行いますが、その所有権は領主に帰属します。

私有地として登録された場所にできたダンジョンであれば、その土地の持ち主が権利を持つこともありますが、多くの場合は領主によって取り上げられてしまいます。

しかし逆に言うと、『領主であれば、ダンジョンの権利を誰かに譲ることも可能』なのです。

普通の人なら、あのダンジョンの権利を貰っても困るでしょうが、ナオさんたちはあそこで得られるお肉がお気に入りですし、探索を進めようと思う程度には価値を認めている様子。

対してネーナス子爵家にとってあの場所は、少々忌まわしい場所。

過去の経緯から開発に手を付けづらく、ナオさんたちが入らなければ利益も上がらない。

つまり権利を譲っても、ネーナス子爵には痛くないダンジョンなのです。

逆に、それでナオさんたちがやる気を出してくれれば、得られた物を買い取る冒険者ギルドは潤いますし、ギルドから税金を受け取っているネーナス子爵家もまた潤います。

「現金の持ち出しはまったくない――どころかプラスですね。もちろん長期的に見れば、ラファンからもあのダンジョンに入れる優秀な冒険者が出てくるかもしれませんが……」

その場合、ナオさんたちにダンジョンを開放して頂くか、権利を買い戻すことも考えないといけないでしょうが、そうなる可能性は低いでしょう。

簡単に優秀な冒険者が育つなら、数十年も銘木の伐採が滞っているはずありません。

「……やはりダンジョンですね。この方向で行きましょう。しかし、今後のことを考えると……私が直接出向いて、交渉を纏めた方が良いでしょうね」

何らかの話の行き違いがあったら、ナオさんたちに迷惑が掛かりますから。

副支部長の仕事のことを思うと少し大変ですが、信頼こそは最も重要な財産です。

私はしばらくギルドを空けても大丈夫なように、引き継ぎに取り掛かりました。

第一話　箱庭の楽園？

第一一層に広がっていたのは、想像以上に『自然』だった。

果てがないように見える草原、点在する森、池と呼ぶにはやや大きすぎる水場。

見上げれば、青い空に白い雲、太陽のような光源もあり、この階層全体が真昼のように明るい。

「これが本に載っていた……。ちょっと、想像以上だったな」

俺たちが持っているダンジョンの解説書によると、現在確認されているダンジョンの一割程度には、地上を再現したような階層が存在するらしい。そこには森や草原だけではなく、川や雪山、火山、そしてごく稀にではあれど、海まであるというのだからなかなかにとんでもない。

ただし、さすがに『どこまでも広がる空と海』ということはない。

一定の距離を進むと透明な壁があり、それ以上は先に進めなくなるとか。

つまりは限定的な再現ということになるのだろうが、これまでに見つかった海には、魔物以外の魚も生息していたそうなので、かなり不思議、且つ興味がそそられるものがある。

海の魚、欲しいし。お刺身、食べたいし。

さすがに海水浴とかは難しいだろうが、食材の面だけでも海の価値は非常に高い。

「すっごいの！　お外なの‼」

ミーティアが声を上げ、まるで駆け回るのを我慢するかのように両脚をバタバタ。

それに気付いたメアリが、少し慌てたようにミーティアの手を握る。

しかし、ミーティアの気持ちもよく解る。

これまでずっと暗くて狭いダンジョンの中を歩いていたのだ。この光景を見てしまえば、俺だってつい走り出したくなる――ここがダンジョンの階層と意識していなければ。

「でも、間違いなくダンジョンの中、なのよね」

ハルカが背後を振り返り、そこにある岩壁を見上げる。空の上、霞むほどの高さまで伸びたその壁の根元にはぽっかりと穴が開き、奥には俺たちが下りてきた階段が見える。

「これがなかったら、地上に転移させられたと勘違いしそうだよね～」

「はい。帰還装置の例もありますし……空も自然です。この光景を見てしまうと、ミーティアちゃんの言葉も、あながち間違っていないのかも、と思ってしまいますね」

「ミーの言葉、ですか？」

不思議そうに訊き返すメアリにナツキは頷き、「空が青い理由、ですよ」と言葉を続ける。

「私たちが見ていた空は、果たして本当に『空』だったのでしょうか？」

あの時のミーティアの解答は『青い天井がある』。

当然俺たちは、自分たちの常識に則って違うと判断したわけだが……。

「まるで壺中天ね。中にいては判断ができないあたりが」

「……つまり、俺たちが外と認識している場所も、また壺中の天地かもしれないと？」

気付くことができない仮想現実は果たして仮想といえるのか。難しい問題である。

「ま、それを言うなら、そもそも自分は生きているのかという問題も――」

「ナオ、怖いこと言わないでよ～。そ、そんなことより、この階層って雨とか降るのかな？」

ユキが俺をペシペシと叩いて抗議し、話を逸らすように遠くに見える水場を指さす。

「普通に考えれば、雨が降らなければ植物も育たないし、水場もできないだろうが……」

足下の草を千切ってみるが、見た感じはラファン周辺に生えている草と同じ物に見える。

ただ不思議なことに、ダンジョンの魔物は食料がなくても生きていけるようなので、同じように見えるだけで実は『水がなくても生長できる草』である可能性もゼロではない。

「風も吹いていますね。太陽のような物もありますし、熱も感じます。対流が起これば風も雲も発生しますから……いえ、でも余程広くないと……」

「いいじゃん、ファンタジーバンザイで」

科学的に悩み始めたナツキの思考を、ユキがぶった切る。

その言は少々乱暴だが、実際その通りではある。ダンジョンの仕組みを科学的に説明できないのだから、この階層だけを切り取って考察したところで、正しい答えが出るはずもない。

「……そうですね、考えるだけ無駄ですね」

「そうそう。見たままをそのまま受け入れれば良いんだよ、別世界なんだから」

「ある意味、真理ね。私たち、魔法とか使ってるし？」

「ふふっ、それを出されると何も言えません。『魔力とは？』と訊かれても困りますしね」

科学知識はこの世界でも有用だが、『魔力』という因子がある以上、決して万能ではない。

いや、正確には『魔法』と言うべきだろうか？

俺たちの体内に存在し、魔法のエネルギーとなるものが『魔力』、発現した現象が『魔法』。

空気中に漂い、魔物発生の要因となると信じられているものが『魔素』であり、魔物から得られる物が『魔石』。その魔石からは魔力が得られ、それを消費して動作する物が『魔道具』だ。

もっとも、これらの言葉の定義はやや曖昧。

一般人が厳密に使うことはあまりなく、喩えるならば放射線も、放射能も、放射性物質も、みんな纏めて『放射能』と言ったりするのと似ているだろうか？

ただ放射能とは違い、魔法は専門家の間でも説が定まっていない部分も多い。

例えば魔道具が発現する効果。これは魔法なのか。

『魔法だ』派閥と、『魔法じゃない』派閥で激しい議論が交わされ、今のところ『魔法だ』派閥がやや優勢なようだが、圧倒的多数は『効果があればそんなのどうでも良い』派閥である。

ちなみに俺たちは、どちらかといえば『魔法じゃない』派閥。魔法を『魔力を消費して効果を発現するもの』と定義するなら、ハルカたち曰く『計算が合わない』らしい。

細かいことを省いて簡単に言うと、入力よりも出力が大きいことがあるんだとか。

ハルカたちはその原因を『魔素の存在にある』と仮定したようだが、魔力ではなく魔素を使う場合、それは魔法なのか？　そもそも魔素とはなんなのか？

考察はできても疑問点は多く残り、総じて言えば、よく解らないとしか言えない。

「——ま、説明できなくても、魔力が存在して現象が起きるのは事実なわけだが」

「そうね。実際、科学文明であってもそれは変わらないし。グラビトンが見つからなくても重力は存在するし、ヒッグス粒子が見つかっても質量は変化しない。そんなものよね」

もしかすると数千年先ではマジック粒子とか、そんな感じのものが発見されるのかもしれないが、その発見の有無にかかわらず、現在進行形で魔法は使えるわけで。

今は素直に、この不思議環境を受け入れるしかないだろう。

「んで、難しい話は措いておいて、どうする？　オレとしては、冒険心が暴走しそうなんだが」

トーヤの言葉に同意するように、傍にいるミーティアも『うんうん！』と頷く。

耳はピクピク、尻尾はピーン。明らかにそわそわしている。

「いや、暴走はさせんなよ。……気持ちは理解できるが」

目に入るのは走り回りたくなるような草原なのだ。

ダンジョンでこんな光景を見せられて心躍らないなら、冒険者なんて既に引退しているだろう。

「色々調べたくはなるよねー。みんなの体調次第だけど」

「私たちは問題ないですが……メアリちゃんとミーティアちゃんはどうですか？」

「私も大丈夫です。ダンジョン内でも、食事も睡眠もいつも通りでしたから」

「ミーも！　ミーも全然大丈夫なの！」

ナツキの確認に、笑顔で頷くメアリたち。

俺たちに比べると、二人はまだまだダンジョン探索に慣れていない。普通ならば気を遣っているのかと思うところだが、育った環境もあってか、地味にタフなんだよな、二人とも。

実際、顔色を見ても無理している様子はなく、とても健康そうである。

「そう。それじゃ、もう少し探索を続けましょうか。でも……どちらに行くべきかしら？」

辺りは草原。背後の壁を除けば一八〇度、どこにでも向かえる。

ただし、次の階層への階段がある方向は不明。

普通に考えれば、正面にありそうだが……。

「ナオ、【索敵】に敵の反応はないの？」

「多少はあるが強くはないな。見通しも良いし、距離的には見えても良さそうなんだが……」

むむっと【鷹の目】発動！

——まぁ、発動なんかしなくても、常時発動中なんだが。

でも、見えることと、気付けることはまた別問題。

改めてよくよく目を凝らして探してみれば、【索敵】でヒットした場所に動体反応が。

「ん～？　——っ！　あれか！　うわ、凄い擬態……」

「え、どうしたの？」

俺が思わず漏らした声に、ユキたちが首を傾げる。

「敵は小さめの狼みたいな動物。体毛が緑色でゆっくりと近付いてきている。見えるか？」

「……あ、ホントだ。うわ～、アレは気付けないよ～」

一番近くにいる個体を指さすが、見つけたのは【索敵】と【鷹の目】の両方を持つユキだけ。

距離的には他のメンバーでも見えるはずだが、体毛と周りの草の色がよく似ているので、相手の場所が判った上で、よくよく観察しないと発見は難しいだろう。

軍隊のギリースーツとか、こんな感じなのだろうか？

黒っぽい鼻先は草の中に隠し、風で草が揺れるのに合わせて少しずつ近付いてくる。

「……あっ、判った。あれね！」

さすがはアーチャーと言うべきか、ユキの次に見つけたのはハルカだった。

声を上げると同時に弓を構え、素早（すばや）くそれに向かって矢を放つ。

彼我（ひが）の距離は四〇メートルほどはあるだろうか。放たれた矢は目標に向かって正確に飛ぶが、さすがに距離がありすぎる。攻撃（こうげき）に気付いた敵は大きく跳（と）んで矢を避（よ）けた。

「ええ⁉　あそこにいたんですか⁉」

「突然（とつぜん）、犬が出てきたの――⁉」

「索敵がないと怖いですね、あの敵は」

「マジで草みたいな色してるな！　場所が判っても、見つけるのは厳しいわ」

その動きによってハルカ以外も敵の姿を認識し、驚（おどろ）きと呆（あき）れの混じった声を上げる。

【索敵】持ちは大まかな場所を把握（はあく）していたはずだが、擬態を見抜（みぬ）くには至らなかったらしい。

「だが、擬態と素早い動きはそれなりだが……思ったよりも細いな」

草に紛（まぎ）れていたときにはよく判らなかったが、空中に跳んだ姿を見ると、想像していたよりも随分（ずいぶん）と細身。第七層で遭遇（そうぐう）した咆吼狼（ハウリング・ウルフ）と比べて一回りか二回りほどは小さい。

「取りあえず斃（たお）しに――っ！　一気に近付いてくるぞ！」

ハルカの攻撃で、こちらが気付いたことを認識したのだろう。

先ほど矢を避けた敵を筆頭に、周囲にあった敵の反応がこちらに向かって殺到（さっとう）した。

「わ、判りにくっ！　何匹（びき）いるの⁉」

「一二……いや、一三。半円状に囲まれているな」

壁のある背後を除き、俺たちを包囲するように近付いてくる敵。

【索敵】の反応ではそれがはっきり判るのだが、目視ではかなり見つけづらい。

「これは厄介ね！　【索敵】、もっと鍛えるべきかしら？」

そんなことを言いつつも、ハルカは一矢も外すことなく、確実に敵を仕留めていく。

そして同様に【索敵】を持っているトーヤ、ナツキ、ユキも問題なく斃しているのだが、少し苦労しているのがメアリとミーティア。二人で声を掛け合いながら戦っている。

「むー！　判りにくいのっ！」

「ミー、傍を離れないで！　あ、そっちから来てる！」

一応、いつでもフォローできるように、気は配っているのだが……大丈夫そうだな。

敵の動きは速いが、ミーティアも素早い。近付かれたときにはミーティアが、少し離れたときにはメアリが。多少危ないところはあっても、姉妹で上手くカバーできている様子。

「そろそろ終わり――ん？　コイツら連鎖するのか？　追加が来てるぞ！」

トーヤが声を上げ、俺も索敵範囲を広げてみれば、最初の一三匹――既に残りは数匹だが――に加え、その更に遠くから二〇匹以上の反応が近づいていることに気付く。

強くはないので、危機感を覚えるほどではないのだが……。

「なぁ、突っ込んできて良いか？」

「こっちは問題ない。好きにしろ」

「よっしゃ！」

消極的に戦うことに飽きたのか、嬉しそうに走っていくトーヤを見送り、俺は槍を小太刀へと変更。ハルカは既に弓を下ろし、ユキも魔法から小太刀へと切り替えている。

「不意打ちにさえ気を付ければ、多少面倒というだけの敵ね、これは」

「音に注意したら、見つけられるの！」

「これぐらいなら、私たちでもなんとかなりそうです」

慣れてしまえば魔法を使うまでもない。俺たちはメアリたちに経験を積ませるように戦いを続け、それから一〇分も経たないうちに、周囲には四〇匹ほどの死体が積み上がったのだった。


「この死体で最後か？　回収忘れは……なし、と」

トーヤが一人で突っ込んだせいで、死体の三分の一ほどは遠くに分散してしまっていた。

それらを手分けして集め、マジックバッグへと放り込む。

ただし、魔法が直撃したものは肉片となっているので、回収は魔石のみ。逆に綺麗だったのはハルカが弓で斃した個体と、トーヤとメアリが剣で撲殺した個体で、毛皮にほぼ傷がない。

「なかなかに綺麗な色よね。ちょっと不思議……」

「地球だと、こんな色の毛皮って見たことないよなぁ？」

毛は少々ゴワゴワしているが、草原のような色は綺麗である。

こんな色の毛皮は町でも見かけないし、もしかすると高く売れるだろうか？

「突然変異でもなければ、この色はあり得ないと思いますよ。鳥類とは違って」

「そういえば、鳥類はカラバリが充実してるよなぁ。極彩色の鳥だっているし。……なんでだ？」

首を捻って言ったトーヤの言葉に、俺も改めてそのことに思い至る。

「あぁ、ちょっと不思議だよな。獣の多くは茶色系、あとは白と黒ぐらいか？」

鳥に比べて、あまりにも地味。おそらくは保護色なのだろうが、生存競争に打ち勝ったカラフルな鳥がいるならば、少しぐらいカラフルな哺乳類（ほにゅうるい）が生き延びていても良さそうなのに。

「そのあたりは進化の問題らしいですから……。目立つ色だと草食動物は敵に見つかりやすいですし、肉食動物も狩（か）りがしにくいですよね」

「鳥は違うのか？　鳥だって敵はいるだろ？」

「鳥は飛べますし、果物や木の実、虫などを食べる種が多いからじゃないですか？　逆に猛禽類（もうきんるい）でカラフルな羽を持っている種は、あまりいないんじゃないでしょうか？」

「なるほど……なんか納得（なっとく）できる説明。さすがナツキ」

ナツキの解説を聞いてユキがふむふむと頷くが、ナツキは苦笑（くしょう）して肩（かた）を竦（すく）める。

「ただの想像で、正しいかどうかは判りませんけどね。魔物はそのあたりの生態系とは別に存在している生物ですから、こんな体毛もありなんでしょう」

食わなくても生きられるからか、ダンジョン内の魔物は争わないし、ダンジョン外でも捕食（ほしょく）のために襲（おそ）われることはあまりないらしい。

ただし、縄張（なわば）り争いでは殺し合うので、魔物同士が仲良くしているわけでは決してない。

「ところでトーヤ、この魔物の情報は？」

「草原野犬（グラス・コヨーテ）。草原に生息していて、さほど強くないが集団で襲ってくる。毛皮に価値あり、肉はあまり売れず、だと。魔石は一一〇〇レア。安いな？」

俺の問いにトーヤが視線を空中に彷徨（さまよ）わせ、獣――草原野犬（グラス・コヨーテ）の説明を読み上げる。

トーヤは既に手持ちの魔物事典を読破しているので、そこに載っている既知（きち）の魔物であれば【鑑（かん）

定】のスキルですぐに答えてくれて、結構便利。歩く魔物事典である。

俺も一応読み終えたが、そんなトーヤの存在もあり、暗記するほどには読み込んではいない。

「時間あたりの稼ぎは悪くないが、無限に湧くわけでもないし、トータルとしては微妙か」

「だよな。オレの索敵範囲だと、草原野犬の残存数、ゼロだぜ？」

トーヤよりも感知範囲が広い俺の【索敵】なら、多少は存在を確認できるが、草原野犬は広範囲に連鎖するようで、俺たちを中心にかなりのエリアがクリーンになっている。

「まぁ、安心して探索を進められると、ポジティブに捉えましょ」

「だね。今は探索したい気分だし。どの方向に行く？」

「どの方向といっても、結局は草原か、森か、ですよね？　一応、遠くには水場も見えますが」

現在の視界、左を〇度、右を一八〇度とするならば、一二〇度ぐらいの方向、一キロ以上先に森が見えるだけで、それ以外はすべて草原。起伏も少ないので一部では地平線も観測できる。

――そう、地平線である。

ダンジョンの中で地平線……不思議すぎる。

これまでの階層を思えば、地平線が見えるほどの面積があっても異常とは言えないが……。

「こんな大空間が、どうやって柱もなしに成立するんだ？　崩落とか――」

思わず悩んでしまいそうになる俺に、ユキがサムズアップでニコリと笑う。

「ファンタジー、バンザイ！」

「……あぁ、うん。そのへんは考えないんだったな」

「そうそう。答えなんて出ないしね！　で、誰でも良いけど、案はある？」

「んー、ミーは森に行きたいの！　なんだか、うんめーを感じるの！」

「運命……。ふふっ。それじゃ、森にしよっか？　草原って、ちょっと退屈そうだし」

ミーティアの言葉にユキが小さく笑いながら頷き、それにトーヤも同意する。

「草原野犬がまた来ても、面倒なだけだよな。訓練にもならねぇし」

確かに、メアリたちならまだしも、俺たちの経験値になるかは微妙そうだ。

「でも、気は抜かないようにね？　草原野犬でも無防備な首に噛み付かれたら死ぬわよ？」

「そうだな。あの擬態だけは侮れない」

【索敵】のスキルがなければ、不意打ちされていた可能性は捨てきれない。

他にも似たような魔物がいるかもしれず、俺たちは改めて周囲に注意を払いながら、森へと向かったのだが、そこで待っていたのは少し予想外な光景だった。


「あっ！　見て！　果物、果物が生ってるよ！」

森に足を踏み入れてすぐに声を上げたのはユキだった。彼女の指が示す方を見ると、そこには拳大の丸い果実。まだ熟す前なのか色合いは薄緑——だが、今って、時季的には冬だよな？

「あれは……青林檎、いえ、梨でしょうか？　お尻の形状的に」

「梨？　なんか地味な……。そもそもアレって、熟してるのか？」

「地味でも良いじゃん。オレ、梨好きだぜ？」

「取りあえず採ってみるね！」

止める間もなくユキが木の上に跳び上がり、果実を二つほど捥いで戻ってきた。

その一つをハルカが受け取り、くるくるっと回して頷く。

「梨で間違いないみたいね。【ヘルプ】で見えるから、一般(いっぱん)的な果物みたい」

「とっても良い匂(にお)いなの！　きっとこれが、ミーのうんめーなの！」

「ミー……。でも、少し甘(あま)そうな匂いがしますね」

梨を持つハルカの手に鼻を近付け、ミーティアが嬉しそうにニコニコ。

そんな彼女を窘(たしな)めるように、メアリはその頭を撫(な)でているが、表情はやっぱり笑顔である。

俺はこの距離でも判らないし、さすがに森に入る前から、この果物の匂いを嗅(か)ぎつけたとは思えないが……二重の意味でミーティアの嗅覚(きゅうかく)が凄い。

「見た目は未熟に見えるが、その色で熟れているのか？」

二十世紀梨のように青梨(あおなし)系の品種もあるので、この状態で食べられる可能性もあるが……。

「それは食ってみれば判るだろ。ってことで、剥(む)いてくれ」

「ほいほい。……わ、果汁(かじゅう)たっぷり」

ユキとハルカがナイフで皮を剥くと、それだけで果汁が滴(したた)り落ちて彼女たちの手を濡(ぬ)らす。

その果汁を見つめて半開きになったミーティアの口に、小さく笑ったユキが切り分けた梨を突っ込むと、ミーティアがしぱしぱと何度か瞬(まばた)きをして目を丸くした。

「甘くて、ちょっと酸(す)っぱくて、美味(おい)しいの！」

「へー……むぐ。あ、味も二十世紀梨っぽい」

ミーティアの言葉に頷く俺の口にも梨が突っ込まれるが、こちらはハルカの仕業(しわざ)。

小さく笑う彼女にチラリと目をやり、素直に咀嚼(そしゃく)すると、シャクシャクと程良い歯応えが心地好(ここちよ)

い。実は少し小さめだが、カットしてしまえば二十世紀梨との区別は付かないだろう。

まぁ、俺は梨に詳しいわけでもないので、『酸味があったら二十世紀？』のレベルなんだが。

「程良い酸味と瑞々しさが良いな！　悪くない……というか、オレは好きな味だな」

「甘さ控えめで、暑いときに冷やして食べたい味ね」

「果物を食べるなんて、凄く贅沢な気分です。それがこんなに生っているなんて……」

「うん。これは収穫して帰るしかないね」

「この味で、外の季節と関係なく採れるなら……売れますね、これは」

続いて食べた全員からも高評価である。

ディンドルほどではないにしろ、この味ならそれなりに高く売れるだろうが、収益性については、この木が何本見つかるかと、どのくらいの周期で果実を実らせるか次第だろう。

「でも、ダンジョンの中って気温が安定してますよね？　収穫期とかはないんでしょうか？」

俺と似たような疑問を持ったのだろう。

メアリが不思議そうに呟くと、それにハルカも頷く。

「そのあたりは要検証ね。取りあえず今日は、食べ頃の物を選んで収穫しましょうか」

「だな。これを逃す手は――っと、その前にお客さんだ。三匹。近付いてくるぞ」

「よしっ!!　それを片付けたら、梨狩りパーティーだね！」

「パーティーかどうかは知らないが、無料で食べ放題は保証しよう」

「やる気、湧いてきた！」

「食べ放題！　頑張って、急いで斃すの！」

ユキとミーティアが笑顔で武器を構えてから数秒後、その敵は姿を現した。

それを簡単に表現するなら、体長五〇センチはある巨大（きょだい）なバッタ。

大きな脚と羽を利用して、木を踏み台にぴょんぴょんと近付いてくる。

飛ぶ速度はそこまで速くないのだが、木を踏み台にしたときの跳ぶ速度はかなり速い。

「〝森林飛蝗（フォレスト・ホッパー）〟だ。注意点は特になし！　一匹は任せろ」

「では、もう一匹は私で」

トーヤとナツキが少し移動して挑発（ちょうはつ）すると、森林飛蝗（フォレスト・ホッパー）は一匹ずつ二人の方へと向かい、残りの一匹がそのまま俺たちの方へと跳んできたのだが――。

「直線的すぎじゃないか？」

速いは速いのだが、木からジャンプした後の動きは、とても素直な直線である。

カシャカシャ動く口元は気持ち悪いが、その口の延長線上にそっと槍を配置してやれば、自動的にザクッと。藻掻（もが）くように後ろ脚をバタバタさせるが、串刺（くしざ）し状態では何の意味もない。

やがて森林飛蝗（フォレスト・ホッパー）は動きを止め、俺はそれを確認して槍を振り、その死体を地面へと捨てる。

「ナオお兄ちゃん、あっさり斃しちゃったの……」

「これなら大量の森林飛蝗（フォレスト・ホッパー）に包囲でもされなければ、あまり怖くなさそう？」

「そんなこと言うと、現実になりそうだから止（や）めてくれ。バッタなんだぞ？」

「この大きさで大量発生はないでしょ。甲殻（こうかく）は……少し硬（かた）いけど、問題はないかしら？」

ハルカが地面に転がった死体を、自分の小太刀でコツコツと叩きつつ頷く。

俺は口の中を狙（ねら）ったので抵抗（ていこう）もなく貫（つらぬ）けたが、武器次第では甲殻の表面で滑（すべ）るかもしれないし、複数に襲われれば、今のように槍が使えなくなるような攻撃はできないだろう。

「ん？　オレは、普通に叩けば問題なかったぞ？」

戻ってきたトーヤが持っていたのは、頭と胴体(どうたい)で二つに分かれた森林飛蝗(フォレスト・ホッパー)の死体。

頭は半ば潰(つぶ)れているので、先の発言からして、そちらをぶっ叩いて首を引き千切ったのだろう。

「甲殻も切れないことはないですね」

ナツキが斃した方も二つになっているのは同じなのだが、あえてなのか胴体の中央で真っ二つに切り分けられ、潰れている様子はない。見事な切り口と評価しても良いだろう。

昆虫(こんちゅう)なんだから節(ふし)を狙えば斃しやすいだろうが……串刺しにした俺が言うことではないか。

「死体が一番綺麗なのはナオだね。トーヤ、これの売れる部分は？」

「魔石以外なら、後ろ脚だ」

「後ろ脚？　この長いの？」

「そうだな」

折り曲げた状態で三〇センチほどはあるだろうか。

飛び跳(は)ねるのに使用するだけあって、なかなかに立派な大きさだが、これを何に使うんだ？

「ちなみに、食うらしい」

「「「……………」」」

トーヤの言葉に、揃(そろ)って無言になる俺たち。

イナゴを食べるんだから、これの脚を食うこともおかしくはないのだろうが……そもそも美味(うま)いのか、これ？　イメージだと、バリバリするだけで全然美味そうじゃないのだが。

「なんか、蟹みたいな感じで食べるらしいぞ？　甲殻の中身を取り出して」

「……そう言われると、食べられそうな気がするわね？　食べたくはないけど」

十分に太いので蟹よりも身はほじくりやすそうだが、俺も自分で食べるのは遠慮したい。

「ミーはちょっと興味あるの。食べ物は大事なの」

実際、苦労してきたミーティアの言葉。生存に食料は必須であるし、否定はできない。

否定はできないが……メアリも含め、全員が微妙な表情である。

「……一応、回収しましょう。幸い、脚はどれも無事ですから。売ることもできますし」

「綺麗に斃しても意味なかったな。偶然そうなっただけだが」

食料問題は取りあえず棚上げを選び、例の如く死体をそのままマジックバッグに収納。

幸いと言うべきか、戦闘を終えても周辺の魔物に動きはない。

「——うん！　ま、あれはどうでも良いよ。あたしには梨狩りがある！」

「梨！　ミーも、どうでも良くなったの！」

切り替えるように言ったユキの言葉にミーティアも顔をパッと輝かせ、「ふんふん！」と鼻息も荒くこちらを見上げ、俺たちの様子を窺う。

「テンション高いわね、ユキ？」

「そりゃ、テンションも上がるよ！　ディンドルは美味しいけど、それはそれ。他の果物だって好きだもの。久し振りに生の果物が食べられるんだよ？」

「まぁ、そうね。果物が手に入っても、基本、ドライフルーツだったものね」

熟した果物は日持ちがしない。

現代でも輸入に航空機を使う果物は多いし、船便で輸入される果物も、防カビ剤をたっぷり塗りつけたり、青くて硬いまま収穫したり、コンテナで温度管理したりと手間がかかっている。

逆にこちらの世界には、マジックバッグのような特殊な運搬手段があるが、そんな物を利用すれば元々高い果物に超高額な運搬費用まで加算され、簡単には手が出ない価格となるのは明白。

辺境の町であるラファンで、そのような高級品を買える人は極僅かである。

必然的に仕入れるにはリスクが高すぎる商品となり、ラファンでは保存の利くドライフルーツか、近くの森に自生する僅かな果物しか市場に並ばないのだ。

「ま、私も果物は好きだけどね。ミーティアも待ちきれない様子だし、早速収穫していきましょ。とはいえ、そんなに大きい木じゃないし、私とユキで採りましょうか」

「うん！　頑張るよ！」

大きい木じゃないといっても、それはディンドルや銘木と比較しての話。

見上げれば、少なくとも六メートルほどはありそうに見える。

俺の印象では、梨の木はあまり大きくなかったのだが、あれは栽培用に剪定していたからなのか、それともこの梨が異世界の物だからか。そんな大きな木にハルカとユキが登り、残る俺たちは二人が投げ落とす梨を受け取って、マジックバッグの中へと入れていく。

一応、トーヤだけは周囲の警戒にあたっているが、敵が近付いてくる様子はないので、ある程度はダンジョンの魔物にも縄張りがあるのかもしれない。

「ふふ～ふんふふ～♪　たくさん採れたね～♪　ステキだね～♪」

「むふふ～♪　どれも美味しそうなの～♪　食べて良いの？　食べ放題なの？」

最終的に収穫できた梨は、優に一〇〇個以上。

歌うような調子で下りてくるユキと、片手に一つずつ梨を持って小躍りしているミーティア、そして踊りこそしていないが、大事そうに梨を一つ、両手で保持しているメアリ。可愛い。

「食べても良いけど、今度は冷やして食べよっか？　ナオ、『冷却』をよろしく！」

「はい、はい。取りあえず、一人一個もあれば十分だよな？」

食べ放題と言っていても、さすがのミーティアでも、梨を何個も食べるのは厳しいだろう。

俺が魔法で人数分の梨を冷やすと、ユキがその皮をシュルシュルと剥いて、今度は丸のまま、ホイ、ホイと皆に手渡していく。

「それじゃ、俺も……あぁ、さっきよりも瑞々しくて美味いな」

丸齧りすると、シャクリとした梨特有の歯応えに加え、大量の果汁が口の中に溢れる。

ディンドルの甘さも良いが、運動した後に喉を潤すならよく冷えたこの果汁が心地好い。

「んー!!　やっぱ、梨は冷えてるのが美味しいよね！」

「私に一個は多いんだけど……ミーティア、半分食べる？」

「食べるの！」

「それじゃ、私はメアリちゃんに。食べられますか？」

「えっと、はい。ありがとうございます」

ミーティアは笑顔で、メアリはやや遠慮がちに、でも嬉しそうにハルカとナツキから梨を分けてもらっている。そして、大食いといえばトーヤなのだが……。

「トーヤは一個で良いのか？」

「ん？　ナオも多いのか？　食べてやろうか？」

「そんなことはない。が、食べたいなら新しいのを冷やしてやるぞ？」

早々に食べ終えているトーヤに親切心でそう言ってみるが、彼は「今はいい」と首を振る。

「これまでのパターンからして、別の果物が見つかるかもしれねぇしな？」

そのために腹一杯にはしない、と言うトーヤの言葉を聞いて、嬉しそうに梨を齧っていたメアリとミーティアが動きを止め、手の中に残る梨を見つめる。

「ミーティアちゃん、残りはマジックバッグに入れておきますか？」

「……だ、大丈夫なの。ミーは頑張れるの！」

「す、少し動けば大丈夫だと思います」

さすがに食べかけを入れるのは躊躇われたのか、再び食べ始める二人。

まだ他の果物が見つかると、決まったわけではないのだが……。

「だが、可能性はあるか？　肉が多く得られるエリアがあるんだから、この階層も採取物に傾向があってもおかしくはない」

「うん、だよね。梨だけじゃバリエーションに乏しいし、他の果物も見つけたい。ディオラさんやアエラさん、リーヴァへのお土産にもなるし……むしろ、見つけよう？」

「ないものは見つからないと思うけど、探してみるのは賛成ね。私も他の果物は欲しいし、どちらにしろ、この階層はしっかり探索したいと思っていたから」

「甘い物、私も好きです」

当たり前といえば当たり前。

ハルカとナツキも控えめに微笑みながらも、ユキに同意する。

「そうと決まれば、即行動。探して、探して、探しまくるよ！　美味しい果物を求めるあたしの前には、何人も立ち塞がることを許さない！　トーヤが！」

「オレかよっ！　――いや、頑張るけどな？」

ユキにビシリと指をさされたトーヤが、ツッコミを入れつつも素直に先頭に立つ。

いつも頼りになるその背中を追って、俺たちは果物狩りを開始した。

結論から言えば、最初に入った森に梨以外の果樹は存在しなかった。

他の雑木に交じって梨の木はいくつか見つかったので、梨の在庫は増えたが、それだけである。

だが、トーヤの予測が完全に間違っていたわけでもなかった。

探索して判ったのだが、第一一層はおおよそ一辺一〇キロほどの正方形だった。

最初に降りてきた場所の壁がその一辺であり、正面にも同様の壁と次の階層へと続く階段が存在。左右は透明な壁で仕切られていて、その先の景色は見えても先に進むことはできなかった。

ちなみに、遠くに見えた綺麗な水場は、透明な壁の向こう側。悲しみしかない。

その代わり、この広いエリアには最初の森と同じような森が複数点在していて、そこでは林檎と葡萄の果樹を見つけることができた。最高である。

いずれも日本のスーパーで見かけるような立派な物ではなく、林檎は小振りで酸味が強め、葡萄は山葡萄のように粒が不揃いで一房の数も少なかったが、久し振りに食べる種類の果物である。

見た目を言わなければ、十分に美味しいそれらに俺たちは喜んで舌鼓を打ち、食べ頃の物は取り尽くす勢いでこの階層を走り回り、果物狩りに明け暮れた。

一応、それぞれの森には、まるで果物を守るかのように魔物がいたのだが、甘露を求める女性陣の前には、文字通り立ち塞がることはできず、瞬く間に露と消えたのだった。

果物狩りを終えて階段を下りた先にあった第一二層も、構造は第一一層とほぼ同様だった。

ここで得られた果物は無花果と枇杷の二種類。女性陣の『もう一種類あるかも⁉』との圧力に、俺たちはすべての森を二度に亘って調査したのだが、結局三つめは見つからず。

もしかすると時季的な問題かもしれないが、この階層で得られるのはたぶん二種類なのだろう。

これらの果物もスーパーで見る物よりは小振りで、枇杷は種子ばかり大きく果肉が薄かったが、一本の木に実っている数は多く、手間さえ掛けなければ量は確保できた。

続いて第一三層で見つけたのは、李と二種類の柿——ただし、片方は渋柿。

両方とも少し細長く、見た目はよく似ているだけに、まるでトラップである。

最初に食べたトーヤが悶絶したので、俺たちは被害を免れたのだが……決して狙ったわけじゃないぞ？　ユキが切り分けた柿に、先に手を伸ばしたのがトーヤだっただけである。

ただし、トーヤ以外の四人——俺とハルカ、ユキとナツキが、互いに様子見をしていたことは否定しない。俺の知っている渋柿に形が似ていて、何となく怪しかったから。

もっとも、ほぼ同じ形状で甘柿もあったので、的外れではあったのだが。

見分けるポイントは、渋柿の方が少しだけ大ぶりなことと、ヘタの形が微妙に違うことだけ。

よくよく見比べるか、【鑑定】スキルでも使わなければ気付けないだろう。

ちなみにメアリとミーティアが助かったのは、空気を読んだことに加え、林檎、葡萄、無花果、枇杷と、初めて食べる果物のオンパレードに、お腹がいっぱいになっていたからである。

なお、渋柿の方もしっかりと収穫はした。干し柿にすれば食べられるので。

李は少し大きめの梅ぐらいのサイズで、名前の通りになかなかに酸っぱい。酸っぱいのだが、俺としては好みの味だったので、嬉々として収穫した。

俺以外ではナツキとトーヤが好み、ユキとハルカ、メアリとミーティアは一つか二つ食べれば十分かな、という感じだったので、万人受けするタイプの果物ではないだろう。


第一四層はラズベリーとブルーベリー。

例の如く、ユキがもう一種類を探し回ったのだが、見つかったのはこの二つだけ。

ラズベリーは一センチほどで、俺の知っている木苺とさして違いはなかったのだが、ブルーベリーの方は五ミリほどと小さく、更に種まであるものだから少々食べづらかった。

ブルーベリーの実の小ささを考えると、ユキの言う通り、見つけられていないもう一種類がある可能性も否定できないのだが、見つからないものはどうしようもない。

そして迎えた第一五層。ここで少し階層に変化が出た。

これまでは草原野犬（グラス・コヨーテ）が徘徊（はいかい）している草原に、森が点在しているというパターン。一度戦闘になると、広範囲にいる草原野犬（グラス・コヨーテ）が連鎖して襲ってきて少々危険なのだが、それに対処できる能力さえあれば、魔物を一気に処理できて便利とも言える。

しかし、第一五層に降りてすぐに気付いたのは、草原にその草原野犬（グラス・コヨーテ）の反応がないこと。

その代わりに【索敵】に引っ掛かったのは、草原野犬（グラス・コヨーテ）よりも明らかに強い敵の反応である。

「ちょっと注意。草原野犬（グラス・コヨーテ）以外の敵がいるぞ。反応としては……オークぐらいだな」

「オークレベルなら、問題なく斃せそうだが、油断はできねぇな」

「うん。攻撃が当たったら、死ぬ……かもしれないしね」

今となっては、オークに腕（うで）の骨を粉砕（ふんさい）されたのも良い思い出——ではないが、良い教訓にはなっている。あれからレベルも上がったし、装備を更新（こうしん）した今ならあの攻撃にも耐（た）えられるかもしれないが、その怖さは決して忘れるべきではないだろう。

トーヤ以外の俺たちは、『当たらなければ、どうということもない』『戦いは火力だよ！』を地で行っている部分があるし、そのトーヤですら、分類するなら『避けタンク』。

限定された戦場で戦う軍人ならともかく、装備を身に着けた状態で長距離移動する冒険者がガチガチに防具で身を固めることなんて、土台無理な話なのだ。

攻撃をガンガン受け止めながら後衛を守るのは、少々現実的ではない。

「今度はどんな敵だ？　強そうか？」

「さて？　攻撃力（こうげきりょく）とかが見られれば、比較できるんだが……おっ、あれか。牛みたいだな」

遠くに見えたのは、一見すると黒い牛。

しかし、似たような魔物は何種類もいるので、魔物事典を一通り読んだ程度の俺には、同定することはできない――が、【ヘルプ】と【看破】を組み合わせると、案外色々と判ったりする。

種族：突撃野牛（ストライク・オックス）
状態：健康
スキル：【チャージ】　【蹴り上げ】

【ヘルプ】で判るのは名前だけ。一応、事典の内容を完全に自分のものとしていれば、その記述内容も併せて表示されるようだが、俺の頭はそんなに良くない。

このあたり、おぼろげな記憶でも表示される【鑑定】は便利である。

そんな中途半端な【ヘルプ】も、【看破】と共に使えば対象の状態とスキルが追加で判り、使い勝手が上がるのだが、これで見えた情報はあまり当てにしすぎないように注意している。

まず、状態の『健康』。これは『健康』『軽傷』『重傷』以外を見たことがない。

それぐらいは見れば誰でも――いや、だからこそ【看破】で判るのだろうか？

例えば【医術】スキルなどを得ることで、ぱっと見では判らない健康状態が確認できるようになるなら便利だろうが、今の状態でこの項目が役に立ったことはない。

次にスキル。こちらの注意点は『【看破】で見えるスキルはほぼ間違いなく持っているが、それ以外のスキルを持っていないとは限らない』ということである。

以前ハルカがヤスエを【看破】した時に見た情報と、後からヤスエに教えてもらったスキルが一致していなかったように、取りこぼしがあり得るのだ。

つまり、この突撃野牛も、『実は魔法が使えます』という可能性があるわけで。

なので基本的に俺は、看破で見たスキルをハルカたちに伝えないようにしている。

敵の能力を過小評価して、想定外の攻撃を食らうことを考えれば、最初から様々な可能性を考慮して慎重に戦う方が良いだろうし、【看破】できない敵に遭遇したときの訓練にもなる。

例外は魔法スキルとか、特に注意が必要なスキルが見えた場合のみである。

そんな微妙に使い勝手の悪い【看破】だが、感じ取れる脅威度だけは信用できる——神様がそう言ってたし、実際戦ってみても、想定した強さとほぼズレがなく、非常に助かっている。

「名前は〝突撃野牛〟。トーヤ、見えるか？」

「オレの目じゃ、黒い点だな。もうちょっと近付かないと【鑑定】はできねぇ」

「実物を見ないと使えないのが難点だよな。トーヤが【鷹の目】を覚えたら便利なんだが……って
いうか、ユキ、お前は両方覚えてただろ。判らないのか？」

「う～ん、ちょっと待ってね……少し、遠いかなぁ……」

俺の【鷹の目】とトーヤの【鑑定】、そのいずれよりもレベルは低いが、両方とも覚えているのがユキである——地味に役に立った【スキルコピー】によって。

だが、持っているスキルの数が多いだけに、個々のレベルアップは遅いのが難点。

実際今もユキの【鷹の目】では、牛が『四本脚の動物』程度にしか見えないようだ。

「牛さんかぁ。牛さんって美味しいの？」

「う〜ん、どうでしょう？　肥育した牛は美味しいですが、野生では……。でも、魔物ですしね」

興味津々（しんしん）とミーティアに訊かれ、ナツキが顎（あご）に指を当てて首を傾げる。

元の世界で牛肉が美味しいのは、肉牛として飼育しているから。農耕用の牛はあまり美味しくないと聞いたことがあるが、第七層から第一〇層までに出てきた魔物のことを思うと……。

「それは実際に食べてみれば——あ、近づいてきてる。向こうに気付かれたのかな？」

「この距離で？　牛って、案外目が良いのね？」

「魔物ですけどね。見通しは良いですから、まったく視界に入ってなくても気配だけでこちらに気付いて襲ってくるオーガーに比べれば、おかしくもないですが」

【鷹の目】を持たないトーヤでも、一応は敵の姿を視認できたのだ。向こうからこちらが見えても不思議ではないし、であるならば、襲いかかってくることも十分にあり得る話。

実際俺の視界には、やる気満々でこちらに突進（とっしん）してくる牛の姿がしっかりと入っている。

「あ、オレにも見えた。突撃野牛（ストライク・オックス）、突進に注意、だと」

「言われなくても注意するって感じだけどね、あの様子じゃ」

俺の【看破】でも【チャージ】のスキルが見えているし、突進注意なのは明白だ。

やがて突撃野牛（ストライク・オックス）の姿が、【鷹の目】なしでも捉えられるようになる。

それは鋭（するど）い二本の角を持ち、全身が真っ黒の毛で覆（おお）われた大型で重量級の牛。

その体重を生かすように頭を少し前に倒（たお）し、角をこちらに向けて突進してきている。

「は、迫力（はくりょく）が凄いです……。よ、よしっ！」

「かなりの重量級だな。ここはオレの出番――」

剣を両手で構えて気合いを入れるメアリを制すように、トーヤが一歩前に出るが――。

「あたしに任せて！　『土操作（グランド・コントロール）』！」

そんなトーヤを更に制し、ユキが使った魔法。

なんだかとても懐（なつ）かしい魔法――少なくとも戦闘中に於（お）いては。

だがあの時、的確に俺を狙ってきたそれは、以前とはまったく異なる結果を齎（もたら）した。

突撃野牛（ストライク・オックス）の足先に開いたのは、ちょうど足が嵌（は）まり込むような小さな穴。

そこに足を突っ込んでバランスを崩（くず）した敵は――。

ボギッ、ドガン、ゴキッ、ゴロゴロゴロ――ッ、ズザザザッ！

脚の骨が折れると同時に、ぐるりと前方に回転、頭から地面に激突（げきとつ）したかと思うと、首からも鈍（にぶ）い音が響（ひび）き、その巨体（きょたい）は慣性のままゴロゴロと俺たちの方へと転がってくる。

「うわっっと！　危ねっ！」

「あわわっ！　大っきいですっ！」

前に出ようとしていたトーヤとメアリがそれを慌てて避けると、突撃野牛（ストライク・オックス）の巨体は更に転がり続け、俺たちの横を通り抜けて少し後ろで地面へと横たわった。

「……わーぉ、見事。死んだ？」

トーヤがピクリとも動かない突撃野牛（ストライク・オックス）の所まで歩いて行き、剣の腹でパシパシと身体（からだ）を叩く。

「あぁ、死んだな。雑魚（ざこ）というわけじゃないはずだが……」

首が『ゴキッ』の時点で、突撃野牛（ストライク・オックス）は索敵反応から消えた。予想以上にあっさりと。

「ふっふっふ、ミスをそのままにしない。それが紫藤(しどう)夕紀」

久し振りにフルネームを聞いた——じゃなくて。

向上心は素晴(すば)らしいし、効果も素晴らしいが、なんというか……妙(みょう)な虚(むな)しさを感じる。

方法としては、間違ってないはずなんだけどな？

「それにしてはその魔法を使うの、随分久し振りじゃね？」

「だって、馬鹿(ばか)正直に真っ直(まっす)ぐ突っ込んでくる敵なんてあまりいないし、森の中だと足下が見えにくいからねー。戦闘で使える機会なんて、ほとんどないんだよ」

不思議そうなトーヤに、ユキは肩を竦める。

確かにこの魔法、タイミングと場所が重要で、乱戦になるような場合には下手に使えない。

間違えたら、俺たちの方が窪(くぼ)みに足を取られる危険性もあるわけだから。

「土魔法には『落とし穴(ピットフォール)』もあるんだろ？　あっちはどうなんだ？」

「あれは基本的に、人一人が落ちるぐらいの穴だからね。足を引っ掛ける程度なら、『土操作(グランド・コントロール)』の方が向いてるよ？　練習しないと変化速度が遅いけど」

『土操作(グランド・コントロール)』で土を操作する場合、基本的には『ズズズッ』という感じに土が動く。

それに対し『落とし穴(ピットフォール)』は、『スポンッ』と穴が開く。

消費魔力は後者の方が圧倒的に多いので、転(こ)かす程度であれば前者を使うのは間違っていない。

ただし、走ってくる敵が気付かないタイミングで段差を作るのは、かなり難しいのだが。

「ユキお姉ちゃん、凄いの！　お姉ちゃんの気合いは無駄になったの」

「うぅ、言わないで、ミー。でも、この大きさとあの速さ、私だと止められそうにありません」

途方に暮れたようにそう漏らすメアリを見て、トーヤも困ったように笑う。

「いや、オレだって無理だぜ？　こんな敵に対しては、前衛も避けながら戦うべきだろうな。幸い、オレたちのパーティーなら多少は後ろに抜けても問題ねぇんだから」

「だよね～。あたしたちに純粋な魔法使いとかいないし？」

溶岩猪の時もトーヤは吹っ飛ばされてしまったわけだし、質量と慣性はバカにできない。

騎士や護衛を生業とする人たちなら、阻止線を敵に抜かれることは絶対に許されないだろうが、俺たちは探索を中心として稼いでいる冒険者なのだ。

ハルカですら接近戦は可能で、厳密に前衛と後衛が分かれているわけでもない。

避けながら戦うか、魔法で対処するか。俺たちにはそれが妥当だろう。

「それにあたしとしては、これを受け止められるメアリは、ちょっと見たくないかも？」

「……あぁ。筋力はともかく、絶対に体重が必要だものねぇ」

苦笑気味に付け加えたユキの言葉に、ハルカが納得したように頷く。

獣人故か、筋力面では既に一人前のメアリも、体格面ではまだまだ子供。

成長期はこれからだし、俺たちと暮らすようになってからは食事内容も改善されたので、大きく伸びる余地はあるのだが……うん。俺も可愛いままのメアリでいてほしい。

「これと同じぐらいのお姉ちゃん……」

転がる突撃野牛とメアリを見比べ、ミーティアは慄くように首をプルプルと振る。

「ミーは絶対に、今の戦い方を変えないの！　シュバッと動いて、ズバッと斬るの！」

「ミー!?　私も太りたいわけじゃないからね!?　そりゃ、鍛えるつもりはあるけど……」

迷うように言葉を濁すメアリを見て、ナツキが微笑んでその頭を撫でる。

「ふふふっ。女の子ですから、可愛くいたいですよね。大丈夫です、私でも前衛で十分に戦えていますから。自分に合った戦い方は、これから模索していけば良いと思いますよ？」

「ナツキさん……。はい！　ありがとうございます」

実際にそれを体現しているナツキに言われ、メアリが笑顔になり、トーヤは肩を竦めた。

「ま、無理に戦い方をオレに合わせる必要もねぇわな。んで、突撃野牛の詳細だが……売れるのは角と毛皮、おっ、良かったな、ミーティア。肉も食えるみたいだぞ？」

「やったの！　美味しいの？　このお肉、美味しいの？」

「売価はオークよりちょい高め。たぶん美味いんじゃないか？」

肉の値段には稀少性も加算されるため、味が絶対にオーク以上とは限らないのだが、美味しくなければ稀少でも売れないのがこの世界。少なくとも美味しく食べられることは確定だろう。

「それから……『上手くすれば、乳が搾れる』って書いてあるな。——ん？　別に神様の自動翻訳にケチを付ける気はないが、オックスって雄牛のことじゃなかったか？」

「そちらの意味で使われることが多いけど、元々は雄牛とは限定されてなかったはずよ」

本来の意味では、水牛なども含め、大きめのウシ科全般を指してオックスと言うらしい。

もっとも今重要なのは、名前の豆知識ではなく——。

「牛乳か……。これは……ちっ。雄牛だな」

食生活の充実に牛乳の存在は欠かせない。ラファンの市場では手に入らない物だけに、少し期待を込めて突撃野牛の死体を転がしてみたのだが、残念ながらナニが付いていていた。

「いや、そもそも死んでたらダメみたいだぞ？　『死んだ後に搾乳しても不味くて飲めないため、上手く生け捕りにして搾ることが肝要』って書いてある」

「え？　生け捕り？　この重量級を？　……無理じゃないかな？」

牧場にいる牛ならともかく、普通の野牛だって素直に搾らせてくれるとは思えない。

ましてや魔物であれば、『それなんて無理ゲー？』ってものだろう。

「斃すのは簡単でも、生け捕りはさすがに……ねぇ」

目を瞬かせて牛を見るユキと、呆れ気味に言葉を漏らすハルカに、トーヤは肩を竦める。

「だから、『高く売れる』んだと」

「そりゃそうだ。納得の理由」

今回はあっさり死んだが、これでも強さはオークレベル。

ラファン程度の町では、それを単独で斃せる冒険者すらほとんどいないのだ。

ましてや、そのレベルの魔物を生け捕りにして、のんびり乳を搾ることがどれほど困難か。

「でも、売るかどうかは別にしても、牛乳は欲しいですね。チーズやバターなら少しは手に入りますが、生乳は売ってませんから。手に入れば料理の幅も広がります」

「うん、美味しいお菓子も作れるよね。生クリーム、欲しい！　生菓子！　生菓子‼」

「確かに生菓子には心惹かれるわね。牛乳がなかったから、他のお菓子にも制限があったし」

「あの、一応、お饅頭なんかも生菓子なんですよ……？」

控えめにそう指摘したナツキの言葉は、ユキによって言下に否定された。

「ナツキ、お婆ちゃんっぽいよ！　女子高生の生菓子っていったら、生クリームでしょ！」

若干偏見混じりだが、『生菓子のイメージが生クリーム』というのは、俺も否定できない。

ちなみにナツキ曰く、『干菓子に対する生菓子』なので、俺たちが普段口にするお団子やお饅頭などの『和菓子』は、ほとんどが生菓子にあたるらしい。

落雁や煎餅などが干菓子になるが、落雁を食べる機会なんてほぼないし、煎餅が和菓子と言われても、俺の感覚から言えば『和菓子？』という感じで、ちょっとイメージと違う。

「煎餅が和菓子ねぇ？　間違ってねぇけど、オレも違和感があるなぁ。なんか安いイメージだし」

「高いお煎餅は、結構高いんですよ？　一枚数百円しますし」

「マジで？　手間が掛かるのは解るけどよ……それだけ出すなら、ケーキやドーナツを買いたくなるなぁ、オレは」

ナツキが苦笑しながら言った言葉に、如何にも若者らしい言葉を返すトーヤ。

そしてそれは、俺も同感だったりする。

バリバリ、で終わる煎餅よりも、お腹に溜まるドーナツが食いたいし、たまにはケーキも良い。

「少し時季外れだが、アイスクリームとかも、久し振りに食べたいなぁ」

「アイス……良いわね。バニラは見つけてないけど、幸いここで果物が手に入ったし」

「良いな、それ！　かき氷は飽きた！」

氷なら魔法で作れるので、夏場はかき氷で涼を取ったのだが、その時に用意できたシロップは砂糖で作った黒蜜的なものだけ。トーヤの言う通り、飽きが来ていたのは否定できない。

「あと、アエラさんにも生菓子を教えてあげられるね！」

「ですね。以前話した時は、あまり理解してもらえませんでしたから。やはり実物がないと」

「ホイップクリームを説明しろって言われても、難しいものね」

だよな。白くて、柔らかくて、甘く、とろける？

間違ってはいないが、これでホイップクリームが想像できるとは思えない。

「まぁ、ちょっと変わった食べ物だもんねぇ。――ホイップといえば、前々から思ってたんだけど、スーパーで売ってる『ホイップ』って、あれ、別にホイップしてないよね？」

「ですね。どう見てもホイップ前ですよね」

「ん？　どういうことだ？」

やや唐突なユキの言葉に苦笑して頷くナツキに対し、首を捻ったのはトーヤ。

ハルカのケーキ作りを見たことある俺と違い、トーヤにはイマイチ理解できなかったらしい。

「えっとね、生クリームの代替品として、少し安く植物性油脂を使った物が売ってるんだけど、それには『ホイップ』って書いてあるの。ホイップ――つまり、泡立てる前の液体なのに」

「つまり……原料に製品名が付いている？　挽き肉に『ハンバーグ』と書いて売る的な？」

「ふふっ、正にそんな感じね。まぁ、砂糖を入れてホイップすれば、それだけでホイップクリームになるから、ハンバーグよりは近いけど」

ハルカは肩を竦め、トーヤの微妙な喩え話に頷く。

挽き肉にハンバーグと書いたら確実に苦情が来るが、ホイップなら許されるのは少々不思議だ。

「日本の商品名は、案外そういうのってありますよね。外国だとどんな名前なんでしょう？　まさかそのままってことはないと思いますが」

「商品名が『泡立て』とか『攪拌』？　斬新ね」

斬新で面白いかもしれないが、売れるかどうかは疑問である。

「でも、これで上手く牛乳が搾れるようになれば、生クリーム、使い放題かぁ……ムフフッ。夢が広がるよー。生クリームって、買ったら高かったから」

口元を隠すように手を当て、目尻を下げて笑うユキと、「久し振りにケーキでも作って……」と呟くハルカ。そんな二人を見て、ミーティアも笑顔で万歳する。

「なんだか、美味しそうなお話なの！　ミーも頑張ってお乳を搾るの！」

「ミー、お肉はもう良いの？」

「一頭でじゅーぶんなの！　さすがのミーも、二頭は食べられないの！　それよりお菓子なの」

自分たちで食べるなら、確かに牛は一頭で十分。他にも肉はあるし、必要なのは牛乳である。

だが、実際に搾るとなると……難しそうだなぁ。

「問題は、どうやって生け捕りにするか、よね」

「あぁ。性別確認も必要だから、さっきみたいに、出合い頭に殺すわけにはいかないぞ？」

「うっ！　折角使える機会が来たと思ったのに、いきなりお役御免？　あたしの魔法」

「牛乳、欲しいんだろ？」

「そりゃそうだけど～。ナオ、近付かれる前に性別判定、できない？」

「なかなかに難しいことを言うなぁ？　雌雄の判断なんて」

ライオンのように、遠くからでも雌雄が判る動物もいるが、牛は……難しい。

乳牛ぐらい乳房が大きければ遠くからでも見えるかもしれないが、突撃野牛はどうなんだ？

それに正面からだと、そのあたりはよく見えない気がする。

「う〜ん、それは大丈夫じゃね？　突進前に確認できなければ、一度避ければ良いだけだし。それに突撃野牛（ストライク・オックス）って、結構イイモノをお持ちですよ？」

「……まぁ、そうだな？」

ニヤニヤ笑いながらトーヤが指さしたのは、俺が雄牛と判断したナニ。

遠目でも判るぐらいに目立つそれは、元気になったらどれほどのサイズになるんだろうか？

「なにを――、っ！　セクハラだよっ！」

後ろから覗（のぞ）き込み、俺たちの示す物を認識したユキが抗議するが、トーヤは平然と応（こた）える。

「いや、でも、他に判別方法はないだろ？　これの有無か、乳房の有無以外」

雌雄で角の有無が異なる動物もいるが、牛は両方に生えているので、突撃野牛（ストライク・オックス）も同じだろう。

「他の判断方法は……誰も知らないわよねぇ」

ハルカが確認するように俺たちを見回し、小さくため息をつく。

「そもそもオークのヤツとか、平然と切り落としてるじゃねぇか、解体するときには」

「あいつら、ブルンブルンさせながら襲いかかってくるからなぁ。真っ正面に立つと丸見え」

魔物相手に言っても仕方ないだろうが、ちょっとは遠慮してくれと。

「それはそうだけどぉ〜。ナツキ〜、ナオたちがひどい」

「はいはい。気にしないことですよ、ユキ。それは仕舞（しま）っちゃいましょうね」

ナツキは泣きついてきたユキを軽く受け流し、突撃野牛（ストライク・オックス）の死体をマジックバッグに放り込む。

少なくとも五〇〇キロはありそうなのに……ナツキの筋力も随分と上がったものである。

「でも、雌雄判断はそれで良いにしても、どうやって生け捕りにするべきでしょうか？　敵を眠（ねむ）らせるような魔法は、誰も使えませんよね？」

「一応、『誘眠(スリープ)』って魔法はあるけど、闇(やみ)系統の魔法ね」

「闇は取らなかったんだよな。もしかするとヤバいかな、と思って」

目の前に邪神(じゃしん)とか名乗っている神がいた以上、そう考えてしまうのも必然。

実際のところ、ほとんどの国では、闇魔法を使えるだけで迫害(はくがい)されたりはしないようだが、光魔法以上に使い手が稀少なので、目立つことは避けられない。

「他に使えそうなのは……『停滞領域(スタグネント・フィールド)』は個人じゃなく、空間指定だから難しいな」

「搾ろうと近付いた人も止まっちゃいますね。脚を土魔法で固定するのは？」

「う～ん。『土操作(グランド・コントロール)』だと、余程練習しないと一瞬(いっしゅん)で固めるのは難しいかなぁ……？」

イメージ的には、コンクリで固めるような感じだろうか？

一度硬化(こうか)すれば抜け出せないだろうが、動かれると固めるのは難しく、抜け出すことも容易(ようい)。

そもそも突進する敵を『土操作(グランド・コントロール)』で止めたら、先ほどの焼き直しにしかならないだろう。

「なかなか難しそうね。普通はどうやるのかしら？　トーヤ、書いてなかったの？」

「少なくとも【鑑定】には書いてないな。よく判らないが、普通に力尽(ちからず)くじゃね？」

「力尽くって……。突撃野牛(ストライク・オックス)を受け止めて、前脚と後ろ脚を押(お)さえ、その状態で乳搾り？　それ、少なくとも怪力(かいりき)が三人必要ってことになるけど……私たちには無理じゃない？」

最も非力なハルカでも一般人よりは力があるし、全員で協力すれば、押さえ込むだけならなんとかなるかもしれない。だが、そんな危険を冒(おか)してまで、牛乳を求めるべきかどうか……。

生菓子やアイスクリームは惜(お)しいが、ここは諦(あきら)めるべきじゃないか。

俺がそう提案しようとしたその時、それを遮(さえぎ)るようにユキが手を挙げた。

「えっと、以前、牛の爪(つめ)を切るための機械を見たことがあるんだけど、それって牛の胴体をバンドで持ち上げて、踏ん張れないようにしてたんだ。これができたら、結構安全じゃない？」

その状態を想像するようにハルカが少し考え込むが、やがてゆっくりと首を振る。

「……バンドを胴体の下に通す人が危険すぎるわね。吊(つ)り罠(わな)を仕掛(しか)けるにしても、あの体重を支えられる罠を作って、設置して、その場所に追い込んで……あまりにも大がかりすぎるわ」

「だよなぁ。もしかして、普通はそうやって採られているのか？」

大規模な仕掛けも、それを専業としていれば再利用できる。

突撃野牛(ストライク・オックス)が生息している地域では、そんな仕組みがあるのかもしれない。

「でも考え方自体は……。魔法で対処できませんか？　『土壁(アース・ウオール)』を二枚使うとか」

『土壁(アース・ウオール)』か。練習は必要そうだが、上手く使えばなんとかなるか……？

「よし、試(ため)してみるか。トーヤ、ちょっとそこで四つん這(ば)いになってくれ」

「オレが!?　……マジで？」

「お前以外に誰がやる？」

トーヤが顔を顰(しか)めて渋るが、さすがに女性陣に『四つん這いになれ』とは言えないし、俺は魔法を使う必要があるのだから、他に選択肢(せんたくし)はない——と思ったのだが。

「あ、でしたら代わりに私がやりましょうか？」

「ミーがやっても良いの。こうなの？」

むしろ不思議そうな表情でメアリが手を挙げ、ミーティアがパッと地面に膝(ひざ)をつく。

子供だから抵抗がないのだろうが、それを見たトーヤは慌てたようにミーティアを抱(かか)え上げた。

「い、いや！　さすがにそれはマズい。くっ、しゃーねーか」

トーヤは「別に構わないの」と言っているミーティアを立たせ、渋々ながら四つん這いになる。

その状態のトーヤを見ながら、俺とユキはどうするべきか相談。

「胸部と下腹部のあたりに横向きに壁を立てたら、身体が持ち上がりそうだな」

「うん。持ち上げる高さは普通で良いのかな？」

「魔法をカスタマイズするより、速度優先で」

何も考えずに『土壁(アース・ウォール)』を使った場合、幅と高さが二メートル、厚みが二〇センチほどのブロック塀のような物が地面から立ち上がる。

この大きさが乳搾りに向いているかは別にして、これが最も早く発動できる基本形だ。

その壁を二枚、一メートル弱の間隔で平行に並べ、上を繋ぐ橋のようにトーヤがうつ伏せ状態になるのが目指す形。横から見ると、ギリシア文字のΠのような感じになるだろうか。

この状態であれば、お腹は無防備に壁の内側に、手脚は壁の外側に垂れ下がる形となり、作業者の安全も確保されるだろう、という目論見である。

「だね。それじゃ試してみよっか。トーヤ、良い？」

「おう、いつでも来い！」

覚悟(かくご)完了(かんりょう)したらしいトーヤが応え、俺とユキは顔を見合わせて頷く。

「『土壁(アース・ウォール)』」

「げふぅぅ！」

「——ヤバっ、ちょい速かったか？」

ズバッと立ち上がった壁がトーヤの胸と下腹部にめり込み、トーヤが苦しそうな声を上げた。

だが、これが標準的な速度だし、ゆっくりだと突撃野牛を抑え込む時間も長くなる。

「ぐぬぬぅぅ……いや、大丈夫だ。ちょっと苦しかっただけで。確かにこれなら動きづらい」

目論見通り、トーヤの両手両脚はぶらーんと、宙に浮いた状態になっている。

腕の可動域が大きいトーヤなら、この状態からでも壁の上部に手を付いて脱出できるが、脚が蹄で人ほどには関節の自由度がない突撃野牛にそれは難しい。

できることは壁を叩き壊すことぐらいだろうが、後ろ脚を蹴り上げても壁には当たらないし、前脚にはそこまでの威力はないだろう——たぶん。

「あとは縄を掛ければ良いかしら？　ナオ、壁のこの辺に縄を掛ける突起を」

「おう。この辺か？」

「あ、おい！　ハルカ……？」

ハルカがトーヤの背中に縄を掛け、俺が作った突起に結びつける。これでトーヤは身体を起こせなくなるし、突起は壁の裏側にあるので、手で縄を解くこともできない。

「ついでに脚の方も結べば、もっと安全になりますね」

「え、それ必要？　今必要なこと？」

トーヤの抗議を聞き流したナツキがトーヤの両脚を縄で縛り、こちらも突起に結んだ。

「うん。これなら、比較的安全に乳搾りができそうだね」

「くっ、マジで動けねぇ。ちょっと強く縛りすぎじゃね？　しかもオレを縛る必要ある？」

トーヤがジタバタするが、既に俎板（まないた）の鯉（こい）、抵抗は不可能である。

「実験は必要だぞ？　乳搾りしているときに、蹄が頭に当たったりしたら危険だろ？」

「いや、両脚は左右の壁の外側にあるんだ。内側で作業してる人は当たらないだろ⁉」

「可能性はきちんと検証しないとな。あとは……これだと、搾る位置がちょっと高すぎるな」

トーヤの腹があるのは、『土壁（アース・ウォール）』の上端（じょうたん）の高さ。

抵抗できないトーヤが面白いのか、ミーティアがぴょんぴょん跳びながら、楽しそうにトーヤのお腹を突（つつ）いているが、それぐらいの高さである。

乳房のある突撃野牛（ストライク・オックス）ならもう少し垂れ下がるだろうが、それでもせいぜい一五〇センチぐらいの位置だろうし、乳搾りをするには高すぎて手が届きづらい。

だが、突撃野牛（ストライク・オックス）の脚の長さを考えると、これぐらいはないと不安なんだよなぁ。

足が地面につくということは、踏ん張れるということでもあるし。

「踏み台を使うか、自動搾乳器でもあれば問題ないと思うが……ハルカ、作れると思うか？」

「可能だと思うけど、搾乳器は搾った牛乳が美味しければ作製を検討しましょ」

「だよね～。万端（ばんたん）準備を調（ととの）えて、牛乳が美味しくないってなったら、悲しいし」

話が具体化してきたからだろう。ミーティアが期待するように俺たちを見上げる。

「牛乳、手に入るの？　ミーも飲めるの？」

「上手くいけばな。ただ、短時間でも突撃野牛（ストライク・オックス）の動きを止められないと難しいが……」

「そうね。トーヤの力に懸（か）かっているといっても過言じゃないわ」

「テキサスゲートを作って追い込む方法もありますが、結局、骨折しそうですね」

「テキサスゲート……って、なんだったっけ？」

「牛のような偶蹄目に対するトラップです。簡単に言えば、隙間の大きなスノコ……溝の蓋に使ってあるグレーチングみたいな物ですね」

基本的には鹿などの侵入・脱走防止に使われる物らしいが、テキサスゲートに追い込んで動けなくするという使い方もできるらしい。

ただ、突撃野牛ほどの速度で突進すれば、ほぼ確実に脚は骨折、下手をすれば先ほどのように転倒して死にかねないわけで。生け捕りという今回の趣旨からは外れてしまう。

それに魔物とはいえ、牛乳を分けてくれた雌の突撃野牛はできるだけ無傷で逃がしたい。

――次回も、美味しい牛乳を分けてもらうためにも。

「『誘眠』の代わりに、何らかの薬品で眠らせる方法は……難しいかしら？」

「即効性の薬ですか？　材料があれば【薬学】で睡眠薬は作れますが、飲み薬ですよ？　すぐに眠るような物はちょっと……。それに薬を使うのは問題がありませんか？　牛乳を搾るのに」

「……薬が混ざりかねないか」

魔物を普通の生き物と考えて良いのかは謎だが、薬の効果が発揮される状態というのは、有効成分が身体に吸収されている状態、つまりは血液中にもその薬が含まれるということである。

そして俺たちの欲する乳は、血液からできているわけで。

そんな物を集めるのは、ちょっとマズいだろう。

「難しいんですね。お肉なら、簡単なのに……」

「肉や皮と違って、斃せば手に入るってわけじゃないからなぁ」

そうやって俺たちが話し合っていると、俎上のトーヤから抗議が入る。

「おーい、実験が終わりなら、議論する前にオレを下ろしてくれ。これ、結構辛いぞ？」

「おっと、すまん。――なるほど、搾乳に時間をかけすぎると負担があると」

最後の実験結果に頷き、俺とユキは同時に魔法を解除。

四つん這いのまま、しゅたっと地面に下り立ったトーヤが、自分で縄を解いて身体を伸ばす。

「ふぅ。ちょい疲れた。それより、取りあえずやってみたら良いんじゃね？　仮に失敗して突撃野牛が全滅しても、しばらく放置してればまた復活するんだし」

気軽に言うトーヤを見て、ハルカたちは心配そうに顔を見合わせる。

「でもトーヤ、あの巨体を受け止めるのはトーヤよ？　良いの？　失敗したら痛いわよ？」

「そうです。痛いで済めば良いですけど……」

時にぞんざいな扱いをしているように見えて、結構トーヤの安全も気にしているのだ。

「『痛い』じゃなくて、『遺体』になるかもしれないよね、ふふふっ」

――ユキ、気にしているよな？　やや不安だぞ？

「ま、溶岩猪の一撃に比べればマシだろ。それに突撃野牛なら、ヤバければ即殺せるし？」

「死にかけたアレと比べるのはどうかと思うが……殺せることは確かだな」

突撃野牛がいくら重量級で突進が速いといっても、アレと比べるのはさすがにナンセンス。

それに俺の感覚に間違いがなければ、仮にトーヤが弾き飛ばされて動けなくなったとしても、メアリとミーティア以外なら、誰でも瞬殺は可能だろう。

「……なら、一回試してみるか？」

「おう。ま、もしも怪我したら、そんときはよろしく！」

——本当に大丈夫なんだろうか？

俺とハルカは顔を見合わせ、二人揃ってため息をついた。

だが、そんな俺たちの気分を変えるようにユキが手をパンと叩き、明るい声を上げる。

「よしっ！　それじゃ、方針も決まったところで。牛乳確保作戦、発動だよっ！」

「「「おー——！」」」

「——と、その前に。ここにも転移ポイントを埋めておくか」

「そうね」

「あらっ。折角気合いを入れたのに～」

流れをぶった切るように話を変えた俺とハルカに、がくりとユキが肩を落とす。

「でも、転移ポイントは大事だろ？」

「それは解ってるけど……」

「埋めるのなんてすぐだから。ほら、文句を言う暇があれば、ユキも手伝え」

「はい、はい」

第一四層から下りてきた階段の下、草原の部分に穴を掘り、転移ポイントを埋めて固める。

これの有無は今後の活動効率に影響するため、蔑ろにできないし、岩や石畳だったこれまでの階層と比べると、このエリアは簡単に穴が掘れてずっと楽である。

ちなみに、第一一層と第一三層でも転移ポイントは埋めてきたのだが、そのおかげでこの『果物エリア（仮称）』が、上下に重なるように存在する——第一一層、第一三層、第一五層の入り口の位置が、上から下まで一直線に並んでいることが判っているのだが、ここで一つ不思議なことが。

それは階層間の距離。ここから第一一層の転移ポイントの位置を感知すると、直線距離で一〇〇メートルほどしか離れていないように感じられるのだ。

つまり、一層あたりの階高が僅か二五メートル。

だが、地面の厚みと階層の天井高を考慮すると、これはあまりにも短い。

実際、天井を見上げてもそんなに低くは見えない——のだが、視覚は当てにならないか。

もっとも、これ自体は転移に都合が良いのでありがたいのだが、やはり不思議ではある。

まぁ、不思議といえばダンジョンの存在自体、空間が歪（ゆが）んでいるようなものなのだが。

「……よし、転移ポイントはおっけ～。改めて、牛乳確保作戦、発動！」

地面を固め終え、ビシリッと俺を指さしたユキに頷き、俺は全員の顔を見回す。

「じゃ、最終確認だ。見つけたのが雌なら一度突撃を避けて、通りすぎた突撃野牛（ストライク・オックス）をトーヤが追いかけ、方向転換（てんかん）したタイミングで角を掴（つか）んで動きを止める」

「その段階で、あたしとナオで『土壁（アース・ウォール）』を使って持ち上げる」

「次に私とハルカで縄を掛ける。脚は危ないので、胴体を縛って動けなくする」

「私とミーティアは、それのフォローですね」

「美味しいお菓子のために、頑張るの！」

最初は両脚も縛る予定だったのだが、バタバタと暴れるであろう脚を掴（つか）まえるのはかなり危険だろうし、後で解放するときにも縄を解く必要があって、これまた危ない。

その点、胴体を土壁に結びつける方法であれば危険性は低く、逃がすときにも簡単である。

「危険と思ったらすぐに声を上げること。私かナツキが処理するわ。安全第一で」

「「「了解(りょうかい)！」」」

そんな感じで突撃野牛(ストライク・オックス)を探し始めた俺たちだったが、やはり縄張りがあるのだろうか？

同じ範囲に何十匹も生息していた草原野犬(グラス・コヨーテ)に対し、索敵で確認した突撃野牛(ストライク・オックス)は、おおよそ五〇〇メートル四方に一頭程度で、同じエリアに複数はいない。

この階層がこれまでと同様の広さであるなら、生息数は最大でも四〇〇頭になるだろうか。

だが、この階層にも森は点在し、そこには他の魔物が存在している。

その森が占(し)める面積を四分の一程度と仮定、突撃野牛(ストライク・オックス)の半数が雌とするなら、ターゲットは一五〇頭ぐらい。本によると突撃野牛(ストライク・オックス)の雌は、時期に関係なく乳が搾れるようなので、俺たちが消費する程度であれば十分すぎる量が得られそうだ。

普通の牛なら、子供がいなければ乳は出ないと思うのだが、そのあたりは魔物故か。

とはいえ、いくら魔物でも無尽蔵(むじんぞう)には乳が出ないため、頑張って捕まえてみたものの、他の冒険者が搾った後でさっぱり採れなかった、という事例もあるようだ。

もちろん、俺たちに関して言えば、その心配はない。

今のところ、このダンジョンに入る冒険者は、俺たち以外にいないのだから。

「――発見。そっと回り込むぞ」

索敵反応を基(もと)に、遠方に突撃野牛(ストライク・オックス)の姿を確認。気付かれないように身を潜(ひそ)め、横から観察するために側面方向へ移動する――が、相手もじっとしているわけではない。

しかも向こうは、少し動くだけでも身体の角度が変わるが、こちらは一〇〇メートル以上移動しないと側面に回り込むことができないのだから、なかなかに面倒。

むしろこちらは動かず、突撃野牛が動くのを待つ方がマシかもしれない。

「見えた。――ちっ、付いてる」

「そう。じゃ、処理しましょう」

俺の言葉にハルカが軽く応じ、俺たちは立ち上がって歩き出す。

やがて、こちらに気付いた突撃野牛が真っ直ぐに突進してきて――。

ボギッ、ドガン、ゴキッ、ゴロゴロ！

ユキの魔法であっさり斃される。

これを『魔法で』と言ってしまうのは、ちょっと語弊がある気もするが、とてもスムーズなことは間違いないし、皮も傷つかず、得られる素材は綺麗なので、反対する理由もない。

そして更にもう一頭、同じように処理して、都合四頭目。

「付いて――ない。やるか」

「よし。オレの出番だな！」

やっと見つけた対象に、俺たちがトーヤを先頭にして近付いていくと、これまで同様、ある程度の距離になると突撃野牛が反応して、こちらへ向かって突進してくる。

どうやら、これに関しては雌雄関係ないらしい。

そこからトーヤがやや突出気味に前に出て挑発すると、ターゲットは彼に絞られる。

それを確認し、俺たちはトーヤの後方で左右に分かれて待ち受けた。

「赤い布でも欲しいところだなっ――っと！」

布の代わりなのか、ヒラヒラと怪しげに踊っていたトーヤが、サッと身を躱（かわ）す。

その横を突撃野牛（ストライク・オックス）が駆け抜けると、トーヤも反転して後を追って走り始めた。

やがて突撃野牛（ストライク・オックス）が速度を緩（ゆる）めて方向転換をするが、トーヤがついてきていることには気付いていなかったのか、振り返ってすぐ正面にいた彼に驚き、一瞬動きが止まる。

トーヤはそれを見逃（みのが）さず、素早く角を掴み、ぐっと足を踏ん張って――。

「よしっ！　やれ！」

「「おう（了解）！」」

俺とユキがすぐさま『土壁（アース・ウォール）』を発動、突撃野牛（ストライク・オックス）の身体がぐんぐんと持ち上がる。

「うわっ、高っ！　手が届かねぇ！」

突撃野牛（ストライク・オックス）を持ち上げる壁の高さは二メートル。

その上に載っている突撃野牛（ストライク・オックス）の頭の位置は、三メートルを超（こ）える。

考えてみれば当たり前。トーヤが届くような高さではなく、手を離さざるを得なくなる。

必然、突撃野牛（ストライク・オックス）が首を振り回して暴れ出すが、胴体は二枚の壁の間にきっちりと嵌まり、更に横幅もある壁の上から逃れるのは容易なことではない。

「トーヤ、手伝って！」

「解った！」

ハルカとトーヤが縄を掛けて押さえ込んでいる間に、メアリとミーティアが縄の端（はし）を壁の突起に括（くく）り付け、下半身はナツキと俺、ユキの三人で力を合わせてしっかりと縛る。

これにより突撃野牛（ストライク・オックス）は胴体を固定され、ただ虚（むな）しくヘドバンするだけとなる。

あの時のトーヤの如く、既に俎上の鯉である。

「ふぅ～。なんとかなったな」

「そうね。メアリとミーティアもありがとう。私だけじゃ厳しかったわ」

「問題ないの！　ミーだって頑張るの！」

「いえ、この程度は……。もし良かったら、私とハルカさんの役割を交代しましょうか？」

遠慮がちなメアリの提案にハルカは暫し沈黙、その合理性を理解してか、やがて頷く。

「……申し訳ないけど、頼っても良いかしら？　力に関しては、もう勝てそうにないし」

「あ、はいっ！　任せてください‼」

嬉しそうに両手をギュッと握り、メアリは鼻息も荒く深く頷く。

ハルカには【筋力増強】のスキルがあるので、それを使えばまだメアリに勝てるだろう。

だが、このスキルはメアリも獲得できる可能性があるし、今後の身体の成長を考えれば、虎系獣人にエルフが対抗するのは、無謀というものである――これは俺も含めて、だが。

ハルカが少し悩んだのは、メアリがまだ子供なので気が咎めたのだろうが、メアリたち自身が冒険者として活動すると決めた以上は適材適所、合理的に考えることも必要だ。

「さて。概ね想定通りだけど……手が届かなくなったのは、対処できないかしら？」

『土　壁』で持ち上げている途中でトーヤが角を離すことになり、少々暴れられてしまったが、その時点で突撃野牛の足は宙に浮いていたので、問題なく対処はできている。

今も足をガツガツと土壁にぶつけているが、俺たちの土壁はその程度で壊れたりしない。

「脚自体はそこまで長くないみたいだし、土壁の高さは一メートルほどでも十分そうだな。ただ、その高さでもトーヤが踏ん張れるかどうかは……」

「それなら手は届くけどよ、胴が伸びきった状態じゃ力は入らねぇよ？」

突進時の突撃野牛は頭を下げているので、頭の位置は地面から一メートル前後。

その状態であれば、トーヤも腰を落としてガッシリと受け止められる。

そこから二メートルほどの土壁で持ち上げたので、今の頭の位置は二・五メートルぐらい。

これが一・五メートルほどになれば、トーヤの身長でも角を掴んでいられそうだが、頭が動かないように押さえておけるかといえば……ちょっと厳しいか。

「ま、そこは人数もいるし、いけるよ。それより、最初に角を掴むのは大丈夫だった？」

「勢いがついていなければ――方向転換のときを狙えば問題ないな。もちろん、複数に襲われたらヤバいが、一頭ずつ対処できるなら大して怖くない敵だな」

「簡単に避けられるしなぁ」

突進は速いが、小回りが利かない分、適度に引きつけてやれば避けるのは難しくない。

避けるスペースのない通路で遭遇すれば脅威だろうが、幸いにもここは草原である。

縄張りがあって単独行動するのであれば、群れになることもなさそうだし……。

ダンジョンの階層的には順当な強さなのかもしれないが、ちょっと残念な魔物である。

「それじゃ、そろそろお楽しみ。牛乳を搾ろっか？　土壁もずっと保つわけじゃないし」

「そうね。――とはいっても、高いわね」

「土台が必要ですね。ナオくん、お願いします」

「了解。『土操作』」

事前に予測した通り、乳房は一・五メートルほどの位置に垂れ下がっている。

一応手は届くが、その状態で乳搾りができるはずもなく、俺は魔法で階段状の土台を作り、ついでに牛乳を入れるための壺（つぼ）も作ってナツキに渡（わた）す。

「ありがとうございます。搾れる量が判らないので、壺はいくつかお願いできますか？」

「了解。取りあえず、二つぐらいで良いか？」

持ちやすさも考えて、容量五リットルぐらいの壺を二つ追加で作ると、ナツキはそれらすべてと突撃野牛（ストライク・オックス）の乳房に『浄化（ピュリフィケイト）』をかけて、手際（てぎわ）良く牛乳を搾り始めた。

出てきたのは見るからに濃厚（のうこう）そうな、『どろり』とでも表現したくなるような牛乳。

魔物の乳と考えると少し躊躇（ちゅうちょ）するものがあるが、ナツキは特に尻込（しりご）みする様子もなく、普段使っている自前のカップを取り出すと、それで牛乳を掬（すく）って一口。

「――っ!?　そ、想像以上に美味しいです！　ナオくんも飲んでみてください！」

手をパタパタと振りつつ、俺にカップを差し出すナツキ。

そんなちょっとレアな彼女の様子に和（なご）みつつ、カップを受け取って俺も一口飲む。

「――うわっ、ウマ！　え、ナニコレ？　マジで牛乳？」

濃厚で甘みがあり……大袈裟（おおげさ）に言うなら別の飲み物である。

搾りたての牛乳は美味いと聞くが、たぶんこれはそんなレベルではないだろう。

慣れない牛乳の生温かさも、この味の前では完全に些事（さじ）。ナツキの言葉通り、想像以上だった味に驚きつつ、俺は無言で差し出されたハルカの手にカップを載せる。

「どれ――ん。これは、搾乳器の作製が必要ね。絶対に集めるべきだわ」

「この時点で生クリームみたい……。頻繁に飲むなら、水で薄めた方が良いかも」

「牛乳とは思えねぇな。ほら、メアリも飲んでみろ」

カップが順に回され、各々目を丸くするが、それがメアリの所まで来た時、トーヤからカップを差し出されたメアリはちょっと仰け反るように身体を離し、困ったように眉尻を下げる。

「え、えっと……実は私、ミルクは少し苦手で……」

「あれ？　そうだったの？」

そういえばメアリは、ミーティアに比べるとあまり積極的じゃなかったな？

対して積極的だったミーティアは、横から手を伸ばしてカップを手に取る。

「ミー！　ミーは飲むの！　んく、んく……すっごく美味しいの！」

一口ですぐに笑顔になり、更にゴクゴクと牛乳を飲んでいくミーティア。

そんな彼女の様子に、メアリは驚いたように目を瞠る。

「ミー、大丈夫なの？　昔はあんなに嫌がったのに……」

「——？　よく解らないけど、これはとっても美味しいの！　はい、お姉ちゃんも！」

妹から笑顔で差し出されては無視できなかったのか、メアリは受け取った牛乳を恐る恐る口に含む——と同時に、『あれ？』と、不思議そうに首を捻り、更に一口、二口。

「うわぁ……凄い……」

驚いたように声を漏らし、何度も目を瞬かせて、再びカップを口に運ぼうとしたメアリの袖をミーティアが少し不満そうに引っ張った。

「お姉ちゃん、ミーのミルク！」

「あ、あぁ、ごめんね？　はい」

「――んく。あ、なくなっちゃった……」

メアリから返ってきたカップを嬉しそうに傾けたミーティアだったが、既にほとんど残っていなかったようで、一口ほどでカップは空になる。

そのカップをミーティアは悲しそうに覗き込み、ナツキの方へ目を向ける。

「ナツキお姉ちゃん、ミーはもうちょっと飲みたいの。良い？」

「構いませんよ。――はい、どうぞ」

「ありがとうなの！」

ミーティアはナツキにお礼を言うと、注がれた牛乳を半分ほど飲んでから、「お姉ちゃんも飲んで良いの！」とメアリにカップを差し出した。

これまでも、こんな風に姉妹で分け合ってきたのだろう。

メアリも「ありがとう」と笑顔で受け取り、先ほどよりもよく味わうように牛乳を飲む。

「やっぱり美味しい……。このミルク、前に飲んだことのあるミルクとは全然違います」

「前に飲んだ？　何のミルクを飲んだの？」

「私が飲んだのは山羊です。ミーティアを育ててるときに」

訊けば二人の母親はミーティアを産んだ後の肥立ちが悪く、すぐに亡くなってしまったらしい。

そのためミーティアは、父親がなんとか工面した山羊のミルクで育てられたのだが、それは決して美味しい物ではなく、メアリは嫌がるミーティアに飲ませるのにも苦労したんだとか。

メアリが飲んだミルクも、そのおこぼれというか、余り物というか。

そんな経験もあり、これまでメアリはミルクにあまり良い思いを持っていなかったようだ。

それだけに、突撃野牛（ストライク・オックス）のミルクの味は衝撃（しょうげき）的だったのだろう。

「かなり美味いもんな、この牛乳」

「普通の牛乳を飲んでいた俺たちでも驚いたからな」

逆にミーティアが山羊のミルクを飲んでいたのは、物心がつく前。

ミルクを飲んだこと自体を覚えていなかったため、抵抗なく牛乳を飲めたようだ。

「山羊のミルクかぁ。マズいのか？」

「私は飲んだことないですが、育成環境で随分と味が変わると聞いたことはあります」

「そうなんですか？　私たちが買えたのは安い物だったから、でしょうか？」

「かもしれないわね。山羊に関してはあまり詳しくはないけど……」

「ミルクはよく知りませんが、シェーブルチーズ——山羊のチーズは結構良いお値段がしますよ？　クセがありますけど」

「あたし、食べたことない。美味しいの？　ナツキ」

「う～ん……私はさほど……。好きな人は好きみたいです」

ナツキが困ったように曖昧な笑みを浮かべる。まぁ、チーズだしなぁ。

俺も普段食べるチーズなんて、万人受けするように作られたプロセスチーズぐらいだったたし。

「値段といえば、この牛乳はそれなりに高いのよね？　トーヤ、いくらぐらいだっけ？」

「相場通りなら、コップ一杯でおおよそ大銀貨二枚から四枚ってとこだな」

「——んぐっ！　ごく。ゲホッ、ゲホッ。ほ、本当ですか⁉　そんなに！」

驚きに喉を詰まらせたメアリが、咳き込みながらトーヤを見る。

お値段的には、ちょっと高価な栄養ドリンクぐらいか。

買えなくはないが、ただの飲み物に支払うと考えると、俺でもかなり躊躇するレベル。

値段に見合うぐらいの味ではあるので、一度味わうと購入に対するハードルも幾分かは下がるだろうが、どちらにしても庶民には厳しい値段だろう。

「ちょっと高いよね～。あたしたちは飲み放題なわけだけど。突撃野牛に感謝だねっ！」

その突撃野牛は、今もナツキに乳を搾られつつ、不満そうに鼻を鳴らしているわけだが。

「ありがたいことにな。なむなむ～」

感謝するように手を合わせていたトーヤが、ふと神妙な顔になり、ボソリと口を開く。

「ここで一句。『たらちねの、ははを思いて、ちちをのむ』」

「……唐突にどうした？　駄洒落か？」

「いや、あれを見て、何となく思った」

指さすのは垂れ下がった突撃野牛の乳房。確かに『垂乳根』ではある。

「メアリたちを引き取ってちょっと実感したわけだ。親には悪いことをしたな、と。普通なら、賽の河原で石積み的な罪だぜ？」

「「「………」」」

下らない洒落かと思ったら、ちょっとマジメだった。

そのことについては、全員が思っていたこと。最初の頃こそ生き残ることに一所懸命だったが、ある程度余裕ができたら、俺たちだって親のことを考えないわけがない。

皆で互いを慰めるように話し合い、ある程度は割り切ったことではあるが――。

「う～ん……。『既に骨とて、帰れざるなり』。ま、あれだ。向こうの世界では明確に死んでいるから、それはまだ良かった、とも言えるよな。中途半端な行方不明じゃなくて」

死んだ上に種族まで違う俺たちは、当然帰れるはずもない。

だが、はっきり死んだと判っている分、召喚とか、転移とか、そんな感じの行方不明よりはきっとマシ。帰還の術がないのであれば、無駄な期待を持たせるような『行方不明』は、子供を失った親に対してかなり残酷なことで、区切りをつける障害にもなるだろう。

俺たち自身は死んだことを理解しているので、ある意味こっちは死後の世界。両親は悲しんだだろうが、交通事故は理解の及ぶ出来事であり、いつかは立ち直ってくれると信じたい。

「それに交通事故は、俺たちの責任じゃないしなぁ」

俺たちはただバスに乗っていただけなので、過失割合はゼロである。

別に自ら転生トラックに飛び込んだわけじゃないのだ。

「『死して念うは、親の平穏』。そのへんは割り切るしかないわよ。私たちは運悪く交通事故で死んだ。ただ不幸中の幸い、こちらの世界で第二の人生を貰えた。それだけ」

「え、あたしもなんか詠む流れ？　え～と、……『今願うのは、新たな弟妹』？　あたしたち、全員一人っ子だったから……。お母さんたち、もう一人ぐらい頑張れるかな？　きっと保険金も入るだろうし、子育て資金はなんとかなると思うけど」

俺とトーヤの会話を聞いて、ハルカとユキも話に入ってくる――律儀に下の句を考えて。

ハルカの言は少しドライにも聞こえるが、死んでしまった後のことなんて、どうしようもないというのは真理である。記憶はあるが、俺たちが死んだことは事実なのだから。

「『なりて浮かぶは、感謝の憶い』。私としては、お礼とお別れを言えなかったことが残念ではありますが。ナオくん、壺を一つ取ってください」

「ほい。——確かに俺も、お礼ぐらいは言いたかったかな」

ナツキから牛乳で満杯になった壺を受け取り、空の壺を渡す。

ちなみにナツキが一人で搾っているのは、彼女だけが牛の乳搾りの経験があったから。

ちょっと話している間に壺一つ分を搾っているのだから、なかなかに手際が良いと言える。

「普段生活していると、お礼を言う機会なんてねぇからなぁ。感謝はしてても」

「だねぇ。あたしも、できれば手紙の一つぐらいは送りたいけど、仮に送れても……」

ユキは言葉を濁し、困ったように笑う。

「悪質な悪戯としか思われないでしょうね。——あら？　メアリ、どうかした？」

ハルカが問いかけたのは、不思議そうにこちらを見ていたメアリ。

俺たちの視線が集まり、メアリは少し迷う様子を見せたが、おずおずと口を開く。

「いえ、なんというか……ハルカさんたちにも親がいるんですよね」

「え、そりゃいるわよ？　突然湧いたわけじゃあるまいし」

「この世界的に見れば、そんな感じだけどね〜。元の世界ではちゃんと親から生まれたよ？」

苦笑気味に答えたハルカとユキの言葉に、メアリはゆっくり首を振る。

「いえ、そうじゃなくて……大人だなぁ、と思っていたので。皆さんが親のことを話しているのが、少し意外というか、驚いたというか……当たり前ではあるんですけど」

「お姉ちゃんたちは、家も持ってて凄いと思うの。かいしょーのある大人なの」

「……あぁ、なるほどな。俺たちも年齢(ねんれい)的には一応、成人しているな」

小学生から見たら、高校生や大学生は大人に見えるというやつだろうか？

俺たちの場合、家も持っているし、稼ぎも多い。ミーティアが言う通り甲斐性(かいしょう)はあるが……。

「胸を張れるほどではありませんよね。でも、頼れる大人になりたいとは思っています」

「じゅ、十分、頼れる大人、です！　私たちが助かったのは、皆さんのおかげですから！」

「そうなの！　ナツキお姉ちゃんたちは、すっごく頼りになる大人なの！」

「ふふっ、ありがとうございます。これからも、その期待を裏切らないように頑張りますね？」

ナツキはフォローするような二人の言葉に微笑み、搾乳していた手を止める。

「さて、搾れるのはこれぐらいでしょうか。一〇リットルぐらいですね」

「お疲れさま。冷やして仕舞っておくわ。革で口を閉じて――」

「ついでに『殺菌(ディスインファクト)』かけておいたらどうだ？」

「あぁ、そうね。そっちの方が安心ね」

都合、壺二つ分。それをハルカが魔法で殺菌、冷却してからマジックバッグの中へ。

生乳のように腐(くさ)りやすい物も保存できるのだから、魔法とマジックバッグ様々である。

「それじゃ、縄を解いて逃がすか。また牛乳を生産してもらうためにも、な」

「できれば遠くからでも雌と判るように、マーキングでもしたいところだが……」

「真っ黒だからペイントは難しいわね。それは次回以降の課題としましょ」

元の世界だと鼻輪や耳のタグなどが付けられているが、この世界にもあるのだろうか？

現状でも焼き印ぐらいならできるが、いくら魔物とはいえ、強引に乳を奪い、更に焼き印を押すというのは心が痛むので、さすがに避けたい。

「白い塗料でもあれば、オレが牛柄にしてやるのに」

「ホルスタイン的に？　確かに乳牛っぽいけど、塗料が無駄だよ、それは」

ユキが苦笑しながら縄を解き、俺たちはその場から移動する。

少々可哀想だが、土壁はそのまま。

近くで解除すれば襲ってくるだろうし、十分な距離を空けると魔法の解除はできない。

放置していても三〇分ほどで崩れるので、問題はないだろう。

そして、離れて観察することしばらく。

土壁が崩れて地面に下り立った突撃野牛は、やや苛立たしげに蹄で地面に八つ当たりしていたが、やがてそれも止め、以前と同じように辺りを徘徊し始めた。

「……問題ないみたいだな」

「よし！　これで継続的に牛乳が得られるようになったね！」

ユキが嬉しそうに拳を握るが、ナツキは少し迷いつつも、口を挟む。

「ですが……ユキ、手作業での搾乳には限界があります。結構疲れますし」

「乳搾りって難しいのか？　自分たちで飲むだけなら、交替で作業する方法もあるが」

「要領を掴めば簡単ですよ？　何度か練習すれば、誰でもできると思います」

俺の問いにナツキは軽く答えるが、それこそ要領が良いナツキの言葉だからなぁ。

しかも、そのナツキが『結構疲れる』と言っているわけで。

「あと、バターやチーズにすると、量は一〇分の一ぐらいまで減りますから……」

「リーヴァたちへのお裾分けも考えると、最低でも一〇人分は欲しいわよね」

「うん、やっぱり搾乳器、作ろうね！　――錬金術の本に載ってたかなぁ？」

即答したのはユキ。だが、牛乳の想定必要量と、先ほどナツキが搾乳に掛かった時間を掛け合わせれば、俺たちにそれ以外の選択肢はなかった。

「それじゃ、一度帰るか。探索期間も長くなったし、メアリたちもさすがに疲れただろ？」

二人はこれで二度目のダンジョン探索。

草原地帯の第一一層に足を踏み入れてからでも、結構な日数が経過している。

あの時に比べれば、精神的な疲れも溜まっているだろうと尋ねてみたのだが――。

「ミーは全然大丈夫なの。お肉も果物も食べ放題、お金がなくてもお腹いっぱいになるから、町よりも良いぐらいなの。ずっとここで暮らしても良いの！」

実際、この階層は明るくて閉塞感もないし、少し歩けば肉と果物、両方が確保できる。

安全地帯でもあれば、家を建てて定住しても良いかな、と思えるぐらいの環境ではある。

「ははは……。でもね、ミー。美味しい料理が食べられるのも、いつも綺麗でいられるのも、安心して寝られるのも、ナオさんたちがいるからなんだよ？」

「うん！　だから、みんなが一緒にいてくれるなら、ミーに場所は関係ないの！」

困ったようなメアリの言葉にも、ミーティアはそう言って輝くような笑顔で頷く。

その真っ直ぐな言葉に、俺やトーヤは照れくささに思わず目を逸らしてしまうが、ハルカとナツキは嬉しそうに微笑み、ユキはやや大袈裟にミーティアをギュッと抱きしめてその頭を撫でた。

「ミーティアは可愛いことを言ってくれるね～。よしよし～。でも、町じゃないとパンやお野菜、調味料は手に入らないよ？　まだ余裕はあるけど、いつかはなくなるし」

「う……。お肉だけじゃなく、パンもたまには食べたいの」

「たまにで良いのか？　俺としては、パンと野菜も毎回欲しいが」

「お野菜はそんなに重要じゃないの！」

いや、健康のためには重要なんだが……子供だとそんなものか？

「ミーったら、贅沢になって……。すみません」

「家族ならこんなものじゃない？　むしろメアリはもっと我が儘になって良いのよ？　これまではお姉ちゃんだったけど、今は私たちの妹でもあるんだから」

「え、えっと……はい。——お、お姉ちゃん？」

蚊の鳴くような声で付け加え、メアリは照れたように俯く。

「ふふっ、ま、呼び方は今のままで良いけど、姉として頼ってくれたら嬉しいわ。——あぁ、それからミーティア。一応言っておくと、牛乳があってもここじゃお菓子は作れないわよ？」

「すぐに帰るの！　急ぐの！」

ハルカの言葉にミーティアはハッとして、手のひらをくるり。即座に上への階段を指さす。

そんな彼女の様子に俺たちは顔を見合わせて笑い、やや足早にダンジョンを引き返した。

第二話　食材は更に充実し

ダンジョンから自宅へと戻った俺たちを出迎えたのは、畑だった。

一面の菜の花——の残骸。いや、油菜と考えれば、その成果物？

とにかく、久し振りに見た自宅の庭には、茶色になった油菜の畑が広がっていた。

おそらく元々は、以前トーヤが耕していた畑。それが大きく拡張されている。

やってくれたのは、言うまでもなく孤児院の子供たち。

出かける前に、庭の管理をお願いすると共に、『余裕があれば畑の整備も』と伝えて菜種を渡しておいたのだが、想像以上に頑張ってくれたようだ。

「……良かったな、ユキ。待望の立派な花壇が完成してるぞ？」

「か、花壇……？　確かにお花は植わっているけど、なんか違うよ……？」

畑——もとい、花壇と俺の顔を見比べ、ユキが困惑したように呟く。

油菜の花が咲いている時であれば、きっとかなり綺麗な庭だったのだろう。

しかし先に述べた通り既に花は枯れ、今は採種の時期。言葉を飾らなければ少々汚い。

花卉であれば花が萎れた時点で刈り取れば良いのだろうが、油菜は農作物でもあり、種がしっかり熟すまで置いておく必要があるわけで。

サラダ油を求めるのなら、この光景も宜なるかな。むしろ喜ぶべきことだろう。

そんな思いを込めてユキの肩をポンポンと叩いていると、背後から声が聞こえた。

「あれ？　――あ、皆さん。お帰りになったんですね」

振り返ってみると、そこにいたのは神官補佐のセイラ。庭の手入れに来てくれたのか、その格好は土汚れの付いた作業着だったが、他に子供たちの姿は見えない。

「頑張ってくれたみたいだな。ありがとう。今日は一人の作業なのか？」

「いえいえ。十分な報酬を頂いていますから、頑張るのは当然です。この時季になると草はあまり伸びないので、今日来たのは畑を確認するためです。そろそろ収穫できそうなので」

俺の言葉にセイラは笑みを浮かべて、畑の方を手で示す。

「そうみたいね。でも、たった一ヶ月程度で収穫できるなんて、随分と早いわね」

「いえ、それが……実はこれ、二回目なんです」

ハルカの言葉に、少し困ったようにセイラが返した言葉。

それを聞いたユキは目を何度も瞬かせ、噛み砕いて確認するように口を開く。

「……え？　二回目って……二回目？　あたしたちが出かけた後で育てた油菜を一回収穫して、更にもう一回蒔いた種が、今この状態ってこと？」

「そうです。皆さんから頂いた堆肥がとてもよく効いたようで……。生長速度が凄いんです」

一般的に油菜がどのぐらいで育つものなのか、俺は知らない。

だが常識的に考えて、いくら効果のある堆肥を使ったとしても、その期間は短すぎると思う。

「アブラナ科で言うと、二十日大根ってのは聞いたことがあるが……」

「あれは違うよ？　成熟する前に収穫してるだけだから。種はもちろん、花も咲く前」

「つまり普通は、二〇日程度で種が取れたりはしない、と」

解体の残渣処理のために、ハルカたちが作ったコンポスト。面倒な作業を劇的に改善したありがたい代物ではあったが、できあがるのは俺たちにはイマイチ使い道のない堆肥である。

一応、トーヤが耕した畑に散蒔いたりもしたが、その程度で消費しきれるはずもなく、セイラたちに『適当に使ってくれ』と言って預けておいたのだが……。

「……効きすぎだろ？」

おかしな物は使っていない、とても自然派の堆肥であることは保証できるが、この効き目はあまりにも不自然――いや、ある意味、魔物という非常におかしなものが主成分ではあるか。

「ですよね？　ちなみに、クットの実もすっごく、いっぱい採れました。こっちに――」

そう言ってセイラが案内してくれたのは、庭の隅にあるトーヤの鍛冶小屋。

そこには穀物を入れる麻袋――小麦だと六〇キロぐらい入る大きさの物が置いてあり、口を開いて見せてくれた袋の中には、ギリギリまでクットが詰まっていた。

「すっごいの！　ミーたちだけじゃ、とても食べきれないの。レミーちゃんにも分けたげるの」

「そうね。これならリーヴァたちと孤児院の子たちにお裾分けしても、十分な量が――」

「あ、いえ。これで四分の一ぐらいです。お約束していた通り、半分はリーヴァさんとアエラさんに届けて、残り四分の一と、もう一軒の庭で採れたクットは孤児院に頂きました」

――『すっごく』に力が入るのも納得である。

元々、クットの収穫を孤児たちに任せる代わりに、俺たちが食べる分とリーヴァたちにお裾分けする分以外は孤児院に渡す約束になっていた。

具体的な量こそ決めていなかったが、これだけあれば文句などあろうはずがない。

「絶対、来年の収穫時期まで残るぜ、これ。……ん？　あっちにも麻袋があるが？」

ややあきれたように言葉を漏らしたトーヤが、壁際に積まれている別の麻袋を指さす。

大きさはクットが入っている物と同じぐらいだが、その数はぱっと見でも三〇袋ぐらいある。

「そっちは、油菜の種です。先日収穫したものですね」

「こっちもまた……凄いわね。孤児院に菜種は？」

「取っていません。お仕事として頼まれたものですし、私たちでは処理できませんから」

軽く煎れば食べられるクットと異なり、菜種は油を搾る工程が必要だ。

しかし、普通の人は搾油機など持っていないし、ゴミを取ったり、加熱したりする作業もある。

俺たちはそれらを魔法と錬金術で解決するつもりだが、孤児院ではそうもいかないだろう。

「それじゃ、搾った油を奉納するか？　これだけやってもらって、通常の報酬だけというのもな」

「そうね。どうせ魔道具を作るつもりだし、一度作ってしまえば手間はかからないわ」

「良いんですか？　食用油は高いので大変助かります。皆様に神のご加護がありますように」

「……ほぅ」「へぇ～」「まぁ」

着ている物は作業着だが、ニコリと笑って祈りを捧げる姿は確かに神職のもの。

そのことに妙に感心し、俺たちが息を漏らすと、セイラは少し照れたように咳払い。

そして、留守にしていた間の出来事を手短に話すと、『今日は皆さんお疲れでしょうし、また明日にでも油菜の収穫に来ます』と言って、足早に帰っていったのだった。

◇　◇　◇

ダンジョンから我が家へ戻ってくると、疲れがどっと押し寄せる。

普通の冒険者と比べれば、圧倒的に快適な環境で活動できているとは思うのだが、それでも緊張は避けられないし、安全な場所で気が緩み、蓄積した疲労を自覚してしまうのだろう。

そんなわけで、今回も俺が目を覚ましたのは、翌日の昼頃。

目覚ましの音は、庭から聞こえる子供たちの元気な声だった。

身体を起こして窓から下を見れば、孤児院の子供たちが油菜の刈り取りに勤しんでいた。

「……ん？　ミーティアも手伝っているのか？」

よく見れば、レミーの傍で楽しそうに働いているミーティアの姿がある。

一応、仕事として依頼して賃金を払っているので、わざわざミーティアが手伝う必要はないのだが、おそらくは友達と遊んでいる感覚なのだろう。

「メアリは……いないみたいだな。ハルカたちは、もう起きたのか？」

左右の部屋に耳を澄ましてみるが、子供たちの声もあって、何も聞こえない。

取りあえず一階に下りるかと、ベッドから這い出した俺は手早く着替えて部屋を出たのだが、それと同じタイミングで扉が開く音がし、廊下に姿を現したのはトーヤだった。

「……なんだ、トーヤか。お前も今起きたのか？　おはよう」

「あぁ、おはよう。どうせ朝一で見るなら、ハルカの顔が良かった、か？」

そう言ってニヤニヤと笑うトーヤに、俺も「ふっ」と笑って肩を竦める。

「当然だろ？　ハルカに比べればトーヤの顔の価値なんて、髪の毛より上がすべてだ」

「髪の毛より上……？　そこには――って、獣耳だけかよ⁉　まったく否定しねぇけどな！」

自分の頭に手をやり、耳を触りながらツッコミを入れるトーヤと共に下へと向かい、食堂に顔を出してみれば、そこにいたのはテーブルに料理を並べているナツキだった。

「おはよう。ナツキだけか？」

「はよぉー、オレたちが二番目？」

「おはようございます。いえ、みんなもう起きていますよ？　ミーティアちゃんは収穫を手伝っていますし、ハルカとユキは早速菜種を搾るようです。メアリちゃんはそのお手伝いですね」

どうやら、俺たち以外は起床済みだったらしい。

「え、マジで？　もう働いてるのか？　オレたち、寝すぎ？」

「大丈夫ですよ。二人は前で戦うことも多いですから、疲れていたんでしょう。家に戻っているときぐらいは、ゆっくり休んでください。さぁ、少し遅いですが朝食をどうぞ」

ナツキは優しくニコリと微笑むが、前に出ているのはナツキも同じである。

彼女のことだから嫌味などではまったくないのだろうが、俺とトーヤはやや気まずげに顔を見合わせ、しかし勧められるままテーブルに着いて「いただきます」と料理に手を伸ばした。

「けど、もう油を搾るのか？　搾油機は完成していたのか？」

「今は最終調整みたいです。菜種を放置していると黴が生えるので、急いだようですね」

俺たちにはマジックバッグがあるし、それがなくても『乾燥』の魔法で水分量を減らせば問題ないが、今やらなければ当分先になりそうなので、さっさと搾ってしまうことにしたらしい。

「今日もたくさん収穫できそうだしなぁ。下手したら、オレの鍛冶小屋が埋まる」

「家庭菜園の規模じゃないですよね。土地はありますし、倉庫を作っても良いかもしれません」

苦笑するナツキが言う通り、家庭菜園の収穫量が一家族で消費できる量じゃない。

なら、作らなければ良いという考え方もあるだろうが、草刈りだけを頼んで土地を遊ばせておくのは無駄であるし、作った農作物を孤児院に渡せば援助にもなる。

特に不都合がなければ、菜園作りはこのまま続ける予定だ。

「倉庫か。さすがにマジックバッグを預けるわけにもいかないよな。冬場はもう育てないだろうし、春までには考えるか。ところで、油はどれぐらい搾れそうなんだ？」

「種重量の二割ぐらいは見込んでいるんですが、油菜の品種が判らないので、どうなるかは」

「あ～、……それでも、一〇〇リットルは超えそうだな？　天ぷら、やり放題じゃね？」

トーヤが考えるように視線を彷徨わせてそんな計算をするが、ナツキは小さく首を振る。

「いえ、少なく見積もっても、二〇〇リットルは超えますよ？　昨日、鍛冶小屋にあった分だけでも。おそらく、今日も同程度は収穫できると思いますので……」

「天ぷらやり放題とか、そういうレベルじゃないな。俺たちも手伝いに行った方が良いか？」

「今はまだ良いかと。それより二人には、他に手伝ってもらいたいことがありまして」

ナツキが首を振り、「これです」と言いながらテーブルの上に置いたのは柑橘の実。

大きさは柚子よりも少し小さいぐらいだろうか？　爽やかな香りが僅かに鼻まで届く。

「それは……あぁ、以前移植したヤツか。無事に実が生ったんだな？」

「はい、おかげさまで。あそこにも堆肥を撒いたので、鈴生りですよ」

以前、ナツキが淹れてくれた美味しい緑茶。それは彼女が森で見つけた木から自作した物だったが、そのお茶を味わった俺たちは当然のように、その木を庭に移植した。

その際、他にも有益そうな木を何種類か見繕って持ち帰ったのだが、その一つがこれ。

長く鋭い棘が生えていて少々面倒な木だが、幸いレベルアップで防御力が上がった俺たちには何の痛痒も――いや、チクチクとしてちょっと痒かったか？

まぁ、そんな多少の苦労を経て、ウチの庭木となった柑橘の木である。

「【鑑定】でも木の詳細は判らなかったし、ちょい賭けだったが、無事に食えそうな感じ？」

柑橘の実を手のひらで転がしていたトーヤが、それを俺の方へとポンと投げる。

「おっと。……ふーむ。見た目通り、柚子に近い感じか？」

触った感じ、皮はかなり厚めで、色は蜜柑の橙色よりは少し黄色寄り。

「ですねー。ここに剥いた物があるんですが、食べてみますか？」

ナツキがそう言いながら実を一房、俺の口元に持ってきたので、素直にパクリ。

「ん――っ!? 酸っぱ！ 滅茶苦茶、酸っぱ！ しかも種がっ！」

なんというか、痛いほどに酸っぱい。レモンの丸齧りより酸っぱい。

その上、一房の中に種が何個も入っているので、何も考えずに噛んだらガリッと歯に当たった。

「ですよね？ 私も驚きました」

にこやかに、でも少し悪戯っぽくナツキが笑う。

「道連れか！」

「道連れなんてまさか。好きな人と一緒の経験をしたい。そんな可愛い乙女心です」

「嘘くさい！」

笑顔は可愛いし、台詞だけ聞くと乙女っぽいが、やってることは乙女（?）である。

絶対、自分が酸っぱさに悶絶したから、道連れにしたに決まっている。

「うー、口が……。これ、レモン汁とか酢橘の代わりには使えるが、食えないよなぁ」

「ちょっと厳しいですね。砂糖を使えばジャムなどにできるでしょうが……」

「砂糖は高いよな、かなり」

ジャム作りで使う砂糖の量は、一般的にジャムにする果物の重量以上。

当然、コストも掛かるし、手に入るのは所謂黒糖なのでクセも強い。

「酸味が抑えられるまで砂糖を入れると、ジャムと言うより黒蜜になりそうです」

「……マジで、そんなに酸っぱいの？　大袈裟じゃなく？」

「あぁ。この果汁をスプレーすれば、トーヤの親戚もイチコロだな。食ってみろ」

「咆吼狼はオレの親戚じゃねぇが、どれ——っつ！」

ナツキが楽しそうに差し出す房を受け取り、恐る恐る口に含んだトーヤが唇をギュッと窄めた。

「なるよな？　そうなるよな？　食用としては微妙だよな？」

「でも、匂いはとても爽やかなので、アイスクリームの香り付けには良いと思います。そのまま食べるのは難しくても、少量なら天ぷらなどにかけても良いでしょうし」

ウンウンと頷いた俺にナツキが苦笑しながら皮の方を差し出すので、それに鼻を近付けてみる。

「……確かに凄く良いな。ちなみに、アイスを作ったりは？」

食べたいなぁ、という気持ちを込めてナツキを窺うと、彼女は俺の顔を見てくすりと笑う。

「はい、明日にでも作る予定です。楽しみにしていてくださいね？」

「そうか！　それじゃ、それに期待して、今日はちょっと酸っぱい蜜柑狩りといくか」

「……ある意味、塩っぱいじゃね？　期待してやったのに、ここまで食えないヤツだとは！」

「いや、誰が上手いこと言えと？　二重の意味でその通りだけどな！」

などと、ちょっと馬鹿な遣り取りをしつつ、俺たち三人が向かったのは庭の隅。

そこには俺の背丈よりも少し高くまで育ち、果実の重みで枝が撓んでいる柑橘の木があった。

「これは……正に鈴生りだな。枝が折れそうなほど垂れ下がっている」

「堆肥の効果か？　あれ、ディンドルの根元にも撒いたよな？　来年が楽しみじゃね？」

「ですね。木の大きさが違いますから、さすがにここまでの効果はないと思いますが」

「それもそうか。まぁ、収穫量が落ちなければ、それだけでも十分だな。それでこの柑橘――もう、柚子で良いか。これ、孤児院の子供たちは採らなかったのか？」

庭の収穫物に関しては、ある程度自由にして良いと伝えている。

これだけ大量に実っているし、市場では滅多に入手できない果物なのだ。

クットなどと同様、収穫していてもおかしくないと思うのだが……。

「落ちている実を食べた子はいたようですね。その結果――」

「あぁ、うん。採ろうとは思わないか」

あまりの酸っぱさに食用なのか、観賞用なのか、判断が付かなかったらしい。

「頼めば収穫してくれるでしょうが、棘が危ないですしね。私たちで行いましょう」

「だな。オレたちなら、刺さりはしねぇからな」

「服が破けたら申し訳ないし、腕捲りして頑張るか」

普通なら厚手の長袖でも着るところだが、服よりも自前の皮膚の方が強いというこの現実。

折角作ってもらった服を破くぐらいなら、多少のチクチクは我慢すべきだろう。

そんなわけで俺たちは揃って腕捲り、柚子の収穫に取り掛かったのだが……。

「これ、軽く一〇キロは超えているよな？　使い切れるか？」

やや呆れ気味にトーヤが見る先には、収穫を終えた柚子の山。

普通に美味しいなら知り合いにお裾分けもできるが、残念ながらそういう果実ではない。

「果肉も少ないしなぁ……」

試しに果実を分解してみると、皮と果肉と種、三対二対一ぐらいの割合だろうか。

いくら品種改良されていない果物とはいえ、ちょっと残念な代物である。

同様に自生しているのに、ドライフルーツにすれば丸ごと食べられるディンドルとは対照的だ。

「種もこれだけあると、なんだか捨てるのが勿体ないですよね」

「けど、種に使い道なんてないだろ？」

「植物によっては食べられますよ？　ヒマワリとか、カボチャとか。ナッツ類は基本、種ですし」

「……そういえばそうだな？」

よく考えてみれば、多くのナッツは種の仁の部分を食べているわけで。

「でも、毒が含まれる種も結構多いんですけどね。――青梅の種とか、犬が食べると危険です」

「ダメじゃん！　――ってか、なんでオレを見て言った⁉」

「いえ、他意はありません。まぁ、体重の問題なので、人間でもたくさん食べると危険ですけど」

ナツキは明らかに他意のある視線をトーヤの尻尾に向けて微笑み、言葉を続ける。

「ですが、柑橘なら大丈夫なはずです。柚子の種なら油が採れますが……効率的に搾っても重量の一割がせいぜいでしょうし、あまり現実的じゃないですね」

「業者じゃあるまいし、種の回収も面倒だしなぁ」

果汁を搾って販売する業者ならまだしも、俺たちが一度に使う実はせいぜい数個だろう。

この種の油をあえて必要としない限り、油を搾る素材としてのメリットはない。

「元の世界では、そんな特殊な油も売ってましたが……ほとんど趣味の世界ですね」

「結局、焼き魚に添えたり、鍋物で使ったり、お菓子に使ったりする程度か。絶対余るな」

「アエラさんにお裾分けしましょう。彼女なら上手く使ってくれると思います」

「それが良いか。店で出せば、消費できるだろうしな」

とはいえ、アエラさんからの要望でもない限り、この木に堆肥は必要なさそうである。


柚子の収穫を終えて次に俺たちが向かったのは、ハルカたちの所。

菜種の収穫は孤児院の子供たちがやってくれているが、搾油作業はハルカたちだけで行っているはずで、おそらくトン単位で存在する菜種の処理はとんでもなく大変だろう。

「トーヤくんの鍛冶小屋で作業しているはずですが……。あぁ、やっぱり倉庫は必要ですね」

「まー、オレもあんま使わねぇし、構わねぇけど、作業性は悪そうだな」

見えてきた鍛冶小屋の前では、子供たちが収穫した菜種を麻袋に詰めて積み上げていた。

本来なら中に運び込むべきなのだろうが、元々トーヤが一人で鍛冶をするために作った小屋。室内にあまり余裕がないので、混雑を避けるため、あえて外に積んでいるのだろう。

そんな子供たちの間を抜け、俺たちが小屋の中を覗き込んでみると、やはり中ではハルカ、ユキ、メアリの三人が二つの機械を囲んで作業していた。

一つは小型の冷蔵庫のような箱。

上に大きな投入口があり、メアリがそこに麻袋の口を突っ込み、中身を注ぎ込んでいる。

もう一つは、ドラム缶のような円筒形の物体。

傍でハルカが作業をしているが、まだ調整中なのか、こちらは稼働している様子がない。

「三人とも、進捗はどうだ？　手伝いはいるか？」

「あ、ちょうど良いところに来た！　いる、いる！　手伝って！」

中に入って声を掛けると、顔を上げたユキが嬉しそうに表情を輝かせた。

「お疲れさまです。ナツキさん、トーヤさん、ナオさん」

「収穫、終わったのね。どう？　美味しかったでしょ？」

メアリとハルカも俺たちを見て微笑むが、純粋な前者の笑みと比べ、後者は悪戯っぽい。

「アレを食べて美味しいのは、リアクションだけだな。ハルカの【調理】スキルで普通に『美味しい』と言えるようになることを期待しよう」

「ふふっ。そう？　それじゃ、差し当たっては天ぷらね。そのためにも手伝ってね」

「了解。俺たちは何をすれば良い？」

俺がそう尋ねると、ユキが手招きしながら口を開く。

「トーヤはメアリと一緒に袋を運んで。ナオは魔力タンクね。あたしとハルカは、実験でだいぶ消費しちゃったから。んで、こっちの四角いのが乾燥集塵機で、こっちが搾油機ね」

　ユキが自慢げに、二つの装置をポンポンと叩く。

　いずれの装置も、基本的には全自動。溜まったゴミを捨てたり、種を入れたり、搾り滓を取り除く必要はあるが、人手がいるのはその程度らしい。

「魔力だけで動くのか？　凄いな、こんなの作ったのか」

「大したことないよ？　あたしたちがやったのは、自前の魔力で動かせるように改造しただけで、元々はエディスから貰った本に載ってたものだから――っと、メアリ、ちょっとストップ」

「あ、はい。そろそろいっぱいですね」

　メアリが乾燥集塵機に種を注ぐのを止め、下から一辺五〇センチほどの箱を引き出す。

　中を覗き込んでみれば、そこには綺麗にゴミが取り除かれた菜種が。

　麻袋に残る種には葉っぱや茎、鞘の滓が多く交じっているので、その差は歴然である。

「それじゃこれに、一応『浄化』を――ナツキ、お願いできる？」

「解りました。――『浄化』」

「うん、ありがと。次はトーヤ、これを搾油機に入れてくれる？　ちょっと重いよ？」

「おう――って、マジで重っ!?　何キロあるんだよ、これ」

　搾油機の上端は、俺の目の高さぐらい。

　投入口も上にあるため、トーヤがそこまで箱を持ち上げつつ、眉をひそめる。

「麻袋三つは入れたから、一〇〇キロは超えるかな？　さすがにそれをメアリに任せるのはねー」

「持てないことはないですが、私の背の高さだと――」

「いや、これをメアリに持たせるのはさすがにないわ。オレを頼(たよ)ってくれ。な？」

トーヤは苦笑しながら箱を搾油機の上で傾(かたむ)け、種を中に注いでいく。

「ざらざら～っと。……うん？　なんだか香(こう)ばしい匂いがするな？」

「加熱してるからね。そのままだと油が搾りにくいみたい。ナオ、ちょっと代わってくれる？」

「了解――お、思ったより魔力の消費が多いな？」

搾油機に魔力を注ぐ役割をハルカと交代、ハルカが搾油機の中を確認して何度か頷く。

「量が多いもの。圧搾時にもかなり消費すると思うけど……問題なく稼働してるわね」

やがてトーヤが持つ箱が空になり、ザーッと響(ひび)いていた音が終わる。

「加熱も終わった？　あとはスイッチオンで、超(ちょう)高圧力が掛かるよ。ヘイ、ポチッとな！」

「なんだ、その掛け声！」

後ろから手を伸ばしたユキの妙な掛け声に、ツッコミを入れる間もあればこそ。

搾油機が動き出し、側面にある蛇口(じゃぐち)のような所から黄色くやや濁(にご)った液体が搾り出されてきた。

「お、マジで出てきた。ホントに搾れるんだな？」

「当然でしょ、トーヤ。こんな大規模な魔道具を作って搾れなかったら、さすがに私も泣くわ」

抽出量(ちゅうしゅつりょう)は三〇リットルを超えるだろうか？　油がほぼ出なくなったところで圧縮は止まり、ガチョっという音と共に、搾油機の下から円盤状(えんばんじょう)の物が転がり落ちてきた。

まるでマンホールの蓋(ふた)のようなそれをハルカが拾い上げ、コンコンと叩く。

「これが油糟(あぶらかす)。だけど……ちょっと搾りすぎかしら？」

「カチカチになってるね？　ま、良いんじゃないかな？」

「ですね。不純物が異常に多いわけでもないみたいですし」

よく解らないが問題はないらしい。

その円盤はコンポストに放り込むことにして、俺たちは搾油を継続。

種を投入して、魔力も注いで、搾った油を樽に詰める。思った以上に体力と魔力を消費する作業を頑張って続け、最終的にできた油は三〇〇リットルを超えた。

「つ、疲れた……。これで完成か？」

「いいえ。これをしばらく静置して、不純物を沈殿させて取り除けば菜種油として使えるわ」

「所謂キャノーラ油ですね。これでやっと、まともな天ぷらが食べられます」

「あぁ。さすがに野菜の天ぷらをラードで揚げるのは、なぁ」

トンカツであればラードで揚げても気にならないのだが、野菜や魚の天ぷらにラードを使うと、ちょっと匂いとか、味とか、しつこい感じがしてイマイチなのだ。

ちなみに、菜種が買えたように菜種油も入手はできるのだが、これは基本的に灯火用で、食用ではない。おかしな物が混ぜられていたりはしないと思うが、衛生面では少々不安である。

「しかし、これで半分だろ？　一年じゃ使い切れなくね？」

一見するとあまりにも大量。だがユキは肩を竦めて首を振る。

「いやいや、トーヤ。揚げ物って案外たくさんの油を使うんだよ？　あたしたちは七人家族だから、美味しく揚げようと思ったら、一回三リットルぐらいは使いたいし」

「マジか。毎日揚げ物を食べたら、すぐ足りなくなるじゃねぇか……」

「おい、トーヤ、そんなには食わないだろ、揚げ物は」

「いや、いける。唐揚げなら毎日出てきても、オレは飽きねぇ。つか、めっちゃ食いてぇ」

「唐揚げ……それは少し同意できるな」

俺たち、まだ若いし。唐揚げ、美味いし。

だが、そんな俺たちの視線を受けたハルカは、呆れ気味に首を振った。

「それはさすがに嫌よ、作る私たちが。まぁ、纏めて揚げて、マジックバッグで保存することはできるけど。そう考えると、私たちってたくさん食べるから、案外油は使うかもね」

俺たちは全員が食べ盛りで、毎日の運動量も多く、且つ食べる量の多いトーヤもいる。揚げる物が多くなれば、頻繁に油の交換も必要になる。それを踏まえてのハルカの言葉だったのだろうが、それを聞いたメアリが申し訳なさそうに尻尾を垂らした。

「えっと、すみません。私やミーが……」

「え？　あぁ、メアリは気にしなくて良いのよ？　筆頭はトーヤだし。でも……そうね」

謝るメアリに意外そうな表情を向けたハルカは、少し考えてからニコリと微笑む。

「メアリも料理を手伝ってくれると、嬉しいわね。色々教えたいし」

「は、はい！　頑張りますっ。……美味しいんですよね？　揚げ物って」

メアリは力強く拳を握り、窺うように俺たちの顔を見る。

「俺は好きだぞ？　トンカツもその一種だが、他にも色々あるからなぁ」

「トンカツ……た、楽しみですっ」

カツサンド、カツ丼、そしてそのままソースを掛けて。

用途の多いトンカツはたくさんストックしてあるので、メアリも何度か食べている。

メアリは『ふわぁ』と表情を緩め——慌てたように涎を啜って表情を引き締めた。

「ふふ、それじゃ折角だし、今日は天ぷらでも作ってみましょうか？」

「そうですね。沈殿を待たずとも——多少濁りがあっても、使えはするでしょうし」

「久し振りにお魚も使ってみよっか？　お塩をぱらっと掛けて食べたら、きっと美味しいよ？」

ユキたちの言葉にメアリは再び表情を緩め、こくこくと頷くのだった。


油菜の収穫を終えた子供たちに、今日搾った油を持てるだけ持たせて帰したその日の夜。

俺たちはハルカたちの作ってくれた天ぷらに、舌鼓を打っていた。

「サックサク、なの！　でも、ふんわりもしてて美味しいの‼」

「これが天ぷら……。お魚も美味しいです」

ミーティアとメアリが感動しているが、実のところ、それは俺も同じである。

久し振りということもあるが、それを差し引いてもなお美味い。

一般庶民でしかなかった俺には経験がないが、天ぷら専門店で食べる天ぷらは、きっとこんな感じなのかな、とか思いつつ、サクサクと天ぷらを味わう。

「やっぱ、魚も良いよなぁ。暖かくなったら、また釣りに行くか」

トミーと釣りに行ったのも、結構前のこと。

ダンジョンのおかげで自動的に増える肉の在庫と違い、魚介類は不足気味である。

「おう！　——ダンジョンで魚が襲ってきてくれれば、良いんだがなぁ」

「それって水中ステージ？　溺（おぼ）れ――ないけど、大変だよ？」

「湖での戦いは特殊だったものね。一応言っておくと、あの時の皇帝鮭（エンペラー・サーモン）はまだまだ残ってるけど、塩焼きやムニエルの方が向いていると思うから、天ぷらには使っていないわ」

リーヴァたちと泳ぎに行った湖。分類するならあれも水中での戦闘（せんとう）になるのだろうが、何事もなく斃（たお）せたのは、魔物には分類されない皇帝鮭（エンペラー・サーモン）が積極的には襲ってこなかったから。

普通に魔物と戦うなら、常に『水中呼吸（ブレス・ウォーター）』を維持（いじ）し続けるのは当然として、動きにくい水中で武器を振ったり、使える魔法に制限が掛かった状況（じょうきょう）での立ち回りを強（し）いられる。

はっきり言ってそれはかなりのリスクであり、もしダンジョンの階層に水中ステージが現れたら、場合によっては、そこで探索（たんさく）を断念することも考慮（こうりょ）すべきだろう。

「ミーティアちゃん、このかき揚げはどうですか？　お野菜だけですけど」

「お野菜も美味しいの。でも、お姉ちゃんが作ったのは――ちょっと残念なの」

遠慮（えんりょ）のないミーティアの言葉に、お手伝いを早速頑張ったメアリが眉尻（まゆじり）を下げる。

「うぅ。あのね、ミーティア。凄く単純に見えるけど、難しいんだよ？　何故（なぜ）か判らないけど」

実際、サクサクと軽いナツキのかき揚げに比べ、メアリの作った物は少しベチャッと。

素材はまったく同じはずなので、そこが技術力の差なのだろう。

「だが、初めてでこれなら、十分だと思うぞ？」

「そうですね。メアリちゃんは油を怖（こわ）がらないので、練習すればちゃんと上達しますよ」

「だよね～。あたし、初めて天ぷらしたときは怖かったけど……大丈夫なんだ？」

ユキの問いに、メアリは少し不思議そうに小首を傾（かし）げて頷く。

「えっと、はい。ダンジョンでの戦闘に比べれば、全然。魔物は火とか普通に噴(ふ)いてきますし」

「「「あぁ……」」」

とても納得のいく返答に俺たちは声を揃える。

なお、今回の天ぷらではあの柚子も活躍(かつやく)したのだが……まぁ、所詮(しょせん)は脇役(わきやく)。蛇足(だそく)である。

菜種の処理を終えた翌日から、俺たちは当初予定していた作業に取り掛かっていた。

搾乳器の作製はユキが担当し、アイスクリーム作りはナツキがメイン。

ハルカはその二人の補佐で、俺は牛乳を入れる瓶(びん)作り。

特にやることのないトーヤは、アエラさんやリーヴァなど、知り合いに油や果物のお裾分けに行ったり、メアリとミーティアの訓練を見たりして時間を潰(つぶ)していた。

また、冒険者ギルドにも、第一〇層で手に入れた錫杖(しゃくじょう)を鑑定してもらうためと、ディオラさんにお裾分けするために顔を出したのだが、残念ながらディオラさんは留守にしていた。

何やらギルドの用事で他の町に出張しているそうで、いつ帰ってくるかは不明。

仕方ないので鑑定だけをお願いして、錫杖を預けて帰還(きかん)した。

ちなみに高価——かもしれないアイテムをギルドに預けることになるので、紛失(ふんしつ)や横領、その他の不正行為(こうい)など、危険はないかと調べてみたのだが、これについてはほぼ心配ないらしい。

なんといっても、冒険者ギルドは信用商売。盗賊堕(とうぞくお)ちした冒険者の討伐(とうばつ)依頼を俺たちに出したように、ギルドの信用を落とすような行為に対しては、かなり厳しい対応が取られる。

職員が鑑定依頼品を盗んだり、すり替えたりした場合には、全財産没収で解雇。

実質的な奴隷落ちならまだマシで、逃亡などしようものなら賞金首として『処理』されていた。

ディオラさんなんかを見ていると緩い感じがするのだが……冒険者ギルド、案外闇が深い。


そして、俺たちがダンジョンから戻って四日目。

全員の作業が無事に終わり、俺たちはそれぞれの成果物を持って食堂へと集合していた。

「あたしが作ったのはこれ。全自動搾乳器！」

最初の発表者はユキ。『じゃん!!』とばかりにテーブルに置かれたそれは、一見すると底にホースが付いたコップ。その口の部分が吸盤になっているが、かなりシンプルな形状である。

「吸盤を乳首に引っ付けてスイッチオン、ホースの先を容器に突っ込んでおけば、あとは自動で搾乳してくれるよ。オンオフは手動だから、使用上の注意はそこだけかな？」

つまり、乳の出に応じて停止する機能まではないらしいが、実用上はまったく問題ないだろう。

相手は魔物、搾乳中は常に監視していないと危ないし。

「あら？　最初、注射器みたいな形で作ってなかった？」

「あ～、アレね。試作はしてみたけど、あれで何十頭も搾るのは大変そうだし、そもそも上手くいくか微妙だったから、頑張って改造して自動化してみた。結構苦労したんだよ？」

そう言いながらユキが追加で取り出したのは、正にでっかい注射器。

仕組みは非常に単純で、ピストンを引くことで吸引するだけの代物だが、何十頭、下手をすれば

一〇〇頭以上もこれで搾るとなると、なかなかに大変そうである。

「ユキ、グッジョブだ」

俺がグッと親指を立てると、ユキはドヤ顔で胸を張る。

「ふふ～ん、もっと褒めても良いよ？　これはエディスの本にも載ってなかったオリジナルの魔道具だからね！　――まぁ、これも実際に使えるかどうかは、まだ判らないんだけど」

……なんだか不穏な呟きが。

だが、物作りは試行錯誤である。ダメだったら次回作に期待しよう。

「次は俺が作った瓶だな。扱いやすさも考慮して、容量は二リットルにしておいた」

この家の湯船と同じガラス製で――正確には、珪砂を固めた擬似的な物だが――形状は首の短いワインボトルみたいな感じ。一頭分の牛乳で四、五本使うイメージである。

最初はもっと大きく作ってみたのだが、普段使いするならこの程度が妥当だろう。

瓶の口をワインボトルと同サイズにしたのは注ぎやすさと、木栓で蓋をすることを考慮して。

ネジ式の蓋も検討したが、便利ではあっても、形状の複雑さから魔力的に厳しいと断念した。

雌の突撃野牛が、実際に何頭いるのかは判らないが、一五〇頭と想定しても必要な瓶の数は七〇〇本以上。正直、あまり手間を掛けてはいられない。

本来は広口瓶の方が洗浄しやすく、再利用もしやすいのだが、そこは『浄化』で対応できるし、瓶に牛乳を詰めるときも、搾乳器のホースを突っ込めば零すこともない。

俺としては、結構悪くない出来だと思うのだが、残念ながらユキの評価は微妙だった。

「う～ん、可もなく、不可もなく？　面白みがないね。ふつー」

「いや、実用品に面白味はいらんだろ」

ユキに言い返しつつ、改めて瓶を見るが……まぁ、確かに面白みはないな。

「オレとしては、金属製のデカいヤツでも作れば良いかと思ったんだけどな。馬車でゴトゴトと運ぶようなイメージの。アルプス的な」

「それに風情があることは認めるが、あれ、実用的にはどうなんだ？」

俺も最初は考えた。牛乳といえば思い浮かぶ、あの金属製の缶を。

あれならば鍛冶で作れるので、トーヤが作ろうかと提案してくれたのだが、問題は大きさ。

家で消費するにしても、どこかに売るにしても、何十リットルも入るような大きさの缶では扱いにくいし、かといって小さな缶を鍛冶で大量に作るとなると、トーヤが死ぬ。

それらを含めて考えると、魔法でガラス瓶を作るのが無難と判断したのだ。

「まぁ、そうよね。最終的に小さめの瓶に移し替えるなら、最初からそれに入れれば良いし」

「そうそう。俺たちの場合、輸送や洗浄に問題がないからな」

金属製の缶を使う一番のメリットは、おそらく割れないことだろう。

未舗装の道を馬車で運搬するには、ガラス容器はあまりに脆弱すぎる。

革製の水袋を使う方法もあるが、あれはどうしても臭いが気になるので、マジックバッグを手に入れて以降は、俺たちもまったく使っていない。

「オレとしては、別に瓶で良いんだぞ？　ナオが大変そうだったから提案しただけだし」

「む、面倒なのは否定できないが……」

瓶の仕様を固めてから丸二日。できた本数は二〇〇本あまり。

地面さえあればどこでも作れるので、実際に使うまでには必要数を揃えられるとは思うが……。

「案外、大型の缶と併用するのが楽か？」

自家消費ならもちろん、知り合いに売るのであれば瓶の回収も可能だろう。

都度、詰め替えの手間はかかるが、タンクのような物で保存する方が楽かもしれない。

「それに、もし冒険者ギルドに売るなら、基準とかあるかも？　規定の瓶があったりして？」

「……否定できないな。これはディオラさん案件だな。帰ってきたら相談しよう」

別に他の職員でも話はできるのだが、一番相談しやすいのがディオラさんなんだよなぁ。

色々と融通を利かせてくれるので、世間知らずな俺たちでも不安がないというのも大きい。

「そうね。お裾分けもあるから、力になってくれるでしょ。――それじゃ、最後は私たちね」

「大本命が来たの！」

ハルカの言葉に俄然身を乗り出すミーティアと、そわそわし始めるメアリ。

いや、搾乳器と瓶を紹介している間も、口を噤んだまま二人してそわそわしていたのだが。

「ふふ、まずは食べてもらいましょうか」

ナツキが俺たちに配ったのは、二種類のアイスクリーム。

片方は薄茶色で、もう片方はそれよりは白く、所々に黄色い粒々がある。

「た、食べて、良いんですか？」

「ええ、どうぞ」

笑顔のナツキに勧められるまま、メアリとミーティアはスプーンを握り、恐る恐るアイスクリームを掬い取って口に運ぶ――と同時に、目を大きく見開いて声を上げた。

「はわぁぁ、冷たくて、甘(あま)くて、とろけて……美味しいの！」

「なんですか、これ！　スゴイ、スゴイです！」

瞬く間にアイスを消費していく二人。彼女たちならお腹(なか)を壊(こわ)すこともないだろうが……。

俺はさり気なく『暖房(ワームス)』で部屋を暖めつつ、アイスを口に運ぶ。

「……うん、黒糖アイスと柚子のアイスって感じだな。少しクセがある」

間違いなく美味しいが、普通に美味しいって感じ。コンビニで買えるお高めのアイスよりは上だが、突撃野牛(ストライク・オックス)のミルクを初めて飲んだ時のような衝撃(しょうげき)はない。

「そう。問題点はそこなのよね。砂糖の風味が強すぎて、プレーンなアイスが作れないのよ。軽く精製してみたんだけど、たくさん使うと、どうしても雑味が出ちゃうし」

「柚子の香りが若干(じゃっかん)消されている気はするな。甘さも控(ひか)えめだし」

「え、別にこれで良くないか？　十分美味いぞ？」

トーヤはまぁ、そんな感じだよな。

「あたしは果物を使ったアイスも食べたいから、精糖には賛成かな」

ユキはちょっと物足りないという風だが――。

「精糖？　できるのか？」

「うん。ハルカたちから相談があったんだけど――」

この町で入手できる砂糖は所謂黒糖。サトウキビの搾り汁から不純物を取り除き、水分を減らして固めただけで、良く言えば味わい深く、一般的には雑味が多くて使いづらい。

これを濾過(ろか)したり、遠心分離機(ぶんりき)にかけたりして、上白糖やグラニュー糖などが作られる。

ハルカたちが欲しいのはこれ。クセがないのでいろんな料理やお菓子に使いやすく、アイスクリーム以外にも、ホイップクリーム作りに必須らしい。

「アイスだけならともかく、ケーキ類の生菓子も、か……」

「なくても生きていけるが、ちょっと勿体ねぇ気はするよな」

精糖の技術的困難さを棚に上げると、あとの問題はコスト。

黒糖を精製した場合、得られる白砂糖はかなり少なく、大半は蜜として排出されることになる。

つまり、元々高価な砂糖が、更に少なくなるわけで。

残った蜜に使い道がないでもないが、やはり上白糖に比べると使い道に乏しい。

「『生菓子……』」

だから、『無理して作らなくても』とも思うが、メアリとミーティアから向けられる欲望に塗れた――いや、お菓子に対する直向きな瞳を見ると、却下もしづらい。

「……ま、そのへんはハルカたちに任せる。食費として問題ない範囲に収まるのならやってくれ」

「だな。オレたちも菓子は嫌いじゃないしな」

そう、嫌いじゃない、というレベル。あえて製糖しなくても、このアイスだって十分以上に美味しいし、ケーキ類もあれば食べたいというだけで、なければないで我慢はできる。

言うまでもなく、それらを強く欲しているのは女性陣。

思い返せば、元の世界でも『季節のデザートフェア』やら、『ケーキ食べ放題』やら、『カップル限定スイーツ』やらに付き合わされることがあった。

必然、彼女たちの欲求を否定すると碌なことにならないのは、よく解っている。

「ありがと。コスト的にたくさんは無理だと思うけど、少し頑張ってみる」

「だね。まぁ、砂糖が高いといっても、使う量はそこまで多くないし、突撃野牛(ストライク・オックス)のミルクの価値と比べたら、似たようなものだからね」

販売価格で言うなら、突撃野牛(ストライク・オックス)のミルクはコップ一杯(ぱい)で大銀貨二～四枚。

その量のミルクをアイスクリームにするなら、必要な砂糖は大さじで一、二杯ぐらいか？

精製するために砂糖が二倍必要になったとしても、ミルクの方がまだ高いだろう。

もっとも、砂糖は買うしかないのに対し、ミルクは自前で調達できるという違いはあるのだが。

「えっと、これよりも美味しくなるんですか……？」

ハルカたちには納得できない出来でも、メアリたちからすれば十分に美味しかったのだろう。

信じられないように呟くメアリに、ナツキは微笑(ほほえ)んで頷く。

「その予定です。楽しみにしていてくださいね？」

「すっごく、すっごく、楽しみなの！　ミーは、期待して待つの！」

「私もです！　ここに来て良かったですぅ～」

そう言って表情を輝かせつつも、名残惜(なごりお)しげにスプーンを舐(な)めているミーティアとメアリ。

そんな二人にナツキは再度微笑み、手を付けていなかった自分のアイスをそっと差し出した。

◇　◇　◇

ダンジョン探索を続ける上で重要なのは、移動手段の確保である。

浅い階層で活動する冒険者ならまだ良い。

ダンジョンに入ってすぐに適正レベルの魔物と戦え、それで稼げるのだから。

だが、ランクが上がってくると、簡単にはいかなくなる。

より深い場所で戦う方が多く稼げるのは間違いないが、そこに辿り着くまでにかかる日数、必要な物資のコストなど、それらを計算に入れた上で活動場所を決めなければいけない。

だからこそ、速く移動できる手段を持つことは重要なのだ。

とはいえ、復路についてはあまり問題にならない。一般的なダンジョンには帰還装置が存在するため、その場所を頭に入れて探索を進めれば、効率の向上と安全性の確保が可能になる。

問題は往路。冒険者ギルドが転移装置を置いている所もあるが、設置と維持にコストが掛かるため、それは人気がある一部のダンジョンのみ。大半の場所では自分たちの足で潜るしかない。

当然、避暑のダンジョンも『大半』の方で、転移装置が設置されることは今後もないだろう。

だが俺たちには、そんな不便を解消する方法があるわけで。

「ナオ～、入り口の転移ポイントは、特に問題ないみたいだよ？」

「そうか。だが問題はダンジョンの中の方だよな」

およそ一週間ぶりに訪れたダンジョン。その入り口近くの地面を調べていたユキにそう言葉を返すと、彼女はドヤ顔で『チッチッチッ』と舌を鳴らし、指を左右に振った。

「違うよ、ナオ。ダンジョンじゃなくて、『避暑のダンジョン』ね？」

「……気に入っていたのか？　その名前」

「いや、あたしたちが使わないと、誰も使わないかな～って。折角、頑張って考えたんだし？」

「確かに命名者はユキだな。もっとも、思考時間は数秒だったが？」

「そんな昔のことは忘れたかも？　それより、重要なのは中の転移ポイントだよっ」

「それ、俺がさっき――いや、まぁ、いいか」

　ペロッと舌を出すユキに嘆息（たんそく）しつつ、俺はダンジョンの入り口に目を向ける。

　帰る時にはダンジョン内の転移ポイントも残っていたが、果たして今もそうなのか。

　ダンジョンの修復機能で消されたりはしていないか。

「これが分岐点（ぶんきてん）。結果次第（しだい）で、今後のダンジョン探索が左右されるわけだが……」

「消えてたら、またマラソンか？　雑魚（ざこ）敵を蹴散（けち）らしつつ」

「そうだな。ついでに俺の魔力次第では、消えてなくてもマラソンだな」

　ダンジョン内に設置してある転移ポイントのうち、最も浅い場所にあるのは第四層最後の小部屋に設置したもの。一応ギリギリ転移できると想定しているが、パーティーメンバーを連れて長距離（ちょうきょり）を飛ぶのは初めてであり、実際に上手くいくかは未知数である。

　ちなみに前回戻る時にも『領域転移（エリア・テレポーテーション）』は使ったのだが、それは第一五層から第一一層への移動。それも途中（とちゅう）で第一三層を経由しているので、一回の転移距離は五〇メートルほどでしかない。

「どうせなら、ここから一気に一五層――前回の所まで飛べねぇの？」

「無茶言うな。空間魔法は難しいんだよ……」

　多少訓練した程度で簡単に長距離転移ができるなら、空間魔法の使い手はもっと多い――かどうかは知らないが、難しい魔法と言われているのは伊達（だて）ではない。

　俺の持っている時空魔法の魔道書の著者は、国を跨（また）いだ転移すら可能だったらしいので、不可能ではないはずだが……著者が見栄を張っているのでなければ。

「まぁ、一〇層までなら、なんとか行けると思っているが……まずは調べてみるか」

第一〇層の転移ポイントを設置した際、入り口の転移ポイントを感知できたので可能性はある。

俺はダンジョンに足を踏み入れ、そこで反応を確認する。

「転移ポイントは無事、で……ギリギリ、か？」

感知できた反応は四つ。

一つは当然、入り口の傍に設置した物なのだが、あと三つほど反応がある。

距離や深さを考えると、第四層と第七層、そして第一〇層の最後の小部屋に設置した物だろう。

「う～ん、一〇層はしっかり判るのに、一一層のはダメだ～。そんなに距離が変わらないはずだけど……一〇層と一一層はなんか違うのかな？」

俺の横で『むむむっ』と額に人差し指を当てていたユキが、少し眉をひそめる。

「環境差が大きいし、なんか空間的歪みがあるのかもな。――ダンジョンだし」

すべての不条理を解決できる魔法の言葉を付け加え、俺は再度距離を測る。

直線距離なら第七層、第四層、第一〇層の順。安全策を採るなら、二回に分けて転移するのが良いだろうが、第一〇層の転移ポイントもギリギリなんとかなりそうな絶妙な位置である。

ただし、それをやると俺は魔力切れを起こし、たぶんその場で倒れる。

「ユキ、一人ぐらいは運べるか？」

「えっと、一〇層だよね？　う～ん……自分一人が限界、かな？　ゴメンね？」

俺の確認にユキは眉根を寄せて少し考え、申し訳なさそうに両手を合わせる。

「そうか。俺一人で六人分の転移か……。倒れたらすまん」

「気にするな！　ナオが半日程度倒れていても、徒歩で潜るよりはずっと早い」

「ぐっ。その通りだが、その言い方はムカつくぞ？　魔力切れは、マジでキツいんだからな⁉」

労りが足りない。気楽そうに俺の肩をポンポンと叩くトーヤの腹に、俺はガシガシと拳を叩き込むが、所詮は非力なエルフの力。まったく堪えた様子もなく、トーヤの笑顔は崩れない。

「まぁまぁ。その場合は、しばらく休めば良いわよ。私も『精神回復』を使うから」

「ですね。頑張ったナオくんには、私の膝枕も付けますよ？」

本気か冗談か、微笑むナツキの言葉を受け、ユキが俺の横腹を肘で突く。

「わー、ナオ、羨ましいなぁ。ユキちゃん、嫉妬しちゃう。この、この～」

「なら変わるか？　ちょっとゲロ吐いてみるか？　お？」

魔力切れのキツさはよく知っているだろうに、俺を茶化してくるユキに凄んでみるが、当然ながら彼女はきっぱりと首を振り、自分の太股を軽く揉む。

「ゴメン、無理。普通にあそこまでは届かないし。あたしにできるのは……ここを貸すぐらい？」

「そ、それぐらいであれば、私も――」

「ミーもできるの！」

「いや、すまん。枕はそんなに要らない」

むしろメアリとミーティアには、耳と尻尾で癒やしてほしい。

だが、さすがにそれは口にせず、俺は覚悟を決めて大きく息を吐く。

「ふぅ……よしっ。それじゃ、行くか。ユキ以外はできるだけ俺の近くに」

ユキが少し離れ、トーヤは俺の前、ナツキとハルカが俺の両肩に手を置き、メアリとミーティアが後ろから引っ付いてくる。俺はそれをしっかりと確認、魔法を使う。

「――『領域転移（エリア・テレポーテーション）』」

一瞬にして変わる視界――と同時に、身体から一気に失われる魔力。

膝から力が抜け、崩れ落ちかけた俺を支えてくれたのは、両脇のハルカとナツキだった。

「大丈夫？　――『精神回復（リカバー・メンタル・ストレングス）』」

「支えてますから大丈夫ですよ。さぁ、座ってください」

口を押さえて頷く俺をナツキが促し、トーヤが素早く設置してくれた寝台に座らせてくれる。

そして、隣にはミーティアがちゃっかりと腰を下ろし、自分の股をポンポンと叩いた。

「ナオお兄ちゃん、ミーのお膝を使うの！」

「はいはい。ミーは退きましょうね」

笑顔のミーティアをメアリが後ろから抱え上げ、苦笑したナツキがその位置に座る。

「よろしければ、どうぞ？」

少し手を広げてニコリと笑うナツキ。

恥ずかしさもあるが、魔力の消費は想定以上だった。

俺は素直にそれに甘え、身体を横たえてゆっくりと深呼吸。吐き気を堪えていると――。

「――っ、と、なんとか、成功。ふぅ」

そんな声と共に、ユキが俺たちの後を追って転移してきた。

一人での転移だった彼女は俺ほどには消耗していないようで、一瞬ふらついただけですぐに立て直し、こちらを見て小さく笑うと、寝台の空いている場所に腰を下ろした。

「お疲れ、ナオ。いや～、さすがに、きっついね！」

「ナオはこの有様だが、ユキは大丈夫なのか？」

「問題ないよ。一人でも連れてたら、今のナオみたいになってただろうけど」

「そうか。けど毎回、ナオがこんなに消耗するのはなぁ。ユキたちは、冒険者ギルドが設置する転移装置とか作れねぇの？　あれならそこまで消耗しねぇよな？」

俺を顎（あご）で示すトーヤの言葉に、ユキは小さく肩を竦める。

「代わりに魔石を消費するけどね。でも、錬金術事典にも、時空魔法の魔道書にも載ってなかったよ。何となく、冒険者ギルドの秘匿（ひとく）技術とか、そんな気がしない？」

「あぁ、解る、解る。それを独占（どくせん）しているから、ギルドに力がある、とかありそうだよな」

「普通の時空魔法にも、『転移門作成（クリエイト・ゲート）』っていう、似た魔法はあるんだけどね」

「……どちらかといえば、『領域転送（エリア・トランスポート）』の方が近いと思うぞ？」

『転移門作成（クリエイト・ゲート）』は、二点間を繋（つな）ぐ門を作る魔法で、大量の人や物を継続的に運ぶための魔法。

使用中は常に魔力の供給が必要なため、長期間に亘（わた）って門を開き続けることは難しい。

それに対して『領域転送（エリア・トランスポート）』は、指定した二点間で物を送る魔法。

転移装置は一瞬で移動できるらしいので、おそらくはこちらの魔法が元になっているのだろう。

「へー。けどさ、そんなの動かせるものなのか？　お前ですらその状態なのに。魔石で代替（だいたい）するにしても、無理じゃね？　どんだけ消費するんだよ」

今の俺は魔力切れで、ナツキに膝を借りた状態。確かにその通りなのだが――。

「簡単に言えば、口述魔法と儀式魔法の違いって感じだな」

口述魔法といっても、実際に呪文を唱える必要はないし、俺たちも唱えてはいないのだが、頭の中で瞬間的に組み上げる魔法の構成と、魔法陣などを使って作り上げる魔法の構成なら、確実に後者の方が精密なものができあがる。

転移魔法を例に取るなら、感覚で距離を測るか、メジャーを使えるかぐらいの違いだろうか？

逆に言えば、自身の歩幅をセンチ単位でコントロールできるような上級者なら、口述魔法で儀式魔法レベルのことができるのかもしれないが、当然、今の俺には不可能だ。

と、そんな説明を簡単にしてみたところ、トーヤは腕組みをして「うむ」と頷く。

「なるほど。解らん」

「マジックバッグと『空間拡張』の関係も同じだが、そうだな……。例えば、直線を引くときにフリーハンドで完璧な直線を引くのは難しいだろ？　でも、定規を使えば簡単に引ける」

「……まぁ、道具を使えばな？」

それでも微妙に納得できない様子のトーヤに、ハルカとユキも言葉を付け加える。

「どちらかといえば、機械の方が近いんじゃない？　自分の足で走るか、自動車に乗るか」

「その分、事前に自動車を設計して、組み立てて、燃料を用意して、と大変なわけだけど、一度作ってしまえば術者以外も使えて、消費するのは燃料だけって感じだよね」

「おぉ、その例なら理解できるな。……ん？　それじゃ、攻撃魔法なんかでも、その儀式魔法で準備をすれば、ずっと効果が高くなるのか？」

「いや、使いやすくはなるが、単純な魔法だとあまり意味がない。集束させて貫通力を上げたり、攻撃範囲を増やしたりはできるが、そのへんは練習すればそこまで難しくないしな」

比較的単純な攻撃魔法は、使用した魔力がそのまま威力に比例する。

もし、炎の温度を一〇〇〇度と一一〇〇度で使い分けたい、という理由でもあれば別だが、攻撃に使うのであれば、そんな必要性などない。逆にそれを必要とする調理用コンロなどでは、儀式魔法——つまりは錬金術を用いた魔道具として作製されるのだ。

「そのタイプの物だと、昔ガンツさんが見せてくれたミスリルを使った弓があったでしょ？」

「……そういえばそんな物があったな。売れ残ってたやつ——あぁ、だからか」

トーヤが少し考え込み、ポンと手を打つ。

俺も記憶の彼方って感じだが、あれはミスリルを使用した武器にも拘わらず、金貨一〇〇枚以下で買えるお値打ち品だった——いや、あまりお得とは言えないから、ちょっと違うか？

「あれって消費魔力が一定で、威力や速度の調節ができないのよ。それなら自前で『火矢』を使う方が便利だし、弦を引くと強制的に魔力が消費されるから、弓としても使えないの」

「つまり、あの弓の対象者は、魔力が潤沢にあり、しかし魔法は使えず、弓は使えて、普通の矢を使う必要がないか、別の弓を持ち歩ける人？　かなり限定的なターゲット層ですね」

「そりゃ売れ残るわ……。辺境のラファンまで流れてくるだけあるな」

ナツキが一つ一つ指を折り、挙げていった条件を聞き、トーヤが呆れたような声を漏らす。

「ホントだよね～。……ガンツさん、なんで仕入れたんだろ？」

悩むように『くくく～』と首を捻ったユキが、ハッとしたように両手をポンと合わせる。

「ちょっと話がズレたけど、そんなわけで転移装置は作れないし、作り方も知らない。現状ではナオに頑張ってもらうしかないってわけだねっ！　ファイトだよっ！」

「オイ。ユキも頑張れ？　さっきの調子からして、一人ぐらいは連れて転移できるだろ？」

「えー、それをやると、そこに寝るのがあたしになるんだけど……」

「寝ろ。次はユキが寝ろ。譲ってやるから」

毎回とは言わないが、交替で受け持ってもらいたい。とてもキツいので。

「うーん、ナツキの膝枕も良いけど、あたしはナオの方が良いかも？」

「問題はそこじゃない――が、それで頑張るのなら、吝かでもない。俺でも、ナツキでも」

「あら、あら。私の膝が売られちゃいました。でも良いんです。私は耐える女ですから」

「ナツキお姉ちゃん、可哀想なの？」

わざとらしく目元を押さえるナツキにミーティアが小首を傾げ、俺は慌ててツッコミを入れる。

「人聞きが悪い！　ユキ相手なら、ナツキも断らないだろ⁉」

「ふふ、そうですけどね？　――でも、魔力切れの辛さは私も実感しています。私にできるのは回復だけですし、ユキには頑張ってほしいです」

悪戯っぽく笑ってユキを見るナツキに、ハルカもまた頷いて口を開く。

「そうね。さすがに毎回、ナオに辛い思いをさせるのは……。一度に飛ばず、二回に刻む？」

「それも手だが……頑張ろう。経験を積むには、多少のキツさも必要だろうしな」

時空魔法は俺の一番の取り柄であり、今後も伸ばしていくつもりだ。

ギリギリまで自分を追い込めるこの状況は、見方によっては訓練に最適なのだから。

「ナオお兄ちゃん、頑張り屋さんなの。これは……ユキお姉ちゃんがワルモノなの！」

狙ったわけではないが、ミーティアの無垢な瞳に刺され、ユキが胸を押さえた。

「ぐっさぁぁ。い、いや、あたしも頑張るつもりだよ？　もちろん。でも、キツいのは判りきってるから、癒やしが欲しい。それぐらいで助けになるなら、全然構いませんけど」

「私ですか？　具体的にはメアリとミーティアの可愛い耳と尻尾！」

「――？　ユキお姉ちゃん、普段から触ってるの」

さすがユキ。俺には言えないことを、あっさり言ってくれる。

そこに痺れる、憧れる――真似はできないけども！

「でも、我慢強い皆さんがそこまで言うなんて、凄い魔法を使うのはやっぱり大変なんですね。私は魔法が使えないので、解りませんけど……どんな感じなんですか？」

「う～ん、ちょうど今のナオの状態なんだけど……吐き気と目眩、力が入らない感じ？　痛みとは違って、我慢が難しいからねぇ。あたしは次回、吐いちゃうかも？」

「安心して、ユキ。ちゃんと『浄化』をスタンバイしておくから」

良い笑顔でユキの肩に手を置いたハルカを見て、ユキが乾いた笑いを漏らす。

「ハハハ、そいつはありがてぇや……。ユキちゃんの乙女の尊厳がピンチです」

「そんなこと、今更気にする間柄でもないでしょうに……」

「それでも気になるの！　可愛いユキちゃんでいたいの！」

呆れ気味なハルカと、手をブンブン振って抗議するユキ。

そんな彼女に、俺は軽く手を上げて笑顔でサムズアップ。

「大丈夫だユキ。お前はいつでも可愛いぞ？　――だから魔法、頼むな？」

「取って付けたお世辞をありがとう、ナオ。でもチョロいユキちゃんは騙（だま）されちゃう！」

――などと、馬鹿話をしたり、魔法談義をしたり、軽食を摘（つ）まんだり。

途中で枕が変わったりしつつも、俺は数時間ほど身体を休めて魔力の回復を待ち、それから改めて第一一層への階段を下ると、そこで再度転移を行い、第一五層へ下り立つのだった。

搾乳器と瓶、突撃野牛（ストライク・オックス）にマーキングするための白い塗料（とりょう）。

それらの道具を持って俺たちが最初に狙ったのは、前回搾乳した個体である。

目的は乳の回復量を調べること。一週間ほどで同じぐらいの乳が得られるなら、この場所は天然の酪農場（らくのうじょう）と化す――牧童に並外れた膂力（りょりょく）か、高位の冒険者並みの戦闘力（せんとうりょく）が必要となるが。

「斃した突撃野牛（ストライク・オックス）は……まだ復活していないみたいだな」

「うん。確かに見当たらないね」

前回は階段を下りてすぐの所で突撃野牛（ストライク・オックス）を見つけたが、今回は【索敵（さくてき）】に反応はなし。

そこから少し歩いて、あの時、搾乳したエリアに移動すると……うん、いるな。

本当に同じ個体かどうかは判らないが、場所はマップで確認しているので、そこは間違いない。

「縄張（なわば）りが固定されていると期待しましょ。次は捕（つか）まえて確認ね。トーヤ、よろしくね」

「任せろ！　――こんなこともあろうかと！」

幸いなことに、突撃野牛（ストライク・オックス）に学習能力は存在しないようだ。

トーヤが自前で用意したらしい布をパタパタと振ると、それに向かって馬鹿正直に突進。

当然のようにサラリと避けられ、角を掴んで押さえ込まれたところに魔法が発動、その身体が持ち上げられるが、高さは前回の半分ほど。ユキと一緒に頑張って練習した成果である。

搾乳や縄を掛ける手間を考えると、やはり二メートルは高すぎるのだ。

「よし、無事成功！　――捕まえやすくて良いけど、ちょっと馬鹿だよね、突撃野牛」

嬉しそうなユキの笑顔が気に障ったのか、それとも前回よりもスムーズに拘束されたからか、なんだか不満そうに見える突撃野牛が「ぶもぉぉぉ――！」と鳴き声を響かせる。

だがしかし、俎板に載ってしまえば、それも負け犬の遠吠え。

ユキはまったく気にもせず、取り出した搾乳器を突撃野牛にセットした。

「さてさて～、ちゃんと動いてくれるかな～♪」

楽しげに歌うようなユキが、搾乳器のホースを瓶に差し込んでスイッチを入れると、搾乳器は小さな作動音を響かせ、すぐに瓶の中に牛乳が溜まり始めた。

その速度はなかなかに速く、三〇秒も経たずして一本目の瓶がいっぱいになる。

「おー、ちゃんと動いてるじゃん。ぶっつけ本番で成功させるとは、さすがだな、ユキ」

「ふっふーん、ナツキに協力してもらったからね！」

自慢げなユキの言葉に促されるように、トーヤがナツキの方を見る。

「ほう、ナツキに――」

「……トーヤくん、視線がセクハラですよ？」

トーヤがそう評価された理由については、彼の名誉のために語るまい。

「一応言っておくと、搾り方を教えてもらって、その原理を再現できるように作ったんだよ？」

「当然だろ？　それ以外にオレが何を考えるというのか。いや、あるまい！」

とても力強い反語である。

だが、その視線が泳いでいることが、すべてを物語っている。

「語るに落ちるって感じだねぇ——あ、もう終わりそう。この前と同じぐらいかな？」

追及しない優しさを見せつつ、ユキが搾った牛乳の総量は四本にちょっと満たないほど。

この突撃野牛が前回と同一の個体であれば、最長でも一週間、場合によってはもっと短い日数で、蓄えられた乳の量は完全回復するということになる。

「やったの！　これでアイスクリーム食べ放題なの‼」

「思ったより回復が早いんですね。これなら、たくさん牛乳が飲めそうです」

「野生の牛や魔物は知りませんが、乳牛であれば普通みたいですけどね」

それ専用に品種改良されていることもあるだろうが、ホルスタインのような乳牛は毎日大量の乳を生産可能で、むしろ搾らなければ病気になることもあるらしい。

「魔物だから気にするだけ無駄なんだろうが、乳を飲む子供も見かけないよなぁ」

「ですね。それとミーティアちゃん。さすがに甘い物は食べ放題にできません。身体に悪いです」

嬉しそうなミーティアにもしっかり釘を刺すナツキは、ちょっとお母さんっぽい。

「えー！　アイスクリーム、たくさん食べたいの……」

「でも、バランス良く食べないと、背も伸びなくなりますよ？」

「……ユキお姉ちゃんみたいに？」

「そうですね」

上目遣いで尋ねるミーティアにナツキがサクッと頷き、即座にユキの抗議が飛ぶ。

「そうですね、じゃないよ!?　あ、あたしのこれは体質！　小さい頃から好き嫌いせずに食べてたから！　第一ハルカだって、実はそんなに背は変わらないからね!?」

そう、小柄な印象のあるユキだが、今の身長はハルカとあまり差がない。

ただしこれは、ハルカがこちらに来て少し縮んだから。元の世界のことを覚えている俺たちからすると、やっぱり一番小さいイメージがあるのはユキなんだよなぁ。

「そもそも身体の成長という点で言うなら、ハルカも――うきゅっ」

ユキがハルカを指さして、何かを言いかける。だがその言葉は、笑顔でスッと近付いたハルカによって止められた――首に回された腕と口を塞ぐ手のひらで、物理的に。

「ミーティア、重要なのは身体の成長よりも健康よ？　病気になるのは嫌でしょ？」

「い、嫌なの！　ミーはちゃんと我慢できるの！」

諭すように言うハルカに対し、何かに怯えるように首をブンブンと上下に振るミーティア。

……うん、病気。病気は怖いよな？

「ええ。私たちには魔法があるけど、常に治せるとは限らないからね」

ハルカはニコリと微笑み、ユキを解放。ユキは口を尖らせて背後を振り返るが……。

「げほっ、げほっ。もー、乱暴だなぁ。別に気にするような――」

そこにあったハルカの顔を見てサッと目を逸らし、無言で白い塗料を取り出した。

「さ、さて～、あとはマーキングしてから解放だね～。ペタペタ、と」

何か誤魔化すように呟きながら、ユキは突撃野牛を牛柄――ホルスタインっぽく染める。

塗料が案外安く手に入ったからか、無駄に芸術性を発揮しているユキだが、これの目的は雌雄の区別と個体の識別を行うためである。

俺たちが欲しいのは牛乳。無駄な戦闘を避けられるならそれに越したことはない。

「最後に番号も追加して……よし、完成。それじゃ、撤収～」

土壁の上でジタバタしている突撃野牛を放置し、俺たちは次のエリアへ向かった。


それからは突撃野牛を見つけては性別判断、駆除したり、搾乳＆マーキングしたり。

時間をかけて第一五層を歩き回り、最終的に俺たちが作業を終えたのは三日後のことだった。

「ようやくか～。結局何頭いたのかな？　一〇〇頭以上は間違いないけど」

「面倒だから数えてねぇよ。けど、悪くはないよな、稼ぎとしては」

売れば牛乳だけでも金貨一〇〇枚を超えるだろうし、駆除対象とした雄の突撃野牛の肉や魔石などの素材、森から得られる果物も馬鹿にならない。

ちなみに、第一五層で見つけた果物は梅と桃。

残念ながら梅はあまり人気がない――というより、普通に食べるには酸っぱすぎて、一部地域以外では売れないようだが、逆に桃はその運搬の困難さから高く売れるし、美味しい。

だから桃は、大喜びで採り尽くしたのだが――。

「でも、よく考えたら初めてだよね、採れるのに採らなかったのって。微妙に損した気分」

「あれはダメなの。ミーは騙されたの！　ぷんぷん！」

憤慨(ふんがい)するミーティアが言っているのは、当然梅のこと。

熟(う)れた梅は匂いだけは非常に美味しそうなわけで。

ミーティアは当然のように齧(かじ)り付き、『みゃー！』と叫(さけ)んで吐き出す羽目に陥(おちい)った。

「梅は扱いにくいから……。私たちでも、あまり使い道がないものねぇ」

「そのままでは食べられないので、梅干しと砂糖漬(さとうづ)けですね。私たちは梅酒を飲みませんし」

他の果物のように売ることができず、加工してもたくさん食べるような物ではない。

なので、自分たちに必要分だけ採って帰り、ディオラさんやアエラさんなどの知り合いに聞いてみて、使い道がありそうならまた採りに来れば良いという結論になっている。

「残念といえば、突撃野牛(ストライク・オックス)の肉は少し期待外れだったよな」

先日自宅に戻った時に味見してみたのだが、牛乳の上質さに比べると……。

不味(まず)くはないのだが、そこまで美味くもなく、グラム数百円ぐらいの輸入牛肉という感じ。

部位によってはステーキに向いていると思うが、全体の印象としては普通の肉だろうか。

「え、そうか？　美味かったじゃん？」

「トーヤはガッツリとしたお肉が好きだもんね。あたしも赤身肉としてはそれなりに美味しいと思ったかな？　熟成させたら変身するかも？　やり方は判らないけど」

「私は結構好きでした。美味しく焼いてくれたこともありますが……」

「ミーも。あれはあれで美味しいの」

「むしろ霜降(しもふ)り肉より使い勝手が良いわよね。毎日脂(あぶら)っこいのを食べるのはキツいから」

「はい。ビーフジャーキーにするのにも、向いてる肉ですよね」

おっと。俺以外には案外好評らしい。

いや、俺も別に嫌いじゃないんだが。単に期待してたのとは違ったというだけで――。

「って、ビーフジャーキー⁉　作れる？　作れるのか？」

「え、ええ。作ることはできますが、上手く味付けできるかどうかは……。日本で売っているような物を想像しているのであれば、試行錯誤は必要だと思いますよ？」

思わず身を乗り出した俺にナツキが戸惑いがちに答え、ハルカが訝しげに俺を見る。

「妙に食いつきが良いわね、ナオ。好きだったの？」

「実は結構。でも、なかなか買えないだろ？　あれって、高いから」

「あー、あれは確かに美味いよな。硬すぎないし、醬油とスパイスが程良くて。オレも好き」

このあたりで買える干し肉は、基本的に硬くて塩辛いだけであり、決して美味しいと言えるような物ではなく、ビーフジャーキーとは似て非なる物である。

もちろん俺が食べたいのは、日本で売っているようなビーフジャーキー。

甘辛くてほどよい硬さの干し肉――干し肉、なんだよな？

こっちで買った干し肉を知っていると、本当に同じ物なのか疑問なのだが。

「いつかあれを、お腹いっぱい食べるのが俺の夢だった」

「解る。いつも物足りない」

頷き合い、手を握る俺とトーヤ。

「そうだったの？　まぁ、お小遣いで買うにはちょっと高かったわよね」

俺の小遣いで買える量なんて、高校生男子のお腹を満たすにはまったく足りないレベル。

原料が牛肉で、それを乾燥させていると考えれば値段にも納得できるのだが、納得できることとお金を出せることは別問題。お菓子代わりに買うには、ちょっとハードルが高かった。

「そんなに美味しいなら、ミーも食べてみたいの」

「私も、その、ちょっと興味があります……」

「では作ってみましょうか？　あれも塩分が多いので、さすがにお腹いっぱいはダメですが」

ミーティアとメアリの言葉もあってか、どうやら作ってくれることになったらしい。

お腹いっぱい食べられないのは残念だが……うん、今後の楽しみができた。

「――それじゃ、そろそろ行くか？」

俺がそう言って立ち上がると、ハルカたちも頷いて後に続く。

視線を向けた先にあるのは、久し振りに見つけた扉。そしてここは第一五層の最後の場所――つまりこれまでと同じパターンであれば、この扉はボス部屋へと続いているわけで。

要するに俺たちは、ボス戦を前に万全(ばんぜん)を期し、体力の回復を図(はか)っていたのだ。

何故ならこの階層にいたのは、【索敵】判定でオークレベルの突撃野牛(ストライク・オックス)。

ピッカウと暴君(タイラント)ピッカウがいた第七層に倣(なら)うなら、ここにいるボスの強さは最低でもオークリーダー、下手をすればオークキャプテンレベル。決して侮(あなど)るべきではない。

幸いこの世界のダンジョンは『ボスからは逃(に)げられない！』みたいなことがないので、【看破】してヤバそうなら、一目散に逃げる予定である。

「開けるぞ？　準備は良いか？」

全員が頷くのを確認してトーヤが慎重(しんちょう)に扉を開け、見えてきたのはいつものボス部屋。

その奥にいたのは……突撃野牛より二回り以上巨大な、二足歩行する牛だった。

この説明ではミノタウロスのようにも思えるだろうが、あれは半人半牛。

しかしこちらは一〇〇％ビーフ——もとい、一〇〇％雄牛である。

オークが二足歩行の猪といった様相なのと同様に、こちらも二足歩行の牛であり、人っぽさを感じないのは、全身に毛が生えていて体勢もやや前屈み、更に顔が完全に牛だからだろう。

前脚が蹄ではなく、物を掴めるようになっているところが、牛との大きな違いか。

ちなみに、何故雄牛と判ったのかといえば……言うまでもないよな？

ある程度収納されているとはいえ、位置的に顔の前あたりにあるので、ちょっと気になる。

二足歩行の魔物は少し謙虚になってほしい。

「ナオ、どうだ⁉」

「たぶん、いける」

脅威は脅威。だが、覆せないほどではない、はず。

【ヘルプ】で判った名前は〝マードタウロス〟、強さはオークリーダーよりも少し上。

両手でトーヤの身長ほどもある斧を持ち、侵入してきた俺たちを鼻息も荒く睨み付けている。

【看破】で気になる情報は——。

「【咆吼】を使うかもしれない。気を付けろ！」

「了解‼　すぅぅ——、『がぁぁぁぁ』」

先手必勝か、トーヤが【咆吼】を使いながらマードタウロスに突っ込む。

それはマードタウロスの動きを一瞬止めたにすぎなかったが、効果は決して低くなかった。

トーヤへの対応が僅かに遅れ、マードタウロスはやや不安定な体勢でトーヤの攻撃を受け止めることになったが、そんな体勢でも敵の膂力は侮れないものがあった。

拮抗したのは一瞬。

マードタウロスはすぐに斧を振り上げるようにして剣を弾き、トーヤを後退させる。

「チッ。力では負けるか」

当たり前である。身体を伸ばせば、体長はおそらくトーヤの二倍を超えるだろう。

胴体に対する腕や足の比率も、普通の牛とは比較にならないほどに太い。

二の腕の部分など確実に俺の胴回りより太いし、そこから繰り出される攻撃の重さも推して知るべし。魔力による強化がなければ、トーヤは対抗もできないだろう。

「トーヤ、援護はいるか？」

「問題ない。やらせてくれ！」

強いことは強いが、所詮は一匹。

溶岩猪ほどの脅威は感じないので、魔法使い三人で攻撃を行えば問題なく斃せるだろう。

トーヤの希望に、少し前に出ていたナツキとメアリが確認するようにこちらを振り向き、俺が頷くと、武器は構えたままで俺たちの方へと下がってきた。

マードタウロスも退くナツキたちより、正面に立っているトーヤの方が気になるらしい。

デカい斧を振り回してトーヤに攻撃を加えているが、トーヤは大振りなその攻撃を正面から受け止めることはせず、上手く避けながら少しずつダメージを与えている。

溶岩猪を除けば、マードタウロスは過去最大規模の巨体であり、攻撃の威力はオーガーを超えるだろうが、速度はまったく届かず、正に『当たらなければ、どうということもない』である。

トーヤもそれを認識してか、焦る様子も見せず慎重にジワジワと脚を削っているので、マードタウロスの動きはますます緩慢になってきているのだが、それを見るユキは眉根を寄せている。

「う～ん、あれだと……」

「ユキ、何か気になることでもあるの？　順調そうだけど」

「大したことじゃないんだけどね？　あの腕の肉を使えば、マンガ肉が実現できるかなって」

——おい、マジで大したことじゃないな⁉　いや、確かに作れそうだけれども！

「そうね、あの太さなら……いえ、腕はダメね。骨が二本あるから。使うならモモ肉ね」

——あぁ、そうだね、下膊部には二本の骨があるよな。

でも上膊部なら——って、真面目に検討することか？　ちょっと憧れはあるけどな！

「日本でも稀に作られていましたけど、随分小ぶりでしたし、成型肉を使った擬い物でしたね」

「それは仕方ないよ。仮に売っていても家庭だと調理できないし、食べきれないもん」

「核家族化が進んでますからね。最近では普通サイズの西瓜が売れないって話ですし」

——うん、そだねー。大きい西瓜だと、普通の冷蔵庫では冷やすのも大変だから。

残れば冷蔵庫のスペースを圧迫するし、大家族でないとなかなか消費しきれない。

以前新しい冷蔵庫を買った時に、オマケとして特大の西瓜を貰ったが、それこそそんなときでもなければ、大きな西瓜が入るようなスペースは空いていないだろう——って。

「いやいや、西瓜と同列に語るなよ、ナツキ」

「似たような物じゃないですか？　さすがのトーヤくんでも食べきれないでしょうし」

「だよねぇ。『上手に焼けました！』サイズだと、一〇キロぐらいありそうじゃない？」

「あぁ、アレね。確かに」

とあるゲームに出てくるマンガ肉……っぽい物。

それ以外でもマンガ肉といえば、一〇キロぐらいはありそうである。

一ポンドステーキ二〇枚分。獣人組がいるので、切り分ければなんとかいけるかもしれないが、それをすると、マンガ肉に齧り付くという夢が果たせないわけで。遣る瀬ない。

いや、実際に齧り付いてみたところで、すぐに飽きるのだろうが。

西瓜を丸ごと食べてみたいとか、ケーキをホールで食べてみたいとか、そのレベルの『やってはみたいけど、実際にやったら挫折する夢』というヤツである。

「おーい、オレが苦労してるのに、暢気な話をしてるなぁ！」

「ん？　苦労してるのか？」

「……いや、そんなでもないけどよぉ～」

釈然としない様子のトーヤではあるが、もちろん俺たちは、戦いからまったく目を逸らしていないし、いつでも魔法で介入できるよう、集中力を途切れさせたりもしていない。

のんびりと雑談をしているのは、それぐらいトーヤの戦いに余裕がありそうだからである。

簡単に斃せるほどには弱くないが、一瞬のミスが命取りというほどには強くもない。

総じて言うなら、『訓練相手には最適』ぐらいだろうか。

トーヤもそれが解っているのか、攻撃を捌く方に集中している印象。

素材の回収を考えるなら、魔法での一撃必殺の方が良いのだろうが、そればっかりではスキルアップにならないし、たまにはこんな戦闘も必要だろう。

——俺もどこかのボスを使って、槍の実戦訓練をするべきだろうか？

「てえぇぇぃ！」

そんなことを考えている間に、トーヤの攻撃がマードタウロスの脚を大きく切り裂き、その巨体が「どぅっ！」と大きな音を立てて地面へと倒れ込む。

同時にトーヤが追撃、右手首を砕き、巨大な斧がガランと地面に転がる。

「そろそろ決着か」

何事もなく終わりそうと息を吐いた俺に対し、ユキの方は困ったような声を上げた。

「あぁ……モモ肉に傷が……」

「そっちの心配かよ！　本気で作るつもりなのか？」

「うん。ま、片脚は無事だし良いか。一回作れば満足だし？」

まぁ、冷静に考えてモモ肉の丸焼きなんて、そこまで美味くはないよな？

メアリたちの歓迎会でタスク・ボアーの丸焼きを作った時も、見た目のインパクトは十分だったが、結局は削り取ってタレを付けて食べることになったし。

「おーい、見事に勝ったオレに対する賞賛は？」

マードタウロスが斧を手放した後は簡単だった。

地面に頭を付けてしまえば、正に攻撃してくれと言っているようなもの。

トーヤは手が届くようになった首筋に剣を叩き込み、マードタウロスに止めを刺していた。

「おめおめ。パチパチ」

「はいはい。よく頑張ったわね。『浄化(ピュリフィケイト)』」

俺がてきとーに手を叩いてやると、ハルカもやや投げやりに賞賛、返り血に汚れていたトーヤを綺麗にしてやり、ナツキは苦笑して薙刀(なぎなた)を下ろす。

「トーヤお兄ちゃん、ミーは凄かったと思うの」

「はい。あの大きな敵に一人で立ち向かって……。格好良かったです」

「でも、一人で戦わせてあげたんだから、むしろお礼を言われるべき？」

素直に褒めるメアリたちと混ぜっ返すユキの言葉に、トーヤはため息をつく。

「メアリとミーティアは癒やしだなぁ……。まぁ、一人で戦ったのは、オレの我が儘(まま)だけどさ」

「斃すだけなら問題ない敵だしな。とはいえ、手強(てごわ)い敵との実戦訓練が必要なのは同意だ」

「だろ？　オレたちの間だけでの模擬(もぎ)戦じゃ、限界あるし」

「戦い方、結構バラバラだもんね、あたしたちって」

「私とミーティアは、皆さんから教えてもらえますが……」

トーヤの剣は当然として、俺の槍とナツキの薙刀でも扱い方は異なる。小太刀(こだち)に関してはトーヤとメアリ以外の全員が使っているが、メイン武器としているのはユキとミーティアのみ。

それにそもそもの問題として、人間相手と魔物相手では戦い方が違うわけで。

「ボス相手の訓練ね……。悪くないと思うけど、なかなか復活しないわよね、このダンジョン」

「ですね。平均的なダンジョンがどうなのかは判りませんが、一〇日以上……下手をすると一ヶ月ほど必要みたいですし、残念ながらあまり頻繁には戦えませんね」

スキルアップのために一人ずつ戦ってみるにしても、それなりの日数が必要となる。

もちろん相性もあるので、全員がすべてのボスに挑む必要はないと思うが、それでも一種類のボスに数回となれば、数ヶ月はかかるだろうか。

「ボチボチ鍛えながら、このままダンジョン探索を続ける方法もあるとは思うが、未だにダンジョン入り口周辺の方が魔物が強いんだよなぁ」

つまり、そちらで戦う方がレベルも上がりやすいだろうし、稼ぎも良いということ。

得られる果物は美味しくて生活に彩りを添えてくれるが、既に一年分は十分に確保できている。

「この時季、外は少し寒いけど、逆に戦いやすいとも言えるのよね」

「一応、宝箱というお楽しみはあるけど……地形の関係か、一一層以降はなかったよねぇ」

その宝箱にしても、ボスの初回討伐報酬（俺の予想）以外は大した物が入っていない。

ボスを斃す度にあの宝箱があるならやり甲斐もあるが、ボスが復活しても宝箱は復活しないようなので、あれが初回討伐報酬的な何かだという予想は、そう間違ってもいないだろう。

「ま、そのへんは出てくる雑魚敵を見て考えれば良いんじゃね？　厳しそうな階層が出てきたら、そんとき考えるとして、今は報酬を確認しようぜ？　久し振りの宝箱なんだし」

そう言うトーヤが指さすのは、新たに出現した扉。

これまでと同じなら、あの向こうには報酬部屋があるはずで。

途端にそわそわし始めたミーティアに、俺たちは顔を見合わせて笑い合うと、マードタウロスの死体と無駄にデカい斧を回収して、その扉を開く。

「……うん。いつも通りだな」

そろそろ見慣れてきた部屋には例の如く、宝箱と帰還装置、そして下へと続く階段。

そんな宝箱の中に今回入っていたのは、大きな両手剣だった。

普段トーヤが使っている片手と両手、どちらでも使えるようなサイズではなく、普通の人間なら両手でなければ絶対に扱えないような大きさと重さ。刃渡りだけで俺の腰まであり、それに柄が付いているのだから、両手剣としてもかなり大きい部類に入る。

これを片手で振れるのは、それこそ先ほどのマードタウロスぐらいだろう。

「これはまた……扱いに困る武器ね」

「トーヤ、ちょっと持ってみ？」

「どぅれ……重っ！　両手なら振れねぇことはないが、使いにくいぞ、これ」

一応、両手で持ってブンブンと振ってはいるが、その速度はあまり速くない。

当たれば威力はありそうだが、そもそも当たるかどうかが問題。そんな武器である。

「メアリも両手剣を使っているが……無理だよな？」

「はい。トーヤさんがあれでは、私には絶対無理です」

「あー、でもこれ、白鉄製だな。もし買うとしたら高いぞ？」

トーヤの言葉によく見てみると、確かに錆も浮いていないし、それっぽい。

青鉄や黄鉄なんかと比べ、白鉄はよく磨かれた鉄との違いが判りにくいんだよな。

「でも問題は、買えば高くても、高く売れるとは限らないことですよね」

「うん。使える人がいなければ、武器に価値なんてないもんねぇ」

「ガンツさんに素材として引き取ってもらいましょ。白鉄なら多少はお金になるわ」

ハルカのそれは無難な提案だったが、トーヤが眉根を寄せて異を唱える。

「え、なんか勿体なくね？　折角宝箱から出たのに」

「それを言うなら、ただの鉄の剣も宝箱から見つけたが？　それとも何かあるか？　使い道」

「使い道は……トレーニング用品？」

「高価なトレーニング用品だなぁ、おい」

トーヤが少し考えて出した答えに、思わず失笑する。

確かにこれで素振りをすれば、筋力も付くだろうが、それならばただの鉄の棒を使う方がコスパがいい。白鉄製でこのサイズ、普通に考えて金貨一〇〇枚以上するぞ？

「う～ん、ダメか？」

「ダメ、じゃないけど……本当に必要？」

「必要か、と訊かれると、必要じゃないんだが……」

ハルカから改めて訊かれ、トーヤは言葉を濁す。

少なくとも俺たちにとっては、実用性皆無。あえて言うなら、戦槌を武器にしているトミーなら使えるかもしれないが、アイツと一緒に戦闘をする機会なんて、魚釣りのときぐらい。

遭遇するのもゴブリン程度なので、この武器は明らかにオーバースペックである。

「他の用途だと、飾るとか？　美術品としては無骨だけど、趣味は人それぞれだしね～」

「実用品よね、これは」

武器・防具を飾るという趣味は洋の東西を問わないのか、日本なら大鎧や日本刀、西洋なら全身鎧やサーベルなど、金持ちの家ならありがちといえばありがち——俺の勝手な印象では。

だが実際、ナツキの家には飾ってあったし、元の世界で以前訪れた、観光地化されている洋館などにも飾られていたのだから、そう間違ってはいないだろう。

とはいえ、俺たちの家には合わないと思うので、飾るのは自分の部屋にしてほしいところだ。

「……まぁ、良いんじゃないですか？　別にお金には困っていませんし、トーヤくんが欲しいと言うなら。日本刀なら私の家でも飾ってましたし」

「おっと、ナツキが賛同するとは予想外」

趣味や装飾品、衣服などならともかく、武器のような実用品は無駄に持っていても邪魔になるだけ、というタイプだと思っていたんだが。

こちらでは当然として、日本にいた時も、無駄な物をあまり部屋に置いていなかったし。

「それに、お金が必要になれば、そのときに取り上げれば良いだけでしょう？」

「それでこそナツキ、容赦ない！」

「合理的と言ってください。もちろん、トーヤくんのポケットマネーで補填するなら、それはそれで自由ですよ？　存分に愛でてください」

容赦はないが、合理的ではある。

俺たちのパーティーでは武器や防具、冒険に必要な物品の費用は、共通費から出している。

宝箱から得た物を使う場合もそれに準じるのだが、実戦で使わない武器となると、それはもう趣味の範疇。となれば、当然、個人資金からお金を出すことになるので、この武器を飾っておきたいのであれば、トーヤが買い取ることになるが……。

「いや、飾るとは言ってないんだが……。単にいつか、こういうタイプの武器でごり押しが必要な敵が出てくるかもしれねぇと思っただけだし。オレたちって、硬い敵には向いてないだろ？」

「なるほど、鈍器と呼べるのは、トーヤとメアリの剣だけだな」

「魔法が効かず、斬れない敵かぁ……。というか、それならそうと最初から言えば良いのに」

やや心外そうに、トーヤが口にした意見には一理あった。

例えばゴーレムのように硬い敵が出てきた場合、俺たちの持つ武器では少し心許ない。

ハルカの矢は当然として、切れ味の良い小太刀も、岩を断ち切れるほどには非常識ではない。

俺とナツキの長物、その石突きであれば多少はマシだろうが、やはり効果的とは言い難い。

最適なのは、それこそトミーの持つハンマーなどの鈍器だろう。

俺たちには魔法があるのでなんとか対処できるかもしれないが、そのときに前衛を支えるトーヤに攻撃手段がないというのは、確かに困る。

「だって、物になるか判らねぇし？　やってみて無理だったとか、ちょっと言いづらいじゃん」

「そこは気にしなくて良いと思いますけど。私たちも結構、武器を変えてますし。ねぇ？」

「だな。無駄に買って使わないってなら、そりゃダメだろうが、試すことに意味はあるだろ？　しかも今回は、買うわけじゃないんだから」

引退した武器はあれど、これまで購入した武器はいずれもそれなりに活躍している。

使えるかどうか判らない武器――例えば、ハルバートを試しに買ってみる、というなら金の無駄になるかもしれないが、手に入った武器を売らずに試してみるぐらいは大した問題でもない。

武器なんて、新品未開封じゃないと大幅に価値が落ちるってな物じゃないし、宝箱から出た時点で既に中古扱いなのだから。

「トーヤの武器スキルは、【剣術】と【棒術】よね？　それに加えて【剣の才能】と。そう考えると、両手剣を試してみるのはありだと思うわよ」

「うん。少なくとも、あたしたちの中では一番可能性があるわけだし。トーヤ、ガンバ」

「大剣使いとか、如何にもタンクっぽいよな。頑張ってマゾになれ」

「いや、マゾにはならねぇよ!?　……まぁ、程々に頑張るわ」

俺の激励を受け、トーヤは少し疲れたようにため息をつくのだった。

第一六層に入っても、草原とそこに点在する森という景色は変わらなかった。

生息する魔物も同様に突撃野牛だったが、森で見つけたのは栗が一種類のみ。

果物ではないので、俺としてはちょっと残念だったのだが、ユキなどは『マロンだ～！』と狂喜していたので、彼女的には大満足だったようだ。

また、森の魔物も特に変化はなかったのだが、栗の木の存在が問題になった。

魔物が木の枝を使って飛び跳ねるものだから、毬栗がボトボトと落ちてきて超危険。

幸い、今の身体であれば毬栗は刺さらないのだが、顔に当たればそれなりには痛いし、足下に落ちている毬栗やそこからこぼれた栗の実は、地味に移動を阻害する。

更に下手に踏み砕いたりすると、ユキたちから『勿体ない！』と苦情も来るわけで。

なのでここでの戦闘では、移動の必要がないハルカの弓が一番活躍した。

あとは、節約気味に使っている攻撃魔法。森の中なので、一応は火魔法以外をメインに。

そんな感じに順調に探索を進めていたのだが、やがて問題が発生する。それは——。

「牛乳瓶（ぎゅうにゅうびん）がなくなっちゃったの……」

そう。この階層にも突撃野牛（ストライク・オックス）がいるということは、牛乳の回収もするということ。

元々大量に準備していたし、俺とユキで合間に作ったりもしていたのだが、第一六層を半分ほど回ったところで、とうとう牛乳を保管する瓶がなくなってしまったのだ。

瓶自体は魔法で作れるので、時間をかければ用意することはできるのだが……。

「取りあえず牛乳の回収は、もう良いんじゃないか？」

「あたしも賛成～。一人一日一リットル飲んでも、たぶん、一年ぐらい保つよ？」

当然、そんなに牛乳は飲まないし、お裾分けの分を考えても十分な量だろう。

「売るにしても、ディオラさんに相談して収益を計算してからだろうし、無駄に集めてもな」

「オレも積極的に賛成。いい加減、面倒で飽きた！　かなり神経使うし」

「ははは……、ある意味、トーヤくんが一番大変ですもんね」

最初に突撃野牛（ストライク・オックス）を押し止めるのはトーヤの役目。

一〇〇頭以上、何日もそんな作業を続けていれば、うんざりするのは当然だろう。

そして俺とユキは、瓶作りと土壁作りをずっと続けていたわけで……。

「瓶を作る二人とトーヤが言うなら、私は反対しないわ。なくなればまた来れば良いんだし」

「うん！　なくなったら、また搾りに来るの！」

少し残念そうだったミーティアも、『また来れば良い』の言葉で元気を取り戻し、メアリも特に反対をすることはなく、俺たちは突撃野牛（ストライク・オックス）は無視して探索を続けることになった。

だが、突撃野牛が〝大事な資源〟であることに変わりはない。

そんな資源の浪費を避けるため、そしてついでに【忍び足】や【隠形】の訓練も兼ねて、俺たちは極力戦闘を避けながら先へと進み、次の第一七層。

ここの森で手に入ったのは、クットの実。

そう、自宅の庭で大量に拾え、現在、食べきれないほど在庫があるアレである。

当然、俺たちのテンションはだだ下がり。森の確認だけして採取は行わず、次の階層へ。

第一八層の森は、胡桃。これは頑張って集めた。

去年集めた物は既に食べてしまっていたし、ナツキが『胡桃パンを作りたい』と言ったので。

ただし、クットほどではないが、胡桃も、そして栗もあまり高くは売れない。

その理由は、稀少性のなさと保存性の高さ。

普通の森でも採取できる上、それなりに保存が利く品であるため、買い取り価格もそれ相応。

危険なダンジョンに挑んでまで、頑張って集めてくるほどの価値はないのだ。

「う～ん、もしかしてここって、ナッツエリア？」

「その可能性はあるわね。一一層から一五層までを考えると」

「木の実も美味しいですけど……あんまり高く売れないんですよね？」

「木の実は食べ応えがないの。しょんぼりなの」

肉や野菜と比べると、確かにナッツは食べ応えがない。

それに加えてクットは、以前のミーティアでも食べられるほどお手軽な物だったので、それと似ているナッツ類にはイマイチ心が躍らないらしい。

「ダンジョンらしさというか、珍しさはないよな。俺としては、カシューナッツとか出てきてくれると嬉しいんだが……。一度、カシューアップルも食べてみたいし」

ナッツ部分は売っていても、果肉部分（正確には違うみたいだが）は実物を見たことも食べたこともない。興味本位で食べてみたいという俺に、ナツキが少し困ったような表情を浮かべる。

「カシューナッツは私も好きですが……大変みたいですよ？　ナッツ部分を食べるのは」

「そうなのか？　形が変わってるのは知ってるが」

ナッツの多くは種の仁が可食部なので、色々と処理が面倒だ。

例えば胡桃。これも食べるためには周囲の果肉を取り除く必要がある。

ただ、町の道具屋で専用の道具が手に入るので、処理はそこまで難しくない。

見た目は小型の洗濯機みたいな物で、中に胡桃を放り込んでハンドルをグルグル回すとゴリゴリ果肉を削り取ってくれ、後に残るのは見慣れた殻付きの胡桃。

それを綺麗に洗って乾燥させれば処理は完了、後は食べるだけである。

今の腕力なら素手で胡桃の殻を砕ける。昔見たカンフー映画の主人公の如くに。

ただし、あれをやると高い確率で中身が粉々になり、当然女性陣には不評。嬉しくなって割っていた俺とトーヤは怒られ、『道具を使え』とギターのピックみたいな物を手渡された。

言われるままにそれを使って殻をこじると、軽い力で中身を綺麗に取り出せる。

カンフーの達人になれたのは、一瞬のことだった。

さて、そんな胡桃に対してカシューナッツは、というと……赤いピーマンを逆さにしたような先っちょに、カシューナッツが付いていることぐらいしか知らない。

胡桃と同じナッツと考えれば、果肉を取り除いて種を割るんだろうが……。

「そうですね。そこが種子であることは間違いないですし、仁を食べるのも同じです。問題点は二つ。カシューナッツがウルシ科の植物であることと、仁を取り出すのがかなり難しいことです」

「げっ、ウルシかぁ……」

この身体はどうか判らないが、元の身体はかぶれに強い体質ではなかったので少々不安がある。

【頑強】があるので大丈夫だと思いたいが……。

「硬い殻がありますからね。それを綺麗に割って中身を取り出し、更に薄皮を剥いて。私も実際にやったことはありませんが、よくできると感心します」

薄皮……。胡桃はそれが付いたまま売っているが、カシューナッツは剥いてあるよな。

たまにちょこっと残ってたりするけど。

「それってやっぱり手作業？」

「らしいです。売っているカシューナッツを見れば判りますが、形もバラバラですからね」

機械化できないのか。そう考えれば、カシューナッツが高いのも理解できる。

もしかすると元の世界では、AIの機械学習で『カシューナッツを剥けるロボット』が出てきて、安く食べられる未来もあったのかもしれないが、今の俺には何の恩恵もない話である。

「じゃあ、仮に見つかっても、カシューナッツを思う存分食べるのは無理か」

「たぶん、食べる時間の数十倍は、殻剥きに時間が取られるんじゃないでしょうか」

「うげ。——あっ、ハルカ、錬金術でゴーレムとかないのか？」

ちょっと期待してハルカに尋ねてみるが、彼女は苦笑して肩を竦める。

「ゴーレムはあるけど、単純作業だけね。細かい作業をやらせるぐらいなら、普通に人を雇った方が安いわよ、絶対」

「あぁ、そうか、人件費、安いもんなぁ」

まるで先進国のロボット化と途上国の手工業。

高度なゴーレムは、さしずめ最新鋭のロボットか。

「ちなみに、マンゴーもウルシ科なんですよ？」

「え、じゃあ、マンゴーも食べると？」

「はい。痒くなる人もいます。普通の人なら、たくさん食べない限り大丈夫みたいですが」

「油断できないな、南国フルーツ」

俺はパイナップルのイガイガも苦手だが、マンゴーなんてちょこっとしか食べる機会がなかったので知らなかった。良かったのか、悪かったのか……。

「……美味しい物を見つけても、食べる量は程々にした方が良さそうだな」

「ええ。特に私たちの場合、食べきれないほど入手できたりするし」

生産者特典。利点もあるが罠もある。

気を付けなければなるまいと、俺たちは顔を見合わせて頷き、向かった第一九層。

そこで得られたのは〝ビレル〟というナッツだった。

喩えるなら藤の種。幅三センチ、長さ二五センチほどの鞘の中に種が入っている。

ナツキは『ナタマメみたいです』と言っていたが、俺は見たことないのでよく判らない。

鞘は胡桃の殻と同じぐらいに硬かったが、割ることさえできれば一度に一〇粒前後、空豆サイズの種が採れる。形はアーモンドに似ていて、試しに煎って食べてみると味もまた近かった。

種には薄皮が付いているが、煎った時点で剥（は）がれてしまうので、むしろ薄皮の付いているアーモンドよりも食べやすい。収穫も楽だし、かなり良い感じのナッツである。

そして第二〇層。ここも同じタイプの階層と予想して、足を踏み入れたのだが――。

「なんか……微妙に違うな、【索敵】の反応が」

突撃野牛（ストライク・オックス）とよく似ているのだが、感じられる脅威度が少々高い。

もちろん、同じ魔物でも強さは微妙に異なるし、まったく同じ反応ではないのだが、今回の違いは、個体差というには少々差が大きすぎる。

「ん～、でも見た感じ、突撃野牛（ストライク・オックス）だよ？」

「そこなんだよな……」

一番近い突撃野牛（ストライク・オックス）なら一応、視界内。【鷹（たか）の目】持ちのユキも見ることができる。

ただ、まだ俺の方がレベルが高いのでより詳細に見えるし、【ヘルプ】の範囲内でもある。

であるならば、使わない理由はない。

「――んんん？　〝突撃赤野牛（レッド・ストライク・オックス）〟？」

「レッド？　はっきりは見えないけど……黒よね？」

俺の漏らした言葉に、ハルカたちもまた首を捻る。

そう、体毛は確かに黒。だからこそ、俺も不思議に思ったわけで――。

「……あ、微妙に角が赤い？」

本来は黒い突撃野牛（ストライク・オックス）の角。それが僅かに赤く――いや、赤黒くなっている気がする。

注視しなければ気付けないほどの差だが、他に赤い所もないし、名前の由来はこれだろう。

「お、速度三倍？　角付きだし」

「三倍かどうかは知らないが、注意は必要そうだぞ。【看破】の反応では」

危険を感じるような強さではないが、突撃野牛（ストライク・オックス）と同等と思って対応してしまうと、下手をしたら不覚を取るかもしれない。そのぐらいの違いはある。

「ま、違う敵なら、一度戦ってみるしかないな。——ここはオレに任せて先に行け！」

そう言いながら前に出るトーヤ。

その位置取りは突撃野牛（ストライク・オックス）のときと同じなのだが……。

「トーヤはフラグを立てるのが好きなの？　バカなの？　死ぬの？」

「オレは死なないさ。誰かに守ってもらうから‼」

呆れた様子のユキにドヤ顔で振り返り、サムズアップするトーヤ——。

「って、違うだろ！　前衛が言う台詞か？　守るのはむしろお前の仕事だ。このバカ」

「うん、言ってみたかっただけ」

「だろうなっ！」

トーヤが本気で誰かに守ってもらおう、とか思っていたら、後ろから蹴（け）っているところだ。

「……バカなことを言ってる間に向こうが気付いたわよ。ほら、トーヤ、もっと前に出て」

「おう……って、かなり速いな！　おい⁉」

ハルカに促されてトーヤが先に進むと、それに気付いた突撃赤野牛（レッド・ストライク・オックス）が突進を開始する。

そして、瞬く間に近付いてくる巨体。その速度は予想以上。

正確な比較は難しいが、通常の三倍とは言わずとも、二倍は出ているんじゃないだろうか？

トーヤが慌てて身を躱（かわ）し、突撃赤野牛（レッド・ストライク・オックス）が俺たちの間を駆（か）け抜ける。その後をトーヤが急いで追うが、通常種のように背後にピッタリ付けていないあたり、明確な速度差があると言える。

だがそれでも、相手が方向転換（てんかん）のために速度を落とせば追いつける。

これまで同様、振り返った瞬間にトーヤがその角を掴み、ぐっと押し止めるが――。

「お、おぉぉ!?」

何ら助走を付けていないのに、トーヤがズリズリと後退させられる。

「ヤベッ。コイツ、かなり力がある！　スパイクでも履（は）かないと無理！」

トーヤは焦ったように声を上げ、ブーツをガツガツと地面に叩き込んで何とか堪（こら）える。

力の差と言うより、単純なグリップ力の差。

踏ん張れる段差でもあれば別なのだろうが、足下は平らな草地。四本脚の突撃赤野牛（レッド・ストライク・オックス）と二本脚のトーヤ、どちらがよりしっかりと地面を捉（とら）えられるかは言うまでもないだろう。

「けど、ま、抑えられないことも――」

次の瞬間、トーヤは炎に包まれた。

「ぬわぁっ!!」

トーヤが叫び声を上げ、飛び跳ねるように突撃赤野牛（レッド・ストライク・オックス）から離（はな）れて地面を転がる。

「『消　火（エクスティンギッシュ・ファイア）』！」

即座に反応したのはハルカ。すぐに火は消えたが、敵はトーヤが手を離した直後に動き出していた。だが俺たちも、ただのんびりとトーヤと突撃赤野牛（レッド・ストライク・オックス）の対峙（たいじ）を見ていたわけではない。

「『土壁(アース・ウォール)』！」

突撃赤野牛(レッド・ストライク・オックス)の正面に現れた土壁――これは俺。

そこに頭から突っ込んだ突撃赤野牛(レッド・ストライク・オックス)は「ガコッ！」と鈍(にぶ)い音を立てて動きを止め、それとほぼ同時に、ユキの土壁によって後ろ脚を跳ね上げられた。

二つの土壁に挟(はさ)まれて逆立ちするような形になり、しばらく身を捩(よじ)っていた突撃赤野牛(レッド・ストライク・オックス)は、やがて壁の間から何とか抜け出して、そのまま横倒しになる。

「むっ、ユキ、雌だ。やるぞ？」

「ほいほい」

「『土壁(アース・ウォール)』」

再びタイミングを合わせて発動される『土壁(アース・ウォール)』。こうなると、後はいつも通り。

ハルカたちによって、ちゃっちゃと縄で固定される突撃赤野牛(レッド・ストライク・オックス)。

違いといえば、いつもより拘束に力が必要だったことと、使っている縄がギシギシと気になる音を立てていること、そしてヘドバンする牛が炎を撒き散らしていることだけである。

……うん、ブレス、吐けたんだね、突撃赤野牛(レッド・ストライク・オックス)って。

【看破】ではそんなスキルが見えなかったので、少々油断していた。

やはり別の意味で油断できないな、【看破】スキル。

「うう～、オレのステキ尻尾が少し焦(こ)げたじゃねぇか……」

ちょっと涙目(なみだめ)で、自分の尻尾を抱えているトーヤをよく見れば、『焦げた』と言うほどではないものの、確かに毛先が僅かにチリチリしている。

ついでに言えば耳や髪の毛も。トーヤは見えていないだろうが。

「トーヤお兄ちゃん、可哀想なの。尻尾、大事なの。ミーが梳かしてあげるの」

悲しそうに自分の尻尾をしょぼんと垂らしたミーティア。

慰めようと思ってか、しゅぱっと取り出したブラシでトーヤの尻尾を梳かす。

「おぉ、ミーティア、ありがとう……」

「ハルカにも感謝しなよ？　素早く消してくれたから、その程度で済んでるんだから」

「おう、そうだな。ハルカもサンキュ」

「いいえ。間に合って良かったわ。丸坊主になった尻尾や耳なんて、私も見たくないし」

「スキンヘッドならまだしも、耳や尻尾はなぁ。マジ助かった」

それは俺も同感。毛のない犬種も見たことはあるが……やっぱ毛がある方がモフモフだし？

「しかしハルカ、対応が早かったな？」

俺とユキの『土壁』はいつも通りだが、ハルカが使ったのは想定外の『消火』。

いくら彼女の頭の回転が速くても、ちょっと的確すぎる気がする。

「実は私もさっき思い出したんだけど、魔物事典に注釈があったのよね。『突撃野牛にはブレスを吐く個体もいる』って。もしかして、と心構えをしていたら——」

「えぇ——！　それなら事前に——」

「事前に【鑑定】すべきよね、トーヤ？」

「——はい、仰る通りです」

トーヤは文句を言おうとした瞬間、ハルカにニッコリと微笑まれ、口を閉ざして頷く。

そう、可能な距離になった時点で【鑑定】を行えば、魔物事典に載っていた情報なら、トーヤも知ることはできたのだ。であるならば、当然ブレスには注意しただろう。

残念、自業(じごう)自得である。

「しかし、ブレスを吐くとなると、これまでのように正面から抑えることは難しいな」

「あぁ、もう嫌だぞ、オレ。地味に手入れしてるんだからな？」

うん、知ってる。

モフモフは自分の尻尾でも良いらしく、ブラシで梳かしたり、ワサワサしたりしているの。

ついでに、時々メアリたちの耳や尻尾に目が行っていることも。

更には、ちょっと高級なブラシを買ってきて、二人にプレゼントしたことも。

さすがに『オレが梳かしてやる』とか、『触らせてくれ』とかは言っていないようだが。

まぁ、普通はハードルが高いよな。人間の女性相手でも、男が『髪を触らせて』とか、『髪を梳かしてあげる』とか言ったら変態扱いは免(まぬが)れない――それこそ、恋人(こいびと)や家族でもない限り。

逆に、梳かしてもらうことには成功したようだが……。

気持ちは嬉しくても、モフモフ的に嬉しいかは微妙である。

なお、ハルカたちは普通に触ったり、髪を梳(す)いてやったりしている。ちょっと羨ましい。

「うーん、牛乳は普通の突撃野牛(ストライク・オックス)から採れるわけだし、サックリ斃す？　速度とパワーは増したけど、行動原理が変わってないから、魔法ならそう難しくはないよね？」

「正面からの突進だからなぁ」

最近、雄の突撃野牛(ストライク・オックス)を斃すために使っているのは『石弾(ストーン・ミサイル)』。

真っ正面に立ち、頭に向かって真っ直ぐ飛ばせば、突撃野牛は避けることもできない。

むしろ、自身の速度も加算された状態で激突するので、一撃で斃せて省エネで簡単。

もしかするとレッドの頭蓋骨は、ノーマルよりも硬いかもしれないが……なんとかなるだろう。

「あ、でも、牛乳はノーマルよりレッドの方が高く売れる、って書いてあるぞ？」

今更ながら【鑑定】を使ったのか、トーヤが虚空を指さして言うが、残念ながらその文面は俺たちには見えない。しかし、高いということは——。

「もしかして、美味しいんでしょうか？　あの牛乳よりも」

目を瞬かせてメアリが言うと、ミーティアも期待するように俺たちを見る。

「……搾ってみるか？　数本なら、瓶もすぐに作れるし」

二人の瞳に圧され、俺とユキは瓶を作製。早速搾乳を開始してみれば……。

「なんだか、微妙に赤くない？　気のせい？」

ユキが言う通り、瓶の中に溜まっていく牛乳は微妙に赤い——いや、ピンク色をしていた。

喩えるならば、苺ミルク的な？

しかしいくら魔物とはいえ、苺ミルクは出さないだろうし、もしかして血の色だろうか？

そう考えると、微妙に飲みにくいが……ユキたちは普通に味見してるな？

「美味しいけど、ノーマルとあまり差がないように感じるのは、あたしだけ？」

「私としては、ノーマルの方が美味しく感じるのですが……こちらの方が高いんですよね？」

「そう書いてある。どれくらい高いのかは判らねぇけど」

俺も試しに飲んでみるが、ノーマルの牛乳と比べると僅かな雑味と臭みがあるような気がする。

そしてそれはミーティアたちも同じだったようで、鼻の上に少し皺(しわ)を寄せている。

「なんだか、ちょっぴり臭いの」

「私も同感です。これなら、ノーマルの方を飲みたいです」

「味の面では、あえてこちらを買う理由はないわね。値段の差は稀少性？　貴族とか、お金持ちは珍しいというだけでお金を出すし、そのせいかしら？」

「手間を考えると、突撃赤野牛(レッド・ストライク・オックス)から――」

牛乳を搾る必要はない、と続けようとしたその時、「ピシッ！」という音が耳に届く。

ハッとして音がした方に視線を向ければ、そこには罅(ひび)の入った土壁。

直後、俺たちの行動は素早かった。

ユキが搾乳器と瓶を持って退避(たいひ)するのと、ユキ以外が武器を構えたのは、ほぼ同時。

それと間を置かず前側の土壁が崩れ、突撃赤野牛(レッド・ストライク・オックス)の前脚が地面につくか、つかないか。

次の瞬間には、トーヤの剣がその頭に叩き込まれていた。

グシャリという鈍い音と共に突撃赤野牛(レッド・ストライク・オックス)の身体から力が抜け、後方の土壁に半ばぶら下がるような形で地面に崩れ落ち――それを見て俺たちは息を吐く。

「……すまん。想定したよりも力があった」

崩れたのは俺が担当した前側の土壁。後ろの壁と違って前脚でガンガン蹴られるので、それなりに頑丈(がんじょう)に作っているが、突撃赤野牛(レッド・ストライク・オックス)の力は想定以上だったようだ。

一応、ノーマルのときよりも多い魔力を注ぎ込んでいたのだが、搾乳途中で崩れるとは……。

「初めての敵だから仕方ないわよ。だからこそ、全員警戒(けいかい)してたわけだし」

のんびりと話しているように思えても、相手は魔物。

当然のこととして、万が一の場合にどのように対応するかは話し合っていた。

それがまぁ、今だったわけだが、幸い問題なく行動できたと言っても過言ではないだろう。

「ま、無駄に魔力を消費しすぎるのも勿体ないしね？」

ユキは両手に持っていた牛乳瓶と搾乳器を片付け、自分が作った方の土壁を解除する。

確かにユキの言う通り、最適な魔力量――搾乳とペイント、そして待避するだけの時間がちょうど確保できる強度で土壁を作るのが一番なのだが、今回は少々短すぎた。

つまり、俺が敵の力量を測り損ねたということなので、ミスはミスである。

思えばトーヤが押し返された時点で、その脚力はかなり高いと想定しておくべきだったのだ。

「ま、オレも失敗して、尻尾焼かれたしな～。お、五〇〇〇レアか」

トーヤが地面に転がった突撃赤野牛（レッド・ストライク・オックス）の死体から魔石を取り出し、価値を確認。

そのまま死体と共にマジックバッグの中に入れる。

「突撃野牛（ストライク・オックス）は三二〇〇レアだったよね？　思ったより差があるね」

「そのぐらい差があったら、土壁が破壊されるのも当然か……。反省だな」

「けど、対応はできるんだろ？」

「あぁ、問題ない。魔力を使えばな」

消費は増えるが強化は可能。問題はその価値があるかどうかだけである。

「ノーマルが一瓶で金貨三、四枚ぐらいだから、二倍でも金貨八枚ね」

俺が作った瓶の容量は、およそ二リットル。

突撃野牛(ストライク・オックス)のミルクがコップ一杯で大銀貨二～四枚らしいので、そのぐらいか。

「四本搾れば、差は金貨一六枚。小さくはないが、トーヤの尻尾を消費する価値があるかどうか」

「ねぇよ⁉　オレの尻尾はそんなに安くねぇよ⁉」

「いや、ブレスを吐く前に拘束できれば、ワンチャン――」

「ねぇから‼　さっき、ほぼノータイムで吐いてきただろうが！」

まぁ、確かに。トーヤが受け止めて、魔法で持ち上げて、縄で縛(しば)って、トーヤが離脱(りだつ)する。

先ほどのブレスを見るに、それらをほぼ一瞬で終えなければ間に合わないだろう。

「……ねぇ、ナオ。あなた『炎耐性(フレイム・ターミング)』が使えるでしょ？」

難しいかと悩む俺は、少し呆れ気味のハルカに指摘(してき)され、「おぉ！」と手を叩く。

「そういえばそんな魔法、あったよ。これまで使い道がなかったから、すっかり忘れてた」

「それを使えば、ブレスに耐えられるのか？」

「たぶんな」

この魔法、その名の通り炎でのダメージを受けなくする魔法。

もちろん『どんな炎でも』というわけではなく、『込めた魔力に比例して』なのだが、先ほどのブレス――トーヤが生還(せいかん)できた程度のブレスなら難しくはないだろう。

逆に強烈(きょうれつ)なブレスになると、頑張って魔力を込めても一瞬で効果が切れたりするらしいが。

「良かったね、トーヤ。これで尻尾のキューティクルは保たれるよ？」

「むぅ……ならやっても良い。でも、次に焦げたら止めるからな！」

揶揄(からか)うように笑うユキに、トーヤは少し不満そうながらもそう言って頷く。

「おっけー、おっけー。——ま、実際にやるかはディオラさんに相談してからだな。ノーマルとの差が小さかったりすれば、苦労するトーヤだって冴(さ)えないだろ？」

「当然！　オレの毛並みを懸(か)けるんだからな‼」

思った以上に毛並みを重視しているらしい——というわけで。

突撃赤野牛(レッド・ストライク・オックス)からの搾乳は一時保留となり、第二〇層の探索が優先されるのだった。

突撃赤野牛(レッド・ストライク・オックス)を避けて第二〇層の森を回ることは、想像以上に難しかった。

魔石の価格差は伊達ではないのか、明らかに感知範囲が突撃野牛(ストライク・オックス)を上回っているのだ。

これまでの訓練・実践(じっせん)の甲斐(かい)もあり、メアリとミーティアも含めて全員が【忍び足】と【隠形】のスキルを得たのだが、それでも突撃赤野牛(レッド・ストライク・オックス)は気付く。

草原では身を隠(かく)す場所がないことに加え、七人で固まっていることも原因だろうが、おかげでかなりの数を斃すことになってしまった。

その内復活するとは思うので大した問題でもないのだが、格下の魔物に簡単に見つけられてしまうのは少々業腹(ごうはら)。二つのスキルは役に立つだろうし、今後も上げていきたい。

ちなみに、この階層の森で得られたのは、〝グリフォア〟というナッツ。

俺が知る中で近いのは、椿(つばき)の種だろうか？　椿よりも少し果肉が薄(うす)く、種はやや大きいが、パカリと実が開いて、ぽろぽろと種が落ちるところは同じ。

食べ方は簡単で、よく煎ってから歯で軽く噛むと殻が二つに割れるので、その中身を食べる。

味の近いナッツを挙げるのであれば、マカダミアナッツ……いや、カシューナッツ？

歯応えが少しあって、カシューナッツのしっとり感というか、油っぽさというか、そういった特徴はやや控えめながら、ほんのりとした甘みは似ている。

ナッツエリアで見つけた中ではビレルに次ぐ食べやすさだが、味の方はこちらが上。

採取もしやすく、胡桃などに比べて後処理も容易、美味しくて食べるのも簡単となれば、注意していないと、ついつい食べすぎてしまいそう。節制が必要だろう。

適量なら健康に良いナッツも高カロリー食なだけに、食べすぎは禁物である。

なお、例の如くあまり高くは売れないようだが、味自体は全員の嗜好に合ったようで、頑張って集めてしまった。時給的にはまったく見合わないのだが……ま、気にしても仕方ない。

単価の安いナッツだとしても、ラファンで売っていなければ買うこともできないのだから、結局は自分たちで集めるしかないのだ。食べたいならば。

そんな感じで森でナッツを回収した俺たちは今、第二〇層の終点に立っていた。

そう、ボス部屋の扉の前に。

サイドストーリー「年越しといえば……？」

「蕎麦が食いたい……」

トーヤがそう呟いたのは、とある昼下がり、遅めの昼食を摂っている時のことだった。

その言葉で俺も、以前購入した蕎麦の実を放置していたことを思い出す。

確かにあれの処理は必要だが……この場で言うのは、タイミングが悪くないか？

今は昼食中。当然、それを作ってくれた人も、一緒に食べているわけで。

そして案の定、今日の昼食を担当したハルカが、少々不機嫌そうにちろりとトーヤを睨む。

「突然どうしたの？　私の料理に不満があるの？」

暗に『なら食べさせないわよ？』と言わんばかりの言葉に、トーヤは慌てて首を振る。

「い、いや！　料理は美味い！　いつも通りに！　だがそれはそれとして、そろそろ年越しだろ？　年越しといえば蕎麦だろ？　ハルカは食いたくないか？　醤油もあることだし」

正確には醤油ではないが、最近俺たちの間で『醤油っぽいインスピール・ソース』は、単純に『醤油』と呼ばれるようになっている。一々『～っぽい』とか、面倒なので。

おそらくこれは、本物が見つかるまで、もしくは自作できるまでこのままだろう。

ちなみに、他の『味噌っぽいインスピール・ソース』なども同様だ。

「年越しなら、蕎麦の前に大掃除が必要だけど……すぐ終わるのよね、ここだと」

「便利な魔法がありますからね。これがなければ、冒険者活動は諦めていたかもしれません」

「地味に時間がかかるのが、日々の掃除だからなぁ」

冒険を終えて帰って来る度に掃除が必要となっていたら、心が折れていたかもしれない。

だがこの家は、ハルカとナツキが息をするように『浄化』をかけていることもあって、そもそも大掃除が必要なほど汚れない素晴らしい環境である。

「蕎麦ねぇ……。鰹出汁も昆布出汁もないけど、なんとかならないこともないかな？」

改めてハルカが頷くと、不思議そうに話を聞いていたメアリが根本的な疑問を口にした。

「あの、『そば』ってなんですか？」

「……あー、メアリは知らないか。蕎麦を買ったのはケルグだが、あのあたりではあまり食べられてないって言ってたからなぁ。ミーティアも？」

俺がミーティアに視線を向けると、彼女もまたコクンと頷く。

あの人も普段は売っていないと言っていたし、二人が知らないのも当然かもしれない。

「聞いたことないの。美味しいのです？」

「あたしは好きだよ？　でも、どっちかといえば、麺汁の味が好きかどうか、だよねぇ」

「麺の良し悪しはあるけど、まずはそこよね」

「あ、でも、麺汁が作れるなら、オレ、素麺も食いたい。夏になったら」

気軽にそんなことを口にするトーヤに、ハルカが少し呆れたような視線を向けた。

「素麺って……ある意味、一番素人お断りな麺類じゃない？」

「ん？　そうなのか？　細いし、難しそうなのは解るけど」

「メジャーな麺類の中では一番でしょう。安物は圧力をかけて押し出して作るのでしょうが、手延べ素麺となると……あれは職人技ですよね。私では難しいかと」

俺もそんな気はしていたが、やはり難しいのか。

ナツキが言ったように、『圧力をかけて押し出す』だけの素麺であれば、ハルカたちやトミーが協力すれば作れそうだが、ツルツルとした喉越しと、コシがあってこその素麺。安物の素麺を食べたときの『コレじゃない！』感はなんとも言えないので、この方法は避けたいところだ。

まぁ、動画で見ただけだが、如何にも難しそうだもんな、素麺を延ばすの。

一見すれば二本の棒の間に張られた麺を、手に持った二本の棒で『ちょいちょーい』って簡単そうに延ばしているが、アレは所謂『腕の立つ職人がやるから簡単そうに見える』というヤツなのだろう。職人技の多くがそうであるように。

「しかし、ちょっと残念だなぁ。俺、結構好きなんだが。素麺」

俺がため息を漏らすと、ナツキがクルリと俺の方を振り返り、言葉もクルリと翻す。

「努力してみます。すぐには形にならないかもしれませんが」

「え、良いのか？　難しいって言ってたのに」

「はい。できるのが来年とか、再来年になっても許してくれますか？」

「そりゃもちろん。作ってくれるだけで嬉しい」

「はいっ。頑張りますね！」

良い笑顔でそう応えるナツキ。

【調理】スキルもあるし、これは本当に期待できるかもしれない。

「あたしたちも手伝うよ！　ねぇ、ハルカ」

「そうね。それも良いわね。以前工場見学に行ったから、方法だけなら知ってるし」

ユキとハルカもナツキに同調するが、そんな二人の反応に不満を顕わにしたのはトーヤである。

「あっれぇ～？　オレの時と対応が違わないか？」

「ナツキは別に無理とは言ってないじゃない。難しいって言っただけで。ねぇ？」

「そうそう。時間がかかりそうだから、あたしもすぐには無理っぽいと思ってただけだよ？」

顔を見合わせ、頷き合うハルカとユキ。

そしてそんな二人に胡乱な視線を向けるトーヤ。

「それじゃ、ナオが要らないって言っても作ったか？」

「もちろんじゃない。ねぇ、ナツキ？」

「はい。もちろんです」

「もちろんだよ。トーヤ」

「もちろん、なのか……？」

揃って『もちろん』と口にするハルカたちだが、誰一人、『もちろん、何なのか』は口にしていない。だがそれをトーヤが追及する前に、ユキがサラリと話題を変える。

「でもまずは蕎麦だよね。最初は粉にしないといけないんだけど……」

「必要なのは石臼か。それなら俺も協力できるな」

土魔法は万能――ではないが、土関係なら色々作れる。石臼なら簡単な部類。

そう思っての提案だったのだが、ユキが悩むように唸る。

「う～ん、蕎麦だし、ローラーの方が良いかな？　蕎麦殻も付いてるし……ハルカ、どう思う？」

「量がいるから、その方が手間は少なそうだけど……」

「でも、蕎麦は石臼で碾いた方が美味しいそうですよ？　多少手間はかかりますが、たまに自分たちで食べるだけなら、石臼でも大丈夫じゃないでしょうか？」

「ミーも協力するの！　美味しいの、食べたいの」

「回すぐらいなら……はい、私もできると思います」

「力仕事なら任せてくれ」

美味しいという言葉に反応したのか、それとも自分たちにできることがあるのが嬉しいのか、獣人組が手を挙げたので、ナツキはニコリと俺に笑顔を向ける。

「――ということなので、ナオくん、石臼を作ってくれますか？」

「了解。どんなのが良いかは……ユキと一緒に試しながら考えるか」


土魔法を使うのに適した場所は、土が露出した場所である。

庭の片隅、そこに腰を下ろす俺の前で、同じように座っているユキが人差し指をピンと立てる。

「石臼で重要なのは、石の素材と溝の彫り方です」

「素材は解りやすいな。碾く物よりも柔らかければ、碾くこともできないだろうし」

それどころか石の方が削れてしまって、石粉を食べることになってしまう。

なので普通の石臼の素材は、石の中でも比較的硬い花崗岩が使われるのだ。

だが、硬いだけであればチャートのような石もある。それでも花崗岩が選ばれるのは加工のしやすさも含めてなのだろうが、それについては考えなくて良いのが俺たちの魔法である。

当然、俺たちが使う素材は浴槽を作る時にも使った二酸化珪素。

これならば十分に硬いし、問題なく作れるはず――と思ったのだが、ここで物言いを付けたのは秀才のハルカだった。曰く『折角だから、炭化珪素にしたら？』と。

『なんだそれ？』と思った俺は、きっと悪くない。

トーヤも頭にハテナを浮かべていたし。

訊いてみると、地球上ではダイヤモンド、炭化ホウ素に次いで三番目に硬い物質らしい。

ファンタジーなこの世界での順位は不明だが、コーヒーミルなどの臼も石英――つまり二酸化珪素よりも硬いアルミナを主成分として作るらしいので、硬すぎてダメってことはないだろう。

「溝の方は……難しいよな。何となくでしか知らないし」

「あたしも。碾く効率と細かさが変わるみたいだけど……そのへんは試行錯誤かな？」

「俺たちの場合、手作業で彫る必要がないし、何度でも修正できるからな」

魔力は必要だが、溝の形、位置、深さは自由自在。

一度掘った溝を埋めることすら可能だから、何度でも試作を繰り返すことができる。

「他にも石臼の重さとか、回転速度とか、碾く物の投入速度とかも影響するんだけど、それは追々だね。蕎麦に関しては殻を取る粗碾き用と、本碾き用の二つを作れば良いし」

「なるほど……。しかし、よく知っているな？」

「うん。全部、ナツキの受け売りだから。普通にあるからね、あそこの家には石臼が」

納得(なっとく)である。さすがに日常的には使っていないと思うが——使ってないよな？

「取りあえず、素材の炭化珪素から作ってみるか。——『土作成(クリエイト・アース)』」

珪素は土中に豊富に含まれるが、炭素は量が少ないため、そこは炭を用意して補完。

その状態で『土作成(クリエイト・アース)』を使ってみると、見事にそれっぽい四角いブロックが完成した。

ユキはそれを拾い上げると、ナイフで表面をガリガリと擦(こす)り、小首を傾(かし)げる。

「黒くて硬い物はできたね。本当に炭化珪素かは不明だけど……チャートよりは硬いかな？　ま、実用性さえあれば組成はなんでも良いよね。魔力の消費量はどんな感じ？」

「ガッツリと。はっきり言えば、風呂(ふろ)を作った時よりも多いだろうな」

あの頃(ころ)よりは成長しているし、原料も用意しておいたからなんとかなったが、何の準備もなしに魔法を使っていたら、きっと吐(は)き気を催(もよお)していたことだろう。

「なるほど～。それじゃ、次はこれを石臼の形に——」

「溝はもうちょっと深く、全体的な傾斜(けいしゃ)を——」

「重くはなるけど、もう少し大きくして効率アップを——」

という感じに、試作を繰り返すこと数十回。魔力切れで寝込(ねこ)むこと数度。

俺とユキの頑張りは数日ほどで実を結び、それなりに満足できる石臼が完成するのだった。

◇　◇　◇

蕎麦を打つ準備は一週間ほどで整った。

石臼が完成した後は、トーヤやメアリ、ミーティアが頑張って回してくれたし、麺棒や麺を切る包丁、そのときに押さえる板などは、ユキがうどん作りで使っている物を流用。

蕎麦粉を捏ねるときに使うという木鉢は、土魔法で代用品を作った。

ここは木工が盛んな町、注文すれば良い物を作ってくれるだろうが、本来の木鉢は漆塗りだ。

残念ながらこのあたりで漆器は見かけないし、その他の塗料では安全性や臭いなどに少し不安がある。であるならばいっそ、防水も衛生面も安心な二酸化珪素で作った方がマシだろう。

既にお風呂で実績があるし、必要な大きさで必要な数を簡単に揃えられる。

難点は重いことと、落とせば割れることだが、それはガラスのボールでも同じである。

それに割れても簡単に作り直せるので、大した問題でもない。

「それじゃ、作っていくか」

今日の麺打ち職人は、父親と一緒に蕎麦を打ったことがあるらしいトーヤ。

その隣で、うどん作りで活躍しているユキも同じように準備している。

経験者のトーヤと未経験者のユキ。ただし、後者は【調理】スキル持ち。

どちらが上手く作れるのか……まぁ、結果は見えている気もするが、少し楽しみである。

「今日は蕎麦粉七、小麦粉三で作る」

トーヤがそう言いながら、蕎麦粉と小麦粉をザックリとカップで量り、鉢の中に入れていく。

「蕎麦粉十割じゃないんだな?」

たくさんあるのに、と思って指摘したのだが、トーヤはすぐに首を振る。

「十割蕎麦なんて素人がやっても、ボソボソになって美味くねぇよ。つなぎを上手く使えば別だが、そんなもん手に入らねぇし。素人が作るなら、ちょっと小麦粉多めぐらいがちょうど良い」

「だから三割？　二八蕎麦でもなくて」

トーヤに倣って粉を入れつつ、ユキも問う。

こちらはトーヤとは違い、すり切りできっちり粉を量っている。

「ああ。小麦粉自体、品質が一定じゃねぇから」

そうなんだよなぁ。この辺で買える小麦粉は薄力粉、中力粉、強力粉みたいに分類されていないのは当然として、とにかく品質の差が大きく、味もバラバラ、ふすまが大量に入った物まで。

良い物を売っている特定の店で買うことで、最近は比較的安定した品質の物を手に入れられるようになったが、最初の頃なんて砂が混じった物すら掴まされたほどだ。

あれはマジで酷かった……。

そんな小麦粉が一般的なせいか、万能と思われた『浄化』でも分離できなかったし。

服に付いた砂は取り除けるのに、不思議である。

なお、その時は発想を転換して、『土操作』であっさりと解決したのだが。

「次は水回し。水を入れて全体を混ぜていく」

「ふむふむ。混ぜ混ぜ～」

計量した水を回しかけ、全体を大雑把に混ぜると、ボロボロと小さな塊状になってくる。

「手早くな。乾くと綺麗にのばせないから、蕎麦は手際の良さが重要だぞ」

トーヤはボロボロとした物を纏めて、グリグリと捏ねていく。

「菊練りして、へそ出しして……表面に割れ目ができないように綺麗にする。最後に上から押しつぶして鏡餅みたいな形にしたら完成」

「ほえぇ～～」

初めて見る作業に、ミーティアが興味深そうに釘付けになっている。

そしてユキは、トーヤの作業を横目で見ながら同じように――いや、見ながら作業していることを考えれば、トーヤよりも手際良く同じ作業を完了させた。

「ユキは上手く……うん、何も言うことはねぇな。それじゃ延ばしていくぞ。角だし――丸を四角く広げていくのが重要。菱形を作るイメージだな」

テーブルの上で麺棒を使ってのばしていくトーヤとユキ。

ここまで来るともう、完全にユキの方が手際が良い。

トーヤよりも手早く、大きく薄く延ばしていく。

「ユキ、さすがに上手いな？」

「うーん、でも、うどんよりも薄いしコシも少なめだから、ちょっと難しいかな？」

難しいという割に縁は綺麗だし、まったく切れたりもせず、見事なものである。

「あとは畳んで切るだけだ。好きにやってくれ」

「りょうか～い。うどんより細いから、ちょっと面倒だね」

作業工程で追い抜かれたトーヤが苦笑して説明を放り投げると、ユキの方も軽く応えて、カッカッカッとテンポ良く蕎麦を切っていく。

その細さは正に蕎麦。見た目では市販品と遜色がない。

「凄いわね、ユキ。見蕩れるほど」

「んー、やっぱスキル効果と、うどん作りで慣れたからかな？　ハルカだって上手く切るよね？」

「まだそこまでのペースでは切れないわよ。うどんの半分ぐらいの細さでしょ、蕎麦って」

「こう、切り終わった後、傾ける包丁の角度を調整するだけだから、慣れたらすぐだよ、すぐ」

言うは易く行うは難し。

俺もうどんで挑戦したことはあるが、そんな簡単なものではない。

ユキが上手いのはその経験故。俺たちの主食がパンなのは変わっていないのだが、うどんもかなりの頻度で食べていて、そのすべては手打ちなのだ。

ナツキとハルカも作るし、捏ねる作業は俺やトーヤも手伝うのだが、延ばしたり切ったりする作業はユキが担当することが多く、必然的に経験も多く積んでいる。

蕎麦とうどんで異なる部分もあるとはいえ、その経験値は無駄ではないのだろう。

「おい、ハルカ。オレのを切ってくれ。畳むまではやったから」

「自分でやらないの？」

「オレより上手いヤツがいるんだから任せる。綺麗に切れなきゃ、蕎麦が台無しだ。そもそもオレ、蕎麦作りが上手いわけじゃないし」

「素人にしては、十分手際は良かったと思うけど。ま、解ったわ」

トーヤと交代し、ハルカが手早く蕎麦をカットしていく。

ユキほどではないが、うどんで捏ねる専門のトーヤに比べればその手際は良い。

「切り終わったら、たっぷりのお湯で茹でれば完了だ」

「はい。準備してますよ」

カットし終わった麺をパラパラと捌くように湯の中に投入。

茹で上がった蕎麦をザルに取り、氷をぶち込んだ冷水でしっかりと洗い、水を切る。

ウチの年越し蕎麦は掛けだったが、今日は味見なので盛りである。

「お姉ちゃん！　あんなにたくさんの氷があるの」

「凄いね。魔法って」

ミーティアたちの驚きポイントはそこか。

まぁ、氷って貴重だからな。二人が来てからは、氷を作る機会もあまりなかったし。

最初の頃は獲物を氷で冷やして運んでいた俺たちも、マジックバッグを手に入れ、『冷凍』などが使えるようになってからは、あえて重い氷を使う必要がなくなったから。

魔法があるので、昔の日本のように氷室に貯めておかないと氷が手に入らない、なんてことはないし、町には魔法使いが経営している〝氷屋〟があるのだが、その値段は庶民にはちと高い。

だがそれでも夏場はよく売れるし、買う人がいる。

なのでこの氷屋、夏季のみの営業でも、左団扇で生活できるほどに稼げるらしい。

やることといえば、それこそ文字通りに左団扇で涼みながら、氷を魔法で作るだけ。

歳を取ってもできる仕事で、店舗スペースもほとんど要らない。

つまり俺とハルカ、そしてユキは引退しても生活は安泰なのだが……まぁ、保険だな。

冒険者引退までに十分な貯蓄をして、悠々自適の予定だから。

「それでは、食べてみましょうか。薬味が少ないのが残念ですが……」

「「「いただきます」」」

用意できた薬味は、以前トーヤが見つけてきた山葵もどき。

それをナツキが作ってくれた麺汁に混ぜて……まずは、ユキが作った方から。

一箸摘まんだ蕎麦を、麺汁にチョイと付けて啜る。

「……おー、蕎麦の香りが全然違う。美味い」

有名な蕎麦の産地で食べたこともあるが、それに勝るとも劣らない。

いや、碾き立ての蕎麦粉だからか、香りに関しては確実に勝っている。

これで初めて蕎麦を打ったというのだから……凄いな、ユキ。

「そうですね。麺汁の出来は今一歩ですが、お蕎麦は凄く美味しいです」

「麺汁も材料がない中では十分でしょ。上手く再現してると思うわよ？」

「うん。キノコを使ったのかな？」

「はい。あとは焼き干しですね。……昆布、欲しいです」

ナツキはちょっと不満があるようだが、俺も十分によくできた麺汁だと思う。

少なくとも俺にとっては美味しいし、メアリたちの口にも合ったようで、俺たちに倣って――ただし、使っているのはフォークだが――恐る恐る蕎麦を口にし、うんうんと頷いている。

「どう？　メアリ、ミーティア」

「見た目と違って、思ったより美味しいの」

「こら！　ミー！」

はっきりと口にするミーティアをメアリが叱るが、ハルカは気にした様子もなく笑う。

実際、見た目はあまり良くないよな、蕎麦って。

ちょっと茶色っぽく細長い物を、黒い液体に浸けて食べるのだから。

「良いのよ、素直に言ってくれて。メアリはどう？」

「はい。あっさりしていて、暑いときには良いと思います。……贅沢を言わせてもらうと、これだけだと、ちょっと物足りないですけど」

「ですよね。何か持ってきますね」

立ち上がったナツキが持ってきたのは、保存庫に入れておいた天ぷらだった。

蕎麦にベストマッチな海老天とかき揚げ、それに肉が好きなメアリたちのためか、唐揚げも。

たぶんあれは……殺人鰐の肉を使った物かな？

「やったー！　いただきます！　なの‼」

「いただきます！」

嬉しそうにフォークで唐揚げを突き刺し、笑顔で口に運ぶミーティアとメアリ。

若者に蕎麦はちょっとシンプルすぎるか……俺も若者だけど。

俺は海老天とかき揚げを取り、麺汁に浸けてパクリ。

うん、いつも通り美味い。保存庫に入れておいたおかげで、熱々、サクサク。海老天に使っているのは甲殻エビだが、尻尾付きの海老天が作れないこと以外、まったく不都合はない。

いやむしろ、普通の海老天よりも味が濃くて美味しいし。

かき揚げの方にもカワエビが入っているので、結構贅沢である。

天ぷらで箸休めをした後は、続いてトーヤが打った蕎麦を食べる。

——うん、こっちも美味いが……ちょっと麺が太いか。

切ったのはハルカだから、トーヤの延ばしが足りず、少し厚かったのだろう。

「……すまんな、下手で」

俺がじっくりと見比べているのに気がついたのか、自嘲気味に言うトーヤに俺は首を振る。

「いやいや、良くできている方だろ。以前、知り合いから貰った手打ち蕎麦なんて、もっと太かったし、茹でたらブツブツ切れるしで、ちょっと酷かったぞ？」

貰った蕎麦を貶すつもりはないし、十分に食べられる物だったが、素人の蕎麦打ちなんて普通はそんなもの。トーヤは手際も悪くなかったし、趣味としても自慢できるレベルだろう。

「親父さん、結構嵌まってたのか？」

「まぁな。しっかり道具を揃えて作ってたからなぁ。知り合いにも頻繁にお裾分けするレベルで。オレもそれなりに付き合わされた」

ちなみに、レバーを上げ下げするだけで指定した幅で麺をカットできる、裁断機のような道具まで買っていたらしい。トーヤが麺を切れなかったのは、これのせいでもあるようだ。

ユキたちはプロ並みに手際が良いので必要なさそうだが、大量生産するなら便利そうである。

「ま、オレが打つのは今回で最後。やり方を教えた以上、ユキたちに任せれば万事オッケー」

「それは……否定はできないな」

今日、初めて打ったユキの蕎麦。

その出来が明らかにトーヤを超えているのだから、彼がそう思うのも無理はなく。

そしてその年の暮れ。

俺たちが食べた年越し蕎麦は、当然のようにユキの手による物であった。

第三話　ディオラの依頼

「ふぅ、今回も無事、帰って来られたな」

「そうね。収益的にどうかはまだ判らないけど……美味しいナッツがいくつも得られたし、私としてはそれなりに満足ね」

しばらくぶりに帰宅した俺たちは装備を解き、居間でホッと一息ついていた。

――え？　第二〇層のボスはどうしたかって？

もちろんスルーして帰って来た。探索期間が長くなっていることに加え、突撃赤野牛の牛乳についてなど、ディオラさんに相談したいこともあったので。

ボスが気にならなかったといえば嘘になるが、突撃赤野牛の強さを考えれば侮るのは愚か。

この世界、ボスから逃げられるのと同様、ボスだってボス部屋に縛られないのだから、ちょっとだけ扉を開けて、中を覗くという選択肢は俺たちにはあり得ないのだ。

まぁ、マードタウロスみたいにデカいボスは、物理的に扉から出られないみたいだけどな。

「食生活の面では有益だよね、ナッツエリア。収益的には微妙でも」

「ですね。ナッツ、美味しいですから」

そんなわけで、今日のお茶請けは拾ってきた各種ナッツ。

ハルカたちが一手間掛けて調理したこともあり、ダンジョンで味見した時よりも数段美味い。

「木の実、見直したの。ミーもお料理、できるようになりたいかも……」

「こっちはコリコリ、こっちはホクホク。こんなに変わるんですね」

ナッツエリアの存在に少し不満があったらしいミーティアも、ナッツの可能性に舌鼓を打ち、メアリも食べ比べるように何度も手を伸ばしている。

ポリポリ。

パリパリ。

カリコリ。

お茶の方をメインに飲んでいる俺たちとは違い、食べすぎなくらいにパクパクと。

「……あの、メアリちゃん、ミーティアちゃん。もうそのくらいで」

そう思っていたのは俺だけではなかったようで、ナツキが少し困ったように二人を止めた。

「え？　……はっ！　す、すみません、食べすぎました！」

ナツキの言葉にメアリは首を捻るが、ハルカが苦笑しながら二人の前、テーブルの上にこんもりと積み重なったナッツの殻を指さすと、慌てて手を止めて頭を下げた。

「うっ。食べすぎちゃったの……。でも、もうちょっとだけ……」

「こらっ！」

ミーティアは気まずそうな表情を浮かべながら、こっそりと手を伸ばすが、その手をメアリにペシリと叩かれ、「あぅ」と声を漏らしてちょっぴり涙目で手を押さえる。

「ふふ、気持ちは解るけど、あんまり食べすぎたら、身体に悪いからね。我慢しましょ？」

「目の前にあったら、つい手が伸びるよな。ナッツって」

ハルカが微笑み、トーヤもまた『うんうん』と何度も頷く。

これは、ナッツを大皿でテーブルに置いた、俺たちの方が悪いかもしれない。

トーヤの言う通り、ミーティアたちよりは大人で、ある程度は自制心があるつもりの俺たちだって、目の前にあったらついつい手が伸びてしまうから。

「大半のナッツって半分以上が脂質だからねぇ。黒糖胡桃とか、栗の甘露煮とかは、砂糖もたっぷり使ってるし。あんまり食べすぎたら、ぷくぷくのおデブちゃんになっちゃうよ？」

ユキが笑いながら、ミーティアのほっぺたをツンツンとしてそんなことを言うと、ミーティアは自分のほっぺに両手を当てて声を上げる。

「それは困るの！　ミーは強い冒険者になるの‼」

――が、その視線はまだ大皿に向いたままである。

そんなミーティアに俺たちは顔を見合わせて苦笑。このままではマズかろうと俺は立ち上がり、彼女の名残惜しそうな視線を感じながら、ナッツを保存庫の中へと片付けた。

「適量――そうですね、一日に片手に軽く載るくらいの量であれば、自由に食べても構いませんから、今日は我慢しましょうね？」

「片手……」

ナツキの言葉に、ミーティアが自分の手をじっと見る。

そして視線を、ふらふらとメアリの手、そして俺たちの手と彷徨わせ、再び自分の手に。

「……ミー、無理して積み上げよう、とか思っちゃダメだからね？」

「お、お姉ちゃん、ひどいの！　そ、そんなこと、思ってないの！」

ジト目で告げられた言葉に必死に反論するミーティアの姿は、少々信憑性に欠けるものだった。

「メアリ、あなたとミーティアの分は、メアリが同じ量を小皿に盛って、それを食べなさい。大皿から直接食べないこと。ついつい食べすぎちゃうから」

「はい、解りました」

「ぶーー！　ひどいの。信じてほしいの！」

ミーティアが不満そうに頬を膨らませるが、ハルカは苦笑を浮かべて首を振る。

「美味しいと食べすぎちゃうのは、私も理解できるからね。でも、少量なら問題なくても、食べすぎたら毒になる物とかあるんだから、本当に注意しないとダメ」

「ですね。銀杏なんて一〇粒程度でも、中毒を起こす危険性があるみたいですから」

「そ、そんな食べ物があるのです？」

頷きながら付け加えたナツキの言葉に、ミーティアの表情が不安そうに変わる。

「結構あるわよ？　あれも種類としてはナッツだから……いくら美味しくても、こういった物をお腹いっぱい食べるのは避けた方が良いわね」

「キノコなんかも危ないですよね、地味に。食べる量が少ないから、問題ないだけで」

「それって、毒キノコじゃなくてもか？」

「はい。例えば松茸も、それだけでお腹いっぱいになるほどに食べたら危険みたいですよ？」

少し驚いた表情を浮かべるトーヤに、ナツキは頷き、予想外の事例を挙げた。

「マジで？　意外だ……。でも、問題が起こる可能性がまったく見えねぇ！」

「あぁ、庶民には関係ない話だな」

そもそも大量に食べるような物ではないが、金銭的にも一本丸ごと食べることすら難しかった。

もしもこちらの世界で見つけたとしたら……ま、そんなに食べることもないか。

冷静に考えれば、何本も食べたいようなキノコでもないし。

「何を食べるにしても、程々にということね」

「ミーも注意するの……」

「はい、注意してください。私たちも意地悪で言っているわけではありませんから」

なんだか『お菓子買って！』と言う子供に、『我慢しなさい』と言い聞かせる親の気分。

ミーティアは我が儘を言わないし、説明すれば納得するので、苦労と言うほどのことはないんだが、悲しそうな顔をされると甘やかしたくなる。親って、大変なんだなぁ……。

前回からおよそ一月弱。

果たしてディオラさんはお帰りだろうかと、冒険者ギルドを訪れた俺たちは、無事に笑顔のディオラさんとの面会に成功した——もっともその笑顔は、俺の言葉で固まることになるのだが。

「ディオラさん、ちょっと面倒なご相談があるんですが」

「…………ははは。ナオさんにそう言われると、身構えてしまいますね。取りあえずあちらへ」

表情を変えずに笑うディオラさんに促され、俺たちが案内されたのは時折相談に使う個室。

そこのソファーに俺たち五人が座ると、ディオラさんも俺に相対するように座った。

なお、メアリとミーティアは欠席。今回は事務的な話、興味がなければ来なくても良いと言うと、ミーティアは『レミーちゃんと遊ぶ！』と出かけていき、メアリもそれに付いていったのだ。

「ふぅ……。さて、それではお話を伺いましょう」

「ありがとうございます。まずはこちら、相談料です。お納めください」

面倒を掛けるときには付け届け。マジックバッグからお裾分け兼、相談料として梨を三つほど取り出してテーブルに並べ、ずずいっとディオラさんの方へ滑らす。

「これは梨――シアスペアですよね？　良いんですか？　高かったでしょう？」

ディオラさんの言う〝シアスペア〟というのは、梨の品種のこと。

日本でなら〝幸水〟や〝二十世紀〟というのと同じで、調べてみたところシアスペアは梨の中でも美味しい品種らしく、ディオラさんが言う通り、買えば結構高いらしい。

「いえ、これは買ったわけではないので。――相場としては、いくらぐらいですか？」

「産地だと一〇〇レアぐらいで買えるみたいですが、ピニングだと安くても三〇〇レアはします。ラファンなら普通は入荷しませんね。そもそも今は、少し時季外れですし」

この世界にはマジックバッグがあるので、金さえ出せば旬以外の農作物も手に入る。

その点では元の世界より保存技術が進んでいるとも言えるが、それに掛かるコストは莫大だ。

まず、マジックバッグが稀少で高価なことに加え、本来は輸送のために使われる物。

それを保存するために占有してしまえば、マジックバッグを使った効率的な輸送で得られたはずの利益は失われる。つまり保存コストに、それらの遺失利益が加算されるのだ。

正に『金さえ出せば』。そんなコストを掛けて保存した物なんて、普通は買えない。

「そう尋ねるということは、つまりこれはダンジョン産……これを売りたいと？」

解りました、とばかりに頷くディオラさんに、俺たちは慌てて首を振った。

「あ、いえ。これは自分たち用です。売る予定はありませんよ？」

「あらら。そうなんですか？　結構高く売れますよ？　もし、時季に関係なく採れるとなれば……うん、ディンドルに近いお値段にはなるでしょうね」

「それは魅力的……あ、いやいや、売りません。ディオラさんにはお裾分けしますけど」

俺たちがこれを売らないと決めたのには、当然理由がある。

それは果物の採取量。突撃野牛であれば、一度搾乳しても何日かすればまた牛乳が得られるのだが、一度採った果物は、食べ頃の物が突然復活したりはしない。ダンジョン故か、時季に関係なく順次熟れていく感じではあるが、それでも採れる量には限りがある。

今は俺たちしかいないので問題ないが、何組もの冒険者が入るようになれば、食べ頃の物が奪い合いになることは確実――簡単に言えば、あまり人に知られたくないのだ。

「……なるほど。了解です。お任せください」

「ありがとうございます。これ、お裾分けです」

俺の表情から何かを読み取り、しっかりと頷くディオラさんの前に、今度は三つの林檎を並べ、それもずずいっとディオラさんの方へ。

「ありがとうございます。お裾分け、ですね？」

「はい、お裾分け」

そう、これは決して口止め料とか、賄賂（わいろ）とかではないのだ。まったく問題はない。

「相談の本命はこっちなの。飲んでみてくれるかしら？」

そう言ってハルカが取り出したのは、突撃野牛（ストライク・オックス）のミルク。

コップに注いだそれをディオラさんに差し出すと、彼女は曖昧（あいまい）な笑（え）みを浮かべて身体を引く。

「私、山羊（やぎ）のミルクはあまり得意じゃなくて……」

「安心して。山羊じゃないから」

「山羊じゃない……？」

ディオラさんは不思議そうに目を瞬（またた）かせると、コップに鼻を近付けてその匂（にお）いを嗅（か）ぐ。

そして、少し小首を傾（かし）げたが、すぐにハッとしたように目を見開いた。

「これって、もしかして――!?」

慌てたようにハルカからコップを受け取り、ディオラさんは一口飲んで声を上げる。

「やっぱり、突撃野牛（ストライク・オックス）のミルク！　しかも凄（すご）く美味しいです。嫌（いや）な臭（にお）いもないですし」

「そうです。よく判りましたね？」

「え、ええ、まぁ……」

高価な牛乳のはずだが、さすが冒険者ギルドの副支部長。お金は持っているらしい。

まぁ、割引価格とはいえ、高級果実のディンドルを買うような人だからなぁ。

「どうされたんですか、これ。どこかで買った、わけじゃないですよね？」

「ええ。これもダンジョンで見つけた物よ。値段次第（しだい）では売りたいんだけど、どうかしら？」

「はい、高く買い取らせて頂きます。この周辺に突撃野牛（ストライク・オックス）は生息していませんから」

「それはありがたいわね。ただ、容器の方が……」

「なるほど。瓶ですね。ご希望なら、こちらで工房に発注して用意しましょう」

さすがディオラさん。話が早い。

「良いの？　手間が掛かると思うけど」

「これを入手できるなら、大した手間でもありません。革袋の臭いは付いていませんし、とても新鮮で高品質です。やはりマジックバッグは素晴らしいですね」

ガラスや陶器の瓶は割れやすく、普通の冒険者が大量に持ち歩くのは少々非現実的である。

そのため、運搬に便利な革袋を使うのだが、そうするとどうしても牛乳に臭いが付く。

また牛乳を搾った後も、持ち帰るまでに早くても一日、下手をすれば数日。

それが常温でともなれば、生乳の扱いとしてはかなりヤバいだろう。

対してマジックバッグは、その両方の問題を解決できる。

つまり、搾りたてで、臭いの付いていない高級牛乳。価値が高くなるのも当然である。

更に言えば、俺たちなら搾った直後に殺菌、冷却まで可能なわけで。

ノンホモ低温殺菌牛乳なんて目じゃない、とても美味しい牛乳のできあがりである。

「あとは、いくらで買い取るか……。難しいですね」

「標準的な価格はないんですか？　冒険者ギルドでも買い取っているんですよね？」

「ありますが、この品質にそれを適用するのは問題ありです。どのくらいの量を販売されたいか、継続的に納品されるかなど、総合的に考えて買い取り価格を決めたいところです」

原則通りに標準的な価格で買い取り、それを『高品質な突撃野牛のミルク』として高く売ればギルドとしては儲かるわけだが、さすがにそれは不義理ということなのだろう。

「ちなみに、末端価格だと、どれぐらいになるんだ？」

「これだけ高品質ともなれば、その瓶一本で金貨四〇枚ぐらいは出しますね、貴族なら」

「マジで？　さすがは貴族、半端ねぇな……」

コップ一杯で三～四万円の牛乳……あまりに高すぎないか？

しかし、よく考えたら、元の世界でもそれぐらいする高級ワインは存在した。

それを思えば飲み物として異常に高すぎる、というわけでもないのか？

もちろん、俺にはとても飲めなかった――そもそも未成年だったし――飲み物ではあるが。

「伯爵なら簡単に、子爵家でも裕福な家であれば問題なく買えますよ、このくらいなら」

「ネーナス子爵は？」

「あ～……あそこは買わないでしょうね、あまり余裕がありませんから」

少し困ったように苦笑を漏らし、ディオラさんは首を振る。

先日ケルグで起こった騒乱のこともある。美食に金を浪費できる状況ではないだろう。

「ただ、高く売る場合は、多少問題もあります」

まずは販売先。高く売れるとは言っても、その販売先には限りがある。

そのため冒険者ギルドとしても、希望する量を買い取れるかどうかは判らないということ。

もう一つは、避暑のダンジョンに入る冒険者が増えるという可能性。

あそこのダンジョンに到達するには、それなりの腕が必要になるし、突撃野牛からの搾乳は難度が高い。更にはマジックバッグがなければ運搬や保存も困難で、高く売ることはできない。

普通なら真似をしようとは思わないが、大金には無謀な挑戦に走らせる力がある。

無駄に死亡者が増えるのは、ギルドとしても本意ではないし、俺たちからしても万が一大量の冒険者に押し寄せられて、折角の便利な狩り場がダメになってしまうのは悲しいわけで。

「諸々踏まえると、ディオラさんとしては、いくらが良いと思いますか？」

「最低でも金貨五枚以上、他への影響を考えるなら一〇枚ぐらいでしょうか」

冒険者ギルドでの一般的な買い取り価格の上限が、金貨五枚ぐらい。

俺たちの牛乳はそれよりも明らかに品質が良いため、同レベルの価格だと色々と面倒らしい。

だがそれも、当然といえば当然。高級肉と安物の肉が同じ値段で売っていたら、安物の肉は売れ残るか、値下げを要求されるに決まっている。

他の冒険者のことを考えれば、安く買い取ることもリスクなのだ。

「もしくは、金貨二〇枚ぐらいにして、買い取り数を制限するか、ですね」

冒険者ギルドの利点は、基本的に持ち込んだ物はすべて買い取ってくれるところ。

その代わり、買い取り価格は多少安くなるのだが、商人と個別に交渉する必要はなくなる。

ディオラさんの申し出は、その『無制限な買い取り』という利点に制限を掛けることで、問題が起きないように上手く捌いてくれるという話である。

「俺たちとしては、金貨二〇枚の方が良いよな？」

「当然ね。金貨一〇枚で大量に流すという方法もあるけど、正直面倒でしょ？」

ハルカの言葉に、牛と相撲を取るのが役割のトーヤを筆頭に何度も頷く。

「それでディオラさん、金貨二〇枚だと、どれぐらい捌けそう？」

「そうですね、月に五〇本でいかがですか？　状況次第では増やせるかもしれませんが……」

五〇本。余裕をみても突撃野牛一五頭分か。一日で集められるな。

一人あたり金貨一四〇枚あまり。月給一四〇万円保証――素敵な響きである。

俺たちの場合、毎月律儀に集めに行く必要がないのも良い。数ヶ月分をマジックバッグに貯めておけば、行き帰りの時間も節約できるし、そもそも俺たちの収入はそれ以外にもあるわけで。

これで他の冒険者がダンジョンに来る確率が下がるなら、断る理由はない。

「あたしは良いと思うけど、どうかな？」

「問題ないだろ。ディオラさん、それでお願いします」

「かしこまりました。では瓶の手配をしておきますので、後日取りにお越しください。……ご相談は以上でよろしいですか？」

「ですね。あとは魔石の売却と――」

ディオラさんから警戒するように確認されて俺は頷くが、そんな俺をハルカが突く。

「ナオ、もう一個あるでしょ？」

「え？　……あぁ、あれか」

指摘されて思い出し、貯まっていた魔石と共に俺が取り出したのは、再びの牛乳瓶。

ただし、その中身は突撃赤野牛のミルク。

一応、ノーマルに比べれば価値が高いらしいが、分類としては同じ牛乳である。

パイの奪い合いになるのなら、あえてこれを採取してくるほどの価値があるかどうか……。

「えっと、これは？　先ほどのミルクとは違うのですか？」

俺が作る瓶は似非ガラスなので少々透明度が低く、中身がはっきりとは見えない。

一見すると違いが判らないだけに、ディオラさんは不思議そうに俺の顔を見る。

しっかりと見比べれば違いが判るのだが……白とピンクだしなぁ。

「瓶に入っていると判りにくいですが、これは突撃赤野牛のミルクです」

「なんっ――!? ちょ、ちょっと待ってください」

声を上げかけたディオラさんは、慌てたように自分の口を押さえる。

そして、気持ちを落ち着かせるように深呼吸を繰り返し、改めて俺の顔を見た。

「失礼しました。――えっと、本当ですか?」

「飲んでみますか? コップに入れれば色の違いが判りますよ?」

少し疑わしげなディオラさんに勧めてみるが、彼女はブンブンと手を左右に振る。

「いえいえいえ! 結構です! そんな高い物は!」

「……やっぱり、高いんですか?」

「ええ、そりゃあ、もう! 普通の物と比べて、搾乳の難易度も全然違いますから」

突撃赤野牛から搾乳するときに一番問題となるのは、炎のブレスだろう。

魔法の補助がなければ、正面に立つことも危険。それだけでも一気に難易度が上がる。

それに対応できるような冒険者であれば当然、普段の稼ぎも多く、つまりは時給が高い。

俺たちは魔法を上手く使って多少楽をしているが、忘れがちだが魔法使いというのはかなり稀少な存在なのだ。そう簡単に、それも複数用意できるはずもない。

そんなわけで必然的に、突撃赤野牛のミルクの採取に掛かるコストは高くなる。

「あとは、その効果ですよね。貴族の方には、とても人気がありますから」

「効果ですか？」

「あ、ご存じありませんか？　そうですか……」

ディオラさんは意外そうに目を瞬かせた後、やや言いづらそうに言葉を濁した。

「えっと、何か問題があるの？」

「問題は……別にないですよ？　ただ、その……」

ハルカに問い返され、ディオラさんは少し頬を染めて目を逸らし、小さく言葉を続ける。

「元気になるんです。これを飲むと。まるで荒ぶる牛のように」

「……あぁ。なるほどね。でも、本当に効果があるの？　私たちも飲んでみたけど、別に——」

「皆さんは若いですからね。それに、ハルカさんは女性ですし」

ん？　『女性ですし』？　つまり、男性が元気になる？

……あ、元気になるって、そっちか。所謂、精力剤的に。

なるほど、ディオラさんが言葉を濁すわけだ。

「やっぱり、そういうのって、売れるんだな」

「はい。やはり貴族は、如何に子供を残すかというところがありますから」

トーヤがどこか感心したようにそんな言葉を漏らすと、ディオラさんも苦笑して頷く。

科学的な不妊治療なんてないだろうし、家の存続が懸かる貴族としては非常に切実なのだろう。

「それで、売るとしたらいくらぐらいになりますか？」

「売れる数は限られますが、少なくとも一〇倍は堅いですね」

「そんなに⁉」

俺からすれば『たかが精力剤に』とも思うが、必要な人にはやはり必要なのだろう。

元の世界でもバイ○グラが人気だったし。

だが、結婚の早いこの世界、不妊には立つ、立たない以前の問題があるように思える。

もしかするとこの牛乳、単なる精力剤以上の効果があるのだろうか？

であるならば、少しは理解できる。不妊治療に大金を投じる人はいるし、俺の親戚にも普通の治療の他に、サプリやら、健康食品やらにお金を掛けている人がいたのだから。

「えっと、ディオラさん、これって本当に効果があるんですか？」

「……ナオさん、その……機能に不安が？」

「ありません！　そうじゃなくて……できても、デキるとは限らないじゃないですか」

ディオラさんに『その歳で……？』みたいな視線を向けられたので、強く否定。

その上で少しぼかして尋ねると、ディオラさんは理解してくれたようで、軽く頷いて答える。

「さすがに百発百中とはいきませんが、効果を感じられるぐらいには違いがあるようですよ？　ただ、ある程度の期間飲み続けないとダメらしいので、かなりお金が掛かりますけど」

具体的には、夫婦共に最低でも一ヶ月。

貴族にとってみれば、それで跡継ぎができるなら安い物なのかもしれないが……家が建つな。

「なるほどです。それで、買い取ってもらうことは可能ですか？」

「ええ、もちろんありがたく買い取らせて頂きます。もっとも、売るのは突撃野牛のミルク以上に面倒なので、受注生産――採取にして頂ければ助かります」

「それで構いません。毎度、面倒を掛けますが、よろしくお願いします」

「はい。万事、お任せください」

改めて俺が頼むと、ディオラさんは頼もしくも、良い笑顔で請け合ってくれたのだが――。

「――いやぁ、これで私も、お願いがしやすくなりました」

「「「え……？」」」

付け加えられた不穏な言葉に、俺たちの声が揃う。

「……ちょっとディオラさん？　なんだか、気になる言葉が聞こえたんだけど？」

ディオラさんからのお願い――依頼と聞いて思い出すのは、幽霊屋敷とケルグの騒乱。

幽霊屋敷の方はエディスという悪霊（？）が原因で、トーヤ以外に被害はなかったのだが、関連して引き受けることになった盗賊退治は、控えめに言っても悪夢だった――文字通りの意味で。

あそこで見た光景は、今でも夢に見ることがあるぐらいに酷すぎた。

ケルグの騒乱については、言うまでもないだろう。

ただ結果的には、俺たちも十分な利益を得ているし、あの依頼がなければメアリとミーティアを救うこともできなかったかと思うと、心境としては複雑である。

「あたしとしては、盗賊退治なんかは、ちょっと控えたいかなぁ？」

「少なくともミーティアちゃんとメアリちゃんは、お留守番になりますね」

「さすがにあの光景は……。オレらはまだしも、二人にはまだ早いよなぁ……」

「いえいえ！　そんな身構えることじゃないですよ？　ちょっとしたお願いですから。本当に」

あれを思い出したのは、ユキたちも同じだったらしい。

ユキたちからも口々に言われ、ディオラさんは慌てたように手を振るが、俺たちの訝るような目が変わらないのを見てか、空気を変えるように木箱を取り出してテーブルの上に置いた。

「お、お願いの前に、まずはこちらから片付けましょう。私が留守の間にお預かりした錫杖の鑑定が終わりました。気になりますよね？　気になってますよね？」

「……まぁ、そうですね。多少は」

今はむしろ、ディオラさんの依頼の方が気になるのだが、目の前にあればそちらも気になる。

そんな俺に笑顔を向けて、ディオラさんは箱から取り出した錫杖をテーブルの上に置く。

「これは〝カリスマの錫杖〟と分類されている物です。これを持って話すとカリスマ性が微妙に上がるという魔道具ですね。ギルドで買い取るなら、金貨五〇枚ぐらいでしょうか」

「微妙に……？」

「はい、微妙に。喩えるならば、同じ内容を話していても、庶民の普段着を着て話すのと、立派な神官服を着こなして話すのとぐらいには、違いがあります」

……とても解りづらいが、言いたいことは理解できる。

若者が『ウェ〜ィ♪　コレ、マジ安全。ヤバいぐらいにイイクスリだから！』と言うのと、ビシリとスーツを着こなした紳士が『これは正式な臨床試験を経て、科学的にも安全性が確認された薬です』と言うのでは、説得力がまったく違う――どちらも根拠を示していなかったとしても。

「ちなみに神殿で需要があります。それなりにもっともらしい説法に聞こえるので」

「実際は下手でも？」

「下手でも、です。そこまで劇的な効果はないですけど」

『誰もが従ってしまう』的な効果がないあたり、とても現実的で夢のない魔道具である。
いや、実際にそんな効果のある魔道具が、ホイホイ手に入っても困るのだが。

「……どうする？　私たちには使い道がなさそうだけど」

「貯金代わりに持っていても良いのでは？　現金ばかり持っていても仕方ないですし」

「だな。俺たちは現金でもあまり困らないが、逆に現金である必要性もないからなぁ」

あちこち移動する冒険者は、持ち運びの利便性から宝石などに変えて貯蓄するようだが、この場合、上手くやらなければ宝石と現金との相互交換で目減りが発生する。

幸い俺たちにはマジックバッグがあるので、大量の金貨も持ち運べるのだが、逆に言えば多少嵩張る物でも同じように持ち運べるわけで、無理に現金に換える必要もなかったりする。

逆に物品のまま持っているメリットとしては、金銭では購えない場合に対応できること。

お金が使えない場所に行くことはおそらくないと思うが、お金を十分に持っている人と交渉するときの材料として、珍しい物や入手が難しい物は価値があるのだ。

「かしこまりました。では、こちらはお返ししますね。——それで、お願いですが」

本題が来たと、改めて居住まいを正す俺たちに、ディオラさんは苦笑して続ける。

「一つは、貴族へのご祝儀に相応しい品を用意して頂きたい、ということです」

「ご祝儀——結婚式の贈り物？　なんでまた、冒険者である私たちに？」

少々予想外の話に、ハルカを筆頭に俺たちは揃って首を捻る。

「金銭的問題です。依頼者はネーナス子爵なんですが、ケルグの騒乱で予算が……。あまりお金を掛けず、それなりに珍しく、貴族としての体面を保てる物という無茶振りをされまして」

「それはなかなかに……。とはいえ、俺たちも仕事ですから、領主からの依頼、そしてディオラさんの仲介(ちゅうかい)といえど、損をするような取り引きは避けたいんですが」

こちらもお願いをしている立場ではあるが、なんでも引き受けると思われても困る。

最低限の利益は確保したいと、そう言うとディオラさんは慌てたように否定した。

「あぁ、いえいえ。ナオさんたちに損をさせるつもりはありません。冒険者ギルドの買い取り価格で依頼人に売って頂ければ、それだけで十分にコストダウンできますから」

冒険者が手に入れた物は通常、冒険者ギルドと商人を経由して、必要とする人の手に渡(わた)る。

当然、それぞれが利益を上乗せするため、小売価格が売却価格の二倍以上になることもあるらしい。もっとも、小売価格には輸送コストも含(ふく)まれるため、暴利というわけではないのだが。

「それなら問題はないですが、冒険者ギルドとしては良いんですか？」

「えぇ。この場合、冒険者ギルドには依頼の仲介手数料が確実に入りますから。冒険者から買い取った品物で利益を上げるのは、案外大変なんですよ」

品物の保管、輸送、品質保証、そして買い手を探すコスト。

場合によっては売れない品物の廃棄(はいき)コストも掛かり、楽に儲かる仕事ではないらしい。

「そういうことであれば。とはいえ、贈り物になりそうな物……何かあったか？」

「フルーツの盛り合わせとか良いんじゃね？　今なら、結構な種類が用意できるし」

「それってお祝いじゃなくて、お見舞(みま)いっぽくない？　……草原野犬(グラス・コヨーテ)の毛皮はどうかな？」

「毛皮なら、咆吼狼王(ハウリング・ウルフ・キング)の方が良いじゃない？　大きいから貴族っぽい気がするわ」

「マードタウロスが持っていた斧(おの)もありますね。実用性は皆無(かいむ)ですが、話題にはなりそうです」

トーヤたちから口々に出てきた案にディオラさんが目を白黒させるが、すぐに首を振る。

「……よ、予想以上に色々出てきましたね。ですが、それらではありません」

「あ、もしかして、さっきのカリスマの錫杖を譲ってほしいとか、そういうことですか？」

だとしたら、話の流れ的にも納得——と思ったのだが、ディオラさんは今度も首を振る。

「それも考えていましたが、先ほどちょうど良い物が見つかりました」

「ちょうど良い物……？」

「突撃赤野牛のミルクですよ。新婚夫婦に贈る物としては最適だと思いませんか？」

そう言って「ふふっ」と笑うディオラさんだが、そんな彼女に向けられたのは——。

「ディオラさん……。さすがにそれは下世話なんじゃ……？」

「ちょ、ちょっとハルカさん、そんな目で見ないでくださいよ!?　定番のご祝儀なんですよ！」

「ホントにぃ〜？　あたし、自分の結婚式で精力剤なんか贈られたら、その人との付き合い方を再考するレベルなんだけど。ジョークでもセンスを疑うし、本気ならますます——」

「本当ですって！　子供の有無は貴族にとって死活問題ですからね!?」

俺としては『新婚早々、精力剤に頼らなくても良いだろう』と思うのだが、そもそも子供ができなければ結婚生活が上手くいかないのが貴族。いつ子供ができるのかと責っ付かれることも多いようで、そのような状況に於いて、突撃赤野牛のミルクは大層ありがたがられるらしい。

「そういうことであれば納得ですが……なんだか、実感が籠もってますね？」

「え？　ええ、まぁ、ちょっと……っと、それより、突撃赤野牛のミルクです。先ほどの今ですが、採取を引き受けて頂けますか？　少し量は多くなりますが」

俺の問いにやや目を逸らし、言葉を濁すディオラさん。

女性の言いたくないことを追及する趣味は俺にはないので、そこには触れず、頷き尋ねる。

「瓶を用意して頂けるなら、もちろん構わないですが、何本ですか？」

「瓶の破損などに備え、予備も含めて一〇〇本少々は欲しいですね」

「ひゃく!?　それは……集めるのも大変だけど予算は大丈夫なの？」

先ほどの話では、レッドの牛乳はノーマルの『一〇倍は堅い』とのことだったが、その基準は一般品なのか、それとも俺たちが搾ってきた物なのか。

それによって随分と差が出るが、どちらにしても大金であることは間違いないわけで。

「細かな節約はしても、出さないといけない場合には出すのが貴族なのです。仮に借金をしてでも。平民には解りづらいかもしれませんが」

ハルカの問いに、ディオラさんはため息をつきつつ、首を振る。

明らかに時間の無駄なのに、ネットショッピングで一円でも安いお店を探す心境だろうか？

……いや、違うか。う～ん、日本の防衛費と、道路の修繕費を同列に並べるようなもの？

何千億円もする船を買う金があるなら、家の前の道路を直せ、的な。

まぁ、ナンセンスだよな。比べるに値しない。

必要に応じて大きな金は動かしつつ、可能な範囲では節約する。

やはりそれなりに有能なのだろう、ネーナス子爵は。

「ただ、申し訳ないのですが、今回は纏めての購入なので、金貨一万枚でもよろしいですか？　品質の良さを考えれば二万枚でも安いぐらいですが……」

「い、いえ、十分ですっ。な？」

確認する俺に、ハルカたちも『うん、うん』と何度も頷く。

俺たちの家なんて金貨千枚あまりで建てたのだから、一万枚とか豪邸が建つレベルだ。

さすが貴族、ご祝儀の額が桁違いである。それとも、貴族ならその程度はするのか……？

するんだろうなぁ。庶民との価値観の違いとしか言いようがないが。

「凄く豪勢ねぇ……。でも、ディオラさん。いくらなんでも一〇〇本は多くない？　夫婦で毎日コップ一杯ずつ飲んでも、二年分はありそうなんだけど」

「ハルカさん、体面を重んじるのが貴族なんです。自分たちで飲むなら別ですが、他人に贈る場合は無駄なほどの量を揃えるのが正しいんですよ。ほら、ハルカさんだって、誰かの家にお呼ばれしたとき、テーブルの上にワインが一本しかなかったら飲みにくいでしょう？」

「……ワインは飲まないけど、理解はできるわ。お菓子でも数が少ないと食べにくいし」

なるほど。確かに大量に盛ってあるポテチには手が伸びても、残りが少なくなったら、何となく遠慮するよな。唐揚げの最後の一個なんかも、残りがち。

ディオラさんの喩えはともかく、貴族の見栄や力関係を考えれば、十分以上の物を用意できる力がある、と示すのも必要なことなのかもしれない。

「でも、貴族同士でも食品を贈るんだ？　毒殺を警戒して避けるのかと思ってたけど」

「あははは、この国の貴族はそんなに殺伐としてませんよ～。毒物を検知する魔道具もありますし、そもそもそんなことをしたら、犯人、バレバレじゃないですか」

ディオラさんが笑いながらパタパタと手を振る。

その通りといえばその通り。だが、バレても殺せればオッケー、仮にそれで紛争になっても構わないと考えれば、あり得ないとは言えないわけで。

それがないのであれば、この国の貴族は互いにそこまで険悪な仲ではないのだろう。

「しかし、貴族同士の確執がないのならありがたいな。この国に住んでいる庶民としては」

「争いに巻き込まれたくないですからね。平和が一番です」

俺たちに関わらないのであれば好きにしてくれ、という感じだが、統治者がおかしなことをすれば、庶民に影響が出ないわけがない。昔、このネーナス子爵領であったあれこれだって、一般庶民への理不尽な取り締まりという形で影響が出ているのだから。

「う～ん、残念ながら、争いが皆無、というわけではないですよ？　この周辺では少ないですが、小さな紛争はたまにありますから」

「この国と外国との戦争は？」

「全面戦争はしていませんが、仮想敵国はありますし、多少の紛争も時々起きていますね」

そのぐらいなら平和な方か。さすがはアドヴァストリス様、地味に仕事ができる神様である。

平和な日本で暢気に生きてきた俺たちが下手な国に飛ばされていたら、死んでいた確率も決して低くはないだろう。地域だけじゃなく、国も選んでくれたらしい。

それぐらいに危険な国も存在するのだから。

——ここで少し地理関係について説明しておこう。

まず、俺たちのいるこの国が〝レーニアム王国〟。周辺では大きめの国である。

政情も安定していて、極端な貧困や種族による差別もあまりなく、比較的生活しやすい国だ。

レーニアム王国の東にあるのが〝オースティアニム公国〟。

この国はレーニアム王国とは同盟関係で、婚姻関係もあるため、結びつきが強い。

国の雰囲気も似ているそうだが、レーニアム王国に比べると少しだけ宗教の力が強いらしい。

とはいえ、宗教国家というわけではないので、仮に俺たちがこの国に行ったとしても、窮屈に感じるほどではないだろう。それなりに立派な神殿もあるらしいので、もし俺たちが観光旅行に行くのであれば、この国が第一候補となる。

南から南西にかけてあるやや大きめの国が〝ユピクリスア帝国〟。

この国がレーニアム王国の仮想敵国。貿易もしているし、武力で以て直接的に睨み合っているわけではないのだが、油断はできない相手である。何らかの対立があれば即殴り合い——は避けて、少しぐらいは話し合いをしよう、というぐらいの間柄らしい。

ただし、この国は人族以外を差別しているため、エルフの俺としては関わり合いになりたくない。

いきなり捕まって奴隷にされたりはしないようだが、楽しく観光できそうにはない国だ。

南東にあるのが〝フェグレイ王国〟で、政情は不安定。

内戦にまでは至っていないものの、内輪揉めが酷くて貴族同士の紛争は日常茶飯事である。

普通なら他国から侵略されて滅びそうなものだが、幸か不幸か国土に魅力がなく、国民性が厄介なので、侵略するコストとメリットが釣り合わず、放置されているらしい。

その国民性とは、根拠のない選民思想。他国人や人族以外への差別が酷く、自国民の間でも階級制度があって、とかく扱いづらい。ユピクリスア帝国は一度攻め込んで、ある程度の地域を占領下に置き、資本を投下して開発を進めようとしたことがあったようだが、住民の民度の低さ故に資本だけが消費されて大失敗、その土地を放棄して引き上げるに至っている。

曰く『フェグレイ人奴隷の最も良い使い道は、放逐することだ。存在するだけで悪影響があり、まったく使い道がない。もし奴隷に与える食料があるのなら、それを売り払って一〇分の一の人数でも帝国人を雇うべきである』らしい。

そんな国なので国民の生活レベルも低く、近隣諸国では最も近付いてはダメな国である。

で、残り。レーニアム王国の西から北にかけての領域だが、このあたりは謂わば空白地帯。

国交を樹立できるような国は確認されておらず、人の手も入っていない。

もしかすると、更に先には他の国があるのかもしれないが、魔物が存在する以上、探索や開発を行うのは容易ではないし、それをするなら国内の開発を進めた方が効率的というものである。

そして、そんな空白地帯に面して存在しているのが、俺たちの拠点であるラファンの町だ。

なお、これらの情報はディオラさんが教えてくれたこと。

俺はレーニアム王国の名前こそ知っていたが、それ以外のことはほとんど初耳だった。

興味はあったが、そう簡単に知ることができる情報ではないんだよな、こういうことって。

庶民には習う機会もないので、下手をすれば自国の名前すら知らなかったりするのだ。

実際メアリたちも、他国の名前はもちろん、レーニアム王国の名前すらあやふやだった。

それをしっかりと説明できるあたり、さすがは冒険者ギルドの副支部長である。

「――と、まぁ、こんな感じなので、冒険者でも活動場所は選んだ方が良いでしょうね。何か気になることはありますか？　私に判ることなら、お答えしますが」

「……万が一、国家間の戦争になった場合、冒険者はどうなるの？」

「原則としては自由です。強制的な依頼は魔物が町を襲ったときぐらいですから。ただ、協力を要請されることはあります」

「要請、ね」

「はい。強制ではありませんが、その国で生活するなら請けておいた方が良いって感じですね」

まぁ、自分たちが苦労しているのに、協力もせずに暢気に過ごしている人がいれば、周りからの視線は厳しいものになるだろう。一時的に訪れている国なら、そんなものは無視するという手もあるだろうが……この国、この町には知り合いがそれなりにいるしなぁ。

「とはいえ、冒険者ギルドの独立を尊重してくれない国もありますから、そのような国に滞在される場合は、情勢を見極めて、早めに脱出することをお勧めします」

入国するつもりはないが、おそらくフェグレイ王国が最右翼だよな。

エルフを差別するユピクリスア帝国も危険。できれば戦争には協力したくないが、レーニアム王国が負けそうならば、その場合は考えないといけないだろう。過ごしやすい国がなくなるのは困るし、レーニアム王国が負ければ、次は同盟国のオースティアニム公国が危なくなる。

俺とハルカ、トーヤの種族を考えれば、この二カ国がなくなるのは不利益が大きすぎるし、まったく別の国を探して逃げ出すというのも、あまり現実的とは言えない。

他国の情報なんてそう簡単には手に入らず、安全な国かも見極められないのだから。

「ま、心配しなくても大丈夫ですよ。他国との戦争なんて一〇年以上起こっていませんし、万が一があっても、国境から遠いこの領に影響が出ることはほぼありません。むしろ町が魔物に襲われたときを心配すべきですね。こちらは強制依頼ですから」

まぁ、こっちの方は仕方ない。魔物狩りは冒険者の本分だし、俺たちの自宅もある。

ちなみにこの強制依頼、日雇い労働の名ばかり冒険者は基本的に対象外。

戦わせたところで無駄に犠牲が増えるだけなので、適用される場合も後方支援程度らしい。

「なるほどなぁ……。色々教えてくれて、ありがとうございます」

さすがに、調査せずに他国に足を踏み入れるほど迂闊ではないし、当面は行く予定もないが、こうして俯瞰した情報を教えてくれるのはとても助かる。

改めてお礼を言うと、ディオラさんは嬉しそうに微笑み、にこにこと俺の顔を見る。

「いえいえ、冒険者の皆さんをサポートするのが私のお仕事です。——それに、ナオさんのおかげで、私の肩の荷も、一つ下りましたから」

「一つ……？　そーいえば、ディオラさん、さっき『一つは』って、言ってたね？」

「……それじゃ、用事も終わったし、そろそろお暇するか」

ユキの指摘に含まれる不穏な意味を理解し、俺はそう言って立ち上がろうとしたのだが、続いたディオラさんの言葉は、その動きを止めるのに十分なものだった。

「皆さん、避暑のダンジョンは欲しくありませんか？」

「「「……………」」」

その言葉の意味を咀嚼するように、俺たちは暫し沈黙。

全員で顔を見合わせてから再度ソファーに腰を落ち着けると、ディオラさんは笑みを深めた。

「……詳しく説明してくれますか」

「ええ、もちろんです。最初のお願いとも関連するのですが、近々、貴族同士の婚礼があります」

ご祝儀が必要ということは、婚礼があるということ。自明である。

そして結婚する貴族は、ここネーナス子爵領に隣接するダイアス男爵領の継嗣。

お隣ともなれば結婚式にも参加せざるを得ないが、現在のネーナス子爵はケルグ騒乱の後始末もあって非常に多忙、他領に出かけるような余裕はない。

「代理としてネーナス子爵のご息女が出席されるのですが、その護衛が必要になったんです。『腕が良くて信頼できる冒険者を安く雇いたい』という依頼が来まして」

「また無茶振りね。『腕が良くて信頼できる冒険者』なら、依頼料も高いでしょ？　それに、普通はそういうのって、騎士や領兵が行うことじゃないの？」

「ええ。もちろん、ネーナス子爵の領兵も護衛として付きます。ですが残念なことに、あまり練度は高くないんですよね、この領の兵は。――ご存じかもしれませんが」

「確かにケルグの騒乱の時も、あんまり強い兵士はいなかったな。むしろ、冒険者であるオレたちが主力になったぐらいだし。サジウスぐらいか？」

「やらかした領主の影響もありますが、ネーナス子爵領は基本的に平和ですからね。あまり裕福ではないこともあって、元々抱えている兵士が少ないんです」

それに加え、今回はケルグの騒乱の影響で、そちらにも人員を割かないといけない。

しかし、ダイアス男爵領への道は少々治安が悪く、魔物に襲われる危険性も高いため、十分な護衛が絶対に必要。だからこそ、補完的に冒険者を雇いたいということらしい。

「もしかして、それの護衛を俺たちに……？」

「周辺状況を妙に詳しく説明してくれたと思ったら……これの布石？」

「はい。皆さんはこのラファンで最も腕が良く、信頼できる冒険者ですから」

そう言って、ニコリと微笑むディオラさんだが、ナツキたちは困惑したように口を開く。

「評価して頂けるのは嬉しいですが……」

「正直、あたしたちって護衛依頼は得意じゃない——というか、やったことないよ？」

そう、一番の問題がそれ。

俺たちがどんな仕事をしてきたか、ディオラさんはよく知っているはずである。

普通に考えれば無茶だと思うのだが……。

しかし、不安げに顔を見合わせる俺たちを安心させるように、ディオラさんは微笑む。

「ご安心ください。皆さんにお願いしたいのは、魔物や盗賊への警戒と討伐です。直接的な護衛は領兵が行いますので比較的楽かと。ご息女への対応もあまり気を遣わなくて良いですし」

「そうなんですか？　俺たち、貴族相手の礼儀なんて知りませんよ？」

「大丈夫です。少なくとも傲慢な貴族ではありませんから、普通に対応すれば問題ありません」

なるほど。護衛の経験を積むという点で俺たちにも利はあるし、万が一の際に責任が分散されるのはありがたい。だが、あえて引き請ける理由があるかといえば――。

「もし請けて頂けるなら、避暑のダンジョンの所有権を――正確には『避暑のダンジョンの所有権とその入り口周辺の土地』を報酬代わりに譲る、との確約を得ています」

「つまり、あのダンジョンを私たちの私有地にできるってこと？」

「はい。進入を禁止する権限――いえ、どのように扱うかを決める権限が得られます。それを実行するのは、皆さんの責任に於いて、となりますが」

つまり、あのダンジョンを閉鎖するのも、入場料を取るのも、中で得られた物から税金（？）を取るのも自由。ただし、必要な人員などは自分たちで用意すべし、ということのようだ。

「ダンジョンをオレたちで独占できるってわけか。そんな権利、譲渡可能なのか？」

「可能です。あまり一般的ではありませんが」

土地の所有権は貴族の利権にも関わるので、普通は完全に権利を譲渡することはない。

俺たちの自宅も一応は所有地になっているが、毎年の税金は必要だし、場合によっては領主の意向が優先され、取り上げられてしまうこともあり得る。その場合、通常は金銭等で補償されるのだが、それをしなかったからといって、平民にできることは何もない。

ただし、他の貴族に対して隙を見せることになるので、大抵はきちんと対応するようだが。

「ですが、今回の報酬は違います。国に登録しますので、国王以外に覆されることはありません」

「それは凄い……のよね？」

「はい。まぁ、場所的な理由もありますけど」

あそこはネーナス子爵領の端も端、統治権が及んでいるのかも怪しい場所であるのも然る事ながら、先々代がやらかした場所でもあり、ネーナス子爵家としては消してしまいたい汚点。

それを切り離すことには一定の利がある上に、あのダンジョンに潜っているのは俺たちだけ。

持ち帰った物も大半は領内で消費され、ネーナス子爵はそこから税収が得られるし、それどころか所有権を持つことで俺たちがやる気を出せば、今よりも多い収穫物を期待できる。

ネーナス子爵としてはある種、不良債権でもあるダンジョンを譲るだけで、ランク五の冒険者を雇えるなら悪くないという判断らしい。

「……そう言って、ディオラさんが交渉したの？」

「本当に『安く』雇われても困るので、互いに利益がある妥協点を探ってみました」

ディオラさんは苦笑しつつ、ハルカの言葉を肯定する。

ネーナス子爵は俺たちの詳しい事情は知らないだろうし、俺たちもネーナス子爵と交渉するだけの能力と情報は持っていない。それに、相手が自分たちが住んでいる場所の領主ともなれば、多少の無茶ぐらいは受け入れざるを得ない弱い立場でもある。

それをディオラさんが代行して、纏めてくれた条件は決して悪くないが……。

「けどさ、ご祝儀に使う金はあるんだよな？　オレたちの報酬ぐらい――」

「だからこそ、ですよ。節約できるところはしたいわけです。もちろん、相応の報酬を用意できなければ、金銭で払ったとは思いますが」

つまり、なんとか節約する方法がないか、ディオラさんに相談したという方が近いのか？

「簡単に言えば、あのダンジョンが金貨数千枚で売れるなら、お得ってことですね」

「数千枚って……え？　あたしたちが護衛をする報酬って、そんなになるの？」

「なりますね。ランク五の冒険者を五人、長期間拘束することになるんですから」

「……そういえばラファンの騒乱だと、一日あたり一人金貨二〇枚が提示されたわね」

俺たち、いつの間にか高給取りになっていたらしい。

――まぁ、武器や防具を更新したら、金貨数千枚も一瞬で飛んでいくのだが。

「俺としては請けても良いと思うが、どうする？」

交渉してくれたディオラさんの顔を立てたいという思いもあるが、報酬の内容も悪くない。

「他の冒険者が入るのを制限できるのは、ありがたいわね」

「他の物はともかく、果物は簡単に採り尽くされそうですしね」

「うん。食べ頃になる前に採られちゃったら……」

あと、突撃野牛を無駄に殺されると、牛乳も搾れなくなる。

仮に冒険者を入れるにしても、ルールを自分たちで決められるのは大きい。

「オレも請けて良いと思うぜ？　別の町に行く良い機会だと思うし」

「あぁ、それは確かに。こんな機会でもないと、なかなか遠出しそうにないもんな、俺たちって」

今の生活が安定していて、あんまり不満がないから。

「メアリとミーティアは……まぁ、反対はしないか。あのダンジョンを気に入ってるし。それでは
ディオラさん、この依頼、請けさせて頂きます」

「ありがとうございます！　いやー、皆さんに請けて頂けないと、正直、信用できそうな冒険者がいなかったんですよ。助かります。これで両肩の荷が下りました」

話が纏まってホッとしたのか、ディオラさんは柔らかい笑みを浮かべて大きく息をつく。

「ディオラさんには普段からお世話になってるからね。少しでも恩返しになるのなら良かったわ。でも、領都――ピニングなら、冒険者もそれなりにいるんじゃないの？」

「いえ、あそこも平和ですからねぇ。ただ強いだけならまだしも、高ランクとなると……」

やはりこのネーナス子爵領、冒険者の仕事が少ないのは全体的な話らしい。

お困り事が少ないと考えれば良い領地なのだろうが、活性化という点からは少々微妙である。

「それに、できれば女性の多いパーティーが良かったですから」

「護衛対象が女性だものね」

「ネーナス子爵のお嬢様はお幾つなんでしょう？」

「九歳です。メアリさんより少し下ですね」

想像以上に幼かった！

ネーナス子爵の名代だから、てっきり成人していると思ったのだが、大丈夫なのだろうか？

「あ、いえ、メアリは今九歳ですよ？」

驚きに目を瞠る俺たちの中で、しっかりとそう指摘したのはナツキ。

それを聞いて、今度はディオラさんが驚きを顔に表す。

「え？　それにしては、随分としっかりとしていたような……？」

「家庭環境でしょうね。もう少し子供でも良いと思うのですが……。ところで、メアリやミーティアの歳でも、冒険者ギルドに登録ってできるんですか？」

「はい、一応は。保護者がいないと、なかなか仕事は請けられませんが。登録されるんですか？」

「そういえば、ディオラさんに紹介はしても、登録はしてなかったな」

「お手伝い程度であれば、普通は登録しませんからね。酷い扱いをしているようであれば、冒険者ギルドとして指導しますが、お二人は皆さんが引き取って育てている子供ですし」

家族で冒険者をしている場合、子供を登録するかどうかは保護者次第。

登録するデメリットはないが、ランク評価に関しては保護者のおかげで上がったと判断され、独立した場合に実力以上に評価されると、身の丈に合わない仕事を斡旋されることもあります。当然、危険性も高いので、それを嫌って独立まで子供を登録させない保護者もいますね」

「もし実力以上にギルドから厳しめに見られることもあるらしい。

まともな保護者であれば、未登録でも子供に不利益はないし、きちんと実力を付けていれば、独立してもランクはすぐに上がる。ギルドとしても、無理に登録を勧めることはないらしい。

「登録するメリット――これはデメリットにもなり得ますが、単独でも行動できるようになることですね。今はメアリさんたちだけでは、町の外に出られませんが……」

「身分証を作れば、門を通れるようになるのか。二人なら……心配はなさそうだよな？」

「そうね。勝手なことをする子たちじゃないから、登録しても良いんじゃない？」

――いや、ゴブリン退治はないにしても、『タスク・ボアーが食べたい気分なの！』と出かけることはありそうな……ちゃんと注意しておこう。普通に斃せそうなあたりが、逆に危ない。

メアリはその年齢以上にしっかりしたお姉さんだし、ミーティアは少し不安だが、さすがに『ゴブリン退治に行くの！』と、勝手に出かけたりはしないだろう。

「かしこまりました。今、作りましょうか？」

「できるの？　本人がいなくても」

「はい。保護者がいますから」

この世界のギルドカードに、『本人の魔力を登録する』みたいな特殊機能はない。

そのため、原理的には本人不在でも作れてしまうのだが、当然制限はあり、今回ディオラさんが認めたのも、彼女自身が二人と面識があり、俺たちが保護者と知っているからである。

「いや、本人に作らせようぜ？　ギルドカードを作るのも、なんというか……嬉しいだろ？」

ディオラさんの提案に反対したのはトーヤ。

その理由は納得できるものであり、俺たちは揃って『ふむ』と頷く。

「……それもそうね。ごめん、ディオラさん。また今度、お願い」

「いいえ、大丈夫ですよ。お待ちしていますね」

ハルカの言葉にディオラさんは頷いて微笑む。

思い返せば俺も、ギルドカードを作る時は希望に胸を高鳴らせて——いなかったな？

むしろ不安の方が大きかった。あの頃は右も左も解らないような状況だったから。

金銭的にも、その日の宿が確保できるかどうかの瀬戸際って感じだったし。

まぁ、メアリとミーティアは全然状況が違う。

トーヤの言うように、希望に胸を高鳴らせて冒険者登録するのだろう、きっと。

◇　◇　◇

ラファンの冒険者ギルドでは、時間帯さえ選べば『子供が冒険者登録をしようとして絡まれる』

なんてテンプレイベントは起きようがない――冒険者がほぼいないので。

そんなわけで、メアリとミーティアの登録はスムーズに終了した。そのことに二人は喜んだが、どちらかといえば、その後に控えるイベントに気がいっていたようで――。

「やっと、生菓子が食べられるの！」

それがこれ。牛乳を十分に確保できたので、ついに生菓子が作られることになったのだ。

具体的には生クリームを使ったお菓子で、会場は毎度の如くアエラさんのお店。

以前、ハルカたちから生菓子の話を聞いて興味を持っていたアエラさんは、この日のために店を休むほどの力の入れようである。そんなこともあってハルカたちは、メアリとミーティアの冒険者登録を俺とトーヤに任せ、先に会場入りしていた。

「この前のアイスクリームと同じぐらい美味しいんですよね？　私も楽しみです」

「好みはあるが、美味しいとは思うぞ？」

「大量に食える物じゃねぇけどな――少なくとも、オレは」

ケーキ食べ放題で大量に食べていた女性陣を思い出したのか、トーヤは小さく付け加える。

「たとえ食えても、食うべきじゃないと思うがな。健康のためにも」

「そこはちょっと残念なの。でも、楽しみなの。早く行くの！」

ミーティアに背中を押されるようにして、早足で向かったアエラさんのお店。

本日休業の札が下がっている扉を開け、中に入って目に入ったのは、客席に座って談笑するルーチェさんとリーヴァ二人の姿。すぐにこちらに気付いた彼女たちは、ルーチェさんは朗らかな、リーヴァはまだ少し気後れしたような笑みを浮かべた。

「あ、ナオさん。いらっしゃい。トーヤさんとメアリちゃん、ミーティアちゃんも」

「こ、こんにちはです。皆さん」

「今日はお邪魔します、ルーチェさん。リーヴァ、久し振り」

「こんにちは、なの」

「今日はよろしくお願いします」

「お邪魔します。ハルカたちは……キッチンか」

ミーティアたちもぺこりと挨拶、トーヤは鼻を動かしてキッチンの方に目をやる。

俺も鼻孔を擽る甘い香りに、改めて店内を見回してみるが、ここにいるのは二人のみ。

お菓子はまだ完成していないのか、リーヴァたちの前に置かれているのもお茶だけである。

「はい。アエラと一緒にお菓子を作っています」

「ミー、手伝ってくるの！」

「あっ！　……わ、私も行ってきますね。お菓子作り、興味あります」

ルーチェさんの言葉にミーティアが即座に台所へと向かい、メアリも慌ててその後を追う。

狙っているのは摘まみ食いか、それとも作り方か。

——最近、ハルカたちと一緒に料理をしているメアリはともかく、ミーティアは前者だな。

「あら、メアリちゃんは、お料理、するんですねー」

「ルーチェさんとリーヴァは、見なくて良いのか？　たぶん、ハルカたちの作る菓子は結構美味いだろうし、自分で作れたら良いんじゃないか？」

そんなトーヤの遠慮のない言葉に、二人は顔を見合わせたが、すぐにルーチェさんの方がトーヤに向き直ると、絶対の真理を告げるかのような顔で指を一本立て――。

「トーヤさん、お姉さんが良いことを教えてあげます。普通の人はですね？　技術があっても作れないんですよ。主に金銭的制約で！　ついでに私は、技術もないですけど‼」

悲しいことを全力で宣言した。

いや、この世界で生菓子を作るのは、凄いお金が掛かるけれども！

「それになんですか、あの牛乳は。ちょっと味見させてもらいましたけど、とんでもなく高品質じゃないですか！　あんなの、前の職場でも使ってませんでしたよ！」

「あー、俺たちが集めてきた物ですからね。確かに、買うとかなり高いですね」

はっきりとは判らないが、ケーキ一切れの原価が一万円以上、みたいな感じだろうか。

今の収入なら出せないとは言わないが、ただのお菓子にその金額は躊躇する。

これが高級和牛なら出してしまう気もするので、そのへんは価値観の問題か。

「あ、でも、リーヴァなら払えるかも？　最近、稼いでるみたいだし？」

ルーチェさんが『どう？』と向けた視線に、リーヴァは眉尻を下げて小さく首を振る。

「稼いでいるというほどじゃないですよ？　ルーチェのおかげで余裕は出てきましたけど……」

「そういえば、最近はお店の方、上手くいっているみたいだな？」

先日、みんなで森の泉に泳ぎに行った時、リーヴァの作る化粧品に感銘を受けたルーチェさんは、リーヴァのお店に行ってその店構えに絶句、ダメ出しをしまくったらしい。

その結果、リーヴァのお店は入りやすい雰囲気に改装され、品揃えも化粧品を中心とした物に一新、大繁盛とは言わないが、女性を中心にお客が来るようになったと聞いている。

「はい。なんとかひもじい思いをすることはなくなりました」

「そうか、良かったな。もしかして、クットは要らなかったか？」

リーヴァが好きと言っていたので、孤児院の子に届けてくれるように頼んでおいたのだが、余計な気遣いだったかと、そう思ったのだが、リーヴァは慌てたように首を振る。

「いえいえ！　クットは純粋に好きなので！　――さすがにあの量は食べきれないので、頂いた半分ぐらいはアエラさんに差し上げましたけど」

「あぁ、一人だと無理な量だよな、あれは」

一日一〇グラムずつ食べたとしても、一年で四キロ足らず。

あの袋の一〇分の一も消費できないだろう……って、ん？　半分？

「つーか、半分ってことは、残り半分は食えるのか？　兎の獣人はナッツが主食なのか？」

「おい、トーヤ。そんなわけないだろうが……」

――俺も少し疑問に思ったけどさ！

しかし、いくらなんでも主食はないだろう。リーヴァも困ったように笑っているし。

「はは……。確かに少し前までは、主食みたいな物でしたね」

「いや、リーヴァ。ここは普通に怒っても良いところだぞ？　なんなら、物理的ツッコミすら許されるレベルだ。やるか？　俺が許可する」

「そ、そんなこと、しません。私、非力ですし……」

――おや？　やっぱり、地味に怒ってる？

非力じゃなければやったのかと、そんなことを思っていると、ルーチェさんもリーヴァの秘めたる思いを感じたのか、リーヴァの肩にポンと手を置き、トーヤを指さす。

「大丈夫よ。腕力はなくても、リーヴァには別の強い力があるわ。トーヤさんを見つめてこう言うの。『無神経なトーヤさんなんて嫌いです』って。さあ！」

その勢いに押されるように、リーヴァが遠慮がちに上目遣いでトーヤを見て――。

「……無神経なトーヤさんなんて嫌いです？」

「―――っ‼」

音にならない声を漏らし、苦しげに胸を押さえてテーブルに突っ伏すトーヤ。

小さく「尊い……」とかいう呟きが俺の耳に届く。

「あれ……？」

そんなトーヤを見てリーヴァが不思議そうに首を傾げると、その長い耳がふよんっと揺れ……。

――くっ、危ない。俺まで流れ弾でやられるところだった。

「フフ、さすがはリーヴァです。思ったのとは逆でしたが、とても効いたみたいですね」

「……ルーチェさん、随分とリーヴァと仲良くなったんですね？」

わざとらしく額の汗を拭うルーチェさんに、『あの時が初対面だったはずなのに』と尋ねると、彼女はニコリと笑って胸を張る。

「ええ、とっても。もう、親友といっても良いですねっ！」

「化粧品という縁で繋がる？」

「はい――って言うと、それが目的みたいじゃないですか！　もちろん、リーヴァの作ってくれる化粧品は愛用してますけどっ！　割引価格で売ってもらってますけどっ！」

とても正直なルーチェさんである。

そのあたりどうなのかとリーヴァを見るが、彼女は穏やかに笑って首を振る。

「私のお店が上手くいったのは、ルーチェがアドバイスをくれて、更に宣伝までしてくれたおかげですから問題ないですよ？　むしろ、そのくらいはさせてください」

「リーヴァ！　う～、ほんとーに、良い子だよねぇ、リーヴァは。よしよし～」

「ちょ、ちょっと、ルーチエ。私と一歳しか違わないんですから、そういう扱いは……」

感動したようにリーヴァを抱き寄せて頭を撫でるルーチェさんだが、リーヴァの方は恥ずかしそうに顔を赤くして、その身体を押し返した。

「おっと、そうだった。リーヴァって若く見えるから……」

「それは喜んで良いんでしょうか？　錬金術師としては、威厳がなくて少し気になるんですけど」

「良いんじゃない？　むしろ、リーヴァの年齢とその肌で、売り上げが上がってるんだよ？」

ルーチェさんはにまにま笑いながら、リーヴァの頬を指で突く。

「うっ……。お、お金は大事です……」

何やら、『偏った錬金術師っぽさ』に憧れがあるらしいリーヴァだが、先立つ物がなければ如何ともしがたい。威厳とお金、迷うように目を泳がせている。

「はは……。ところでリーヴァ、クットは本当にどうするんだ？　半分でも食べきれないだろ？」

「え？　あぁ、はい、クットですか？　えっと、油を搾ってみようかと思っています」

「あぁ、なるほど。そういえば、油も採れるんだったな、クットからは」

以前アエラさんが、バーラッシュのソテーを作ってくれた時に使っていたな。

元の世界でも胡桃油(くるみあぶら)みたいに木の実を使った食用油はあったが、あれは高価な嗜好品(しこうひん)みたいな物。

普通に使うような油ではなかったため、あえて搾る予定はなかったのだが……。

「クット油は少し垂らすと、香りが良くて美味しいんだよねぇ。――私は料理できないけど」

「確かに美味しかったな。俺たちもクットは余っているし、搾ってみても良いかもな。――あぁ、搾るといえば、俺たちは菜種油を作ったんだが、リーヴァ、いるか?」

「えっと、頂けるのでしたら、嬉しいですけど……良いんですか?」

遠慮がちに、でも期待するように、上目遣いでこちらを見るリーヴァに俺は頷く。

「結構な量があるからな。多少お裾分けするぐらいなら問題ない」

「えー、羨(うらや)ましいです。私たちにはないんですか？　お店で使いたいです。この町だと品質の良い菜種油が手に入らなくて、リーヴァが残念がってたんですよ」

「個人で使う分ぐらいは、元々お裾分けの予定でしたけど、さすがにお店で使うほどは……」

「もちろんタダとは言いません。お肉みたいに納品してもらうことは無理ですか?」

「肉は勝手に集まる物ですからねぇ。アエラさんはどんな肉でも買い取ってくれますし」

当初はオークやタスク・ボアーに限って納品していたのだが、最近は本当に多種多様。余っている肉を持ち込むのだが、アエラさんは文句も言わずに買い取り、上手く使ってくれている。

そんな半ば在庫処分の肉に対して、菜種油は菜種を栽培(さいばい)して搾る工程が必要なわけで。

「菜種の栽培は孤児院の子供たちに頼んだんですよ。交渉するなら、そっちでしょうか」

場所と道具と肥料なら提供できるが、俺たちは冒険者、農家になるつもりはない。

だから、まずは人員の確保が必要と説明すると、ルーチェさんは何か考えるように何度か頷く。

「なるほどー。了解です。少しリーヴァと相談してみますね」

「はい。ハルカたちが作った搾油機があるので、実現性は高いと思いますよ？」

ネックになりそうな設備投資は不要だし、俺たちと孤児院とこのお店、すべてに利がある提案。

孤児院の人手に余裕があれば、イシュカさんも受け入れるんじゃないだろうか？

「あ、ハルカさんたち、搾油機を作ったんですか？　じゃあ、今度お借りしても良いですか？」

「クットを搾るのか？　別に構わないと思うぞ」

あの大きさの魔道具を作るには結構なコストが掛かるはず。

使えるなら使ってもらえば良いだろう——と、そんな雑談をしつつ待っている間に、キッチンから漂ってくる甘い匂いは強くなり、やがてお盆を手にしたハルカたちが姿を見せた。

「お待たせ。できたわよ」

「待ってましたー！　もー、すっごく、待ち遠しかったですっ！」

最初に嬉しそうな声を上げて、ハルカを迎えたのはルーチェさん。

そんな彼女に、ハルカの後ろから来たアエラさんが呆れ気味の視線を向ける。

「もぅ。一番年上のあなたが一番燥いでどうするんですか……」

「だって、凄い美味しそうな香りが漂ってくるんだもん。——っていうか、異議あり！　一番上はどう考えてもアエラだから！　外見は一、二を争うぐらいに下だけど！」

「さ、さすがに、一、二は争いませんっ。ミーティアちゃんやメアリちゃんだっているのに……」

いや、どうだろう？　さすがにミーティアよりは上だが、メアリは……微妙か？

しかもさほども経たずに一番になるのは、ほぼ確定である。

しかし、そんなアエラさんに賛同する人もいた。

——そう、幼いといえばこの人。ユキである。

「解る！　解るよ、アエラさん！　背が低いと、どうしても幼く見られちゃうよねっ」

「そうなんです。冒険者をしている時も、これで苦労したんです。エルフと判れば納得はしてくれるんですけれど……。せめて、もう少し背が欲しかったです」

いや、アエラさんは身長だけじゃなく、全体的に幼く見えるのだが……。

「それじゃ、これでも食べて伸ばすと良いんじゃない？　ほら、これって牛乳だし」

「……それを食べて伸びるのは、横幅なんですよねぇ」

ハルカの本気とも、冗談ともつかない言葉に、アエラさんは悲しげに呟く。

しかしハルカはそんな悲哀を聞き流し、お盆の上に載っていたケーキをテーブルに並べた。

「まずは『桃のコンポートのケーキ』よ。生クリームといえば、このタイプのケーキよね」

それは日本人が『ショートケーキ』と聞いたら、まずイメージする形状のケーキだろう。

スポンジ生地に生クリームと果物を挟んで重ね、全体を生クリームでコーティング、上にも生クリームと果物で飾り付けをした物。日本では苺がメジャーだが、今回は桃のようだ。

正に、生クリームを使ったケーキである。

「まー、背は今更だよね。あたしたちの場合、運動量が多いから横にも伸びないし。——ってことで、次は『生クリームと季節じゃないフルーツたっぷりのタルト』。これでもかと生クリームと手持ちのフルーツを盛ってみたよ。カロリーなんて怖くない！」

ユキのお盆には直径一〇センチぐらいのタルト。『これでもか』と言うだけあり、タルト生地の中には生クリームとフルーツが満載で、縦横比は二対一ぐらい。

どうやって食べるのかと思うぐらいだが、スプーンが添えてあるので、中身を掬って食べた後、程良いところでタルトごと齧れということなのだろう。

この量、カロリーはまだしも、胸焼けが怖い。

「私は運動が必要ですね。——これは『もんぶらん』というお菓子だそうです。栗をたっぷり使っているので、ちょっと贅沢ですね。って、全部贅沢なんですけど」

それは俺たちには馴染みのある形の栗のケーキ。大きさはタルトよりも少し小さく、表面を螺旋状に覆っているのは栗で作ったクリーム。上には栗の実が飾られている。

内側に詰まっているのは、おそらく生クリームなのだろう。

「……いずれも美味しそうだが、さすがに多くないか？」

あまりにも甘い物が多すぎる。俺はそう思ったのだが、まだ終わりではなかったらしい。

「次で最後なの！」

ミーティアが慎重に運んできたお盆に載っていたのは、少し形の崩れたプリン。

それをカバーするかのように、生クリームとフルーツも添えられ、ファミレスで頼むようなデザートっぽい盛り付けではあるが、それを見たトーヤは訝しげに眉根を寄せる。

「ん？　プリンか？　これはちゃち——」

「『メアリとミーティアが頑張って作ったプリン・ア・ラ・モード』ですね」

「ち、ちょ、超、美味そうじゃねぇか！」

苦しいっ！　トーヤ、苦しいぞ！

だが、頑張って軌道修正したことは評価しよう。となれば、俺もフォローするしかない。

「ミーティアとメアリも、手伝ったんだな？　よくできてる」

「うん！　頑張ったの！　きっと美味しくできたの！」

「はい。手取り足取り、教えてもらいながらですけど」

メアリたちが不都合なことに気付く前に言葉を継げば、二人も嬉しそうに頷いた。

「今日作ったのは以上ですね。では、それぞれ自由に――」

「食べて良い⁉　食べて良いの？」

ナツキの言葉を遮るようにルーチェさんが身を乗り出し、アエラさんがため息を漏らす。

「だから、ルーチェ……はぁ。どうぞ、食べてください。ナオさんやリーヴァさんたちも」

「い、いただきます。――わぁ、ふわふわで……甘いですぅ～」

「はぐはぐっ。こ、こんなに美味しいお菓子が……くっ、手が止まらない！　ヤバい、ヤバすぎるわ！　私の体重がピンチよ⁉　後で泣く自分が見える！　でも、止められない！」

すかさず食べ始めたルーチェさんとリーヴァの二人には、とても好評な様子。

俺も早速食べようかと、テーブルに並ぶお菓子を見るが――。

「全種類は、さすがにこれは多いな。半分――いや、四分の一ぐらいでも良いんだが」

甘い物は嫌いじゃないが、一度に食べるのはケーキ一つで十分。

どれか一つ食べるか、それとも切って食べるかと迷っていると、ハルカが俺の隣に座る。

「それじゃ、少しずつ食べたら？　残りは私が食べるから」

「そうか？　ならそうするか。味が気になるのは確かだし。じゃ、まずは桃のケーキから」

ある意味、とてもケーキらしいケーキ。

凄く久し振りに食べるそれを、フォークで切り分けて口に運ぶ。

「おぉ、桃の香りと柔らかいスポンジとクリームが良い感じ——ん？　砂糖が違う？」

「あ、気付いた？　そうなのよ。アエラさんが『精製』って魔法を教えてくれてね」

嬉しそうなハルカが説明してくれたところによると、それは不純物を取り除く魔法らしい。

一般的には調理で使われるが、この魔法を知る人が限られることに加え、そもそも魔法を使える人が少ないため、これを使える料理人は本当に極一部だけなんだとか。

「それで黒砂糖を処理したってことか？」

「そう。上白糖までとは言わないけど、それにかなり近くなった感じね」

ハルカは『近くなった』と表現するが、少なくとも生クリームは十分に白く、違和感はない。

「あの砂糖をそのまま使って生クリームを作ると、さすがにしつこいからねぇ。食べやすい味に調整したつもりだよ？　ってことで、こっちも食べてみて。さぁ、ガブッと！」

それはユキの手によって、山盛りが小盛りぐらいに掘削されたタルト。

口元に差し出されたそれに齧り付くと、サクリと軽い歯応えのタルト生地に続き、たっぷりの生クリームとフルーツが口の中に溢れ、程良い酸味と甘みが広がる。

「うん、やっぱ、生クリームが美味い。甘さ控えめなことに加え、素材が良いんだろうな」

「だよねー。このタルト一つ、原価だけで金貨一〇枚以上だし？」

「……めっちゃ、食いにくくなったんだが？」

だが実際、俺たちが冒険者ギルドに卸す牛乳の価格で換算しても、それぐらいにはなる。

貧乏性の俺としては勿体なく感じるが、ユキはそんなこと関係ないとばかりに、残ったタルトを一口でパクリと食べると、指に付いた生クリークを舐め取る。

「苦労して搾ってるんだから、特権だよ、特権。楽しまないと」

「それは、そうかもしれないが……」

どうしても『売ったらそれだけの収入になるのに』と考えてしまう。

おそらく俺と同じタイプと思われるリーヴァに目をやると、先ほどの言葉が聞こえていたのか、長い耳をプルプルと震わせて、フォークを持つ手が止まっていた。

ナツキもそれに気付き、咎めるような視線をユキに向ける。

「もう。無粋なことを言うので、リーヴァさんが食べづらくなっているじゃないですか。気にせず食べてくださいね？　私たちなら、気軽に集められる物ですから」

「は、はい……ぅう、やっぱり美味しいですぅ。こんな高価なお菓子、きっと最初で最後です」

微笑むナツキに促され、一際味わうようにケーキを口に運ぶリーヴァ。

その気持ち、理解できる。高すぎるよな、お菓子としては。

元の世界にいれば俺だって、一〇万円以上するタルトを食べる機会などなかっただろうから。

「でもね、リーヴァ。確かに高いけど、食べる機会ならこれからも、何度でもあると思うわよ？　リーヴァが今後も私たちと友達でいてくれるなら」

「も、もちろんです！　皆さんは、私の数少ない友達ですからっ――あ、当たり前ですけど、お菓子が目的じゃないですからね？」

慌てて付け加えられたリーヴァの言葉に、ハルカは小さく笑う。

「そんなことは思ってないわよ。リーヴァには私たちも助けられてるし、持ちつ持たれつ。良い関係だと思っているわ。――それじゃ、ナオ、次はモンブランを」

「ナ、ナオさん、『もんぶらん』をカットしましたよ。どうぞっ」

ハルカの言葉を遮るように、アエラさんからフォークが差し出される。

そこに刺さっているのは、見事な職人技で四等分されたモンブラン。綺麗な断面からは層になったクリームやスポンジが覗いている。

「さあ！　上に載っていた栗は、サービスで丸ごとお付けしましたのでっ」

ずずいっと近付けるアエラさんと、視界の隅で苦笑しつつ肩を竦めるハルカ。

どうやら問題なさそうと、そのまま一口でいただく。

「……お、栗の風味が濃厚。バランスが良いな。ナッツも入っているのか」

栗のクリームが多すぎるとモソモソしたりするのだが、これにはそれがまったくないし、ナッツの香ばしさと歯応えも良い――丸ごとの栗は若干邪魔だが、美味しいことは間違いない。

さすがはプロのアエラさんと、プロ並みのスキルを持つハルカたち。これまで食べてきた三つとも非常に美味しく、甘さ控えめで食べやすかったが、さすがにそろそろ――。

「ナオお兄ちゃん、ミーの作ったプリンも食べてほしいの！」

キラキラとした瞳で、プリンの器を差し出すミーティア。

ぐっ……これは拒否できない。

器を受け取り、盛り盛りの生クリームは控えめに、プリン本体をいただく。

――ふむ、なるほど。少し形が崩れていて、カラメルの苦みが若干強いが、ハルカたちが監督していたからか、鬆が入っていることもなく、舌触りも滑らかで美味しいな。

「ミルクの味も濃いが、卵も負けてない。美味しい。よくできていると思うぞ？」

俺がそう言ってミーティアの頭を撫でると、彼女は嬉しそうにはにかみ、尻尾を揺らす。

「えへへ、初めてだったけど、頑張ったの！」

「ちょうど、質の良いジャバスの卵があったんですよ」

「ほ、ほぅ。そうなのか……」

アエラさんが横から教えてくれるが——それは、あまり聞きたくない情報だった。

ジャバスとは鶏大の爬虫類。このあたりでは一般的な食用卵で、普段から食べてはいるが……。

改めて言われると、ちょっと気になる事実である。

だからというわけではないのだが、プリンを三分の一ほど食べて手を止めると、残りはハルカによって回収されていった。ちなみにトーヤも一個全部食べるのは厳しいようで、全種類を少しずつ摘まんでいるのだが、残ったそれらはすべてミーティアとメアリのお腹の中に消えている。

それに対し、一人一個ずつ、もしくはそれ以上食べた女性陣はというと、まだまだ余裕を見せつつ、残ったお菓子を囲んで会話を楽しんでいる。

「う〜ん、ここまで美味しいと、お店でも出したくなるよね？」

「む、無理ですよ。ウチのお店のお客さんでも、さすがにこのレベルのデザートは買えません」

「そこはアエラがなんとかして、コストダウンするんだよ。味を落とさずに」

「ルーチェ、人はそれを無茶と言うんですよ？　これらのお菓子が美味しいのは、突撃野牛のミルクという、圧倒的に高品質な素材があってこそなんですから」

「いやいや、そこを工夫するのが料理人でしょ？　ナオさんが菜種油を安く分けてくれるって言ってるから、それでなんとかするとか！」

「え、そうなんですか？　ナオさん」

「ん？　あぁ、微妙に違うが、近いことは言ったな」

俺はこちらに飛んできた会話に応えつつ、先ほど話したことを、ハルカたちも含めて簡単に説明すると、アエラさんは顎に手を当てて考え込んだ。

「それは、検討する価値がありますね。高品質の油があれば、コストを下げられるかもしれません。もちろん、ハルカさんたち皆さんが許してくれるなら、ですけど」

「私は構わないわよ。ユキは『素敵な花壇』とか言ってるけど、どうせ管理なんてできないし」

「花壇という広さじゃないですからね、ウチの庭は。専門業者が必要な庭園レベルです」

「うー、花畑の方が、まだ現実的かぁ」

そんな、ちょっとビジネス寄りの会話を交わしつつ、順調に減っていくお菓子たち。

俺とトーヤはそこから距離を取り、少し渋めのお茶を傾けつつ時間を潰すのだった。

生クリームパーティーから数日後、ディオラさんから牛乳用の瓶が揃ったと連絡があった。
それをギルドで受け取った俺たちは、早速、突撃赤野牛のミルクの回収に向かった。
前回と同じように入り口から第一一層の転移ポイントまで飛び、そして前回と同じように気分が悪くなって寝込む(ねこ)——が、今回はユキも道連れというのが、前回とは少し違うところ。

ユキと一緒に転移したのは、最も負担が少ないだろうミーティア一人だけだったのだが、それでもキツかったらしく、俺と同様に横になって休むことになった。

ちなみに、ユキの膝枕(ひざまくら)を担当したのはナツキ。

ユキは『ナオが膝枕をする約束だったのに～』と苦情を述べていたが、前回よりはマシなだけで俺にも余裕はなかったので、そこは許してほしいところである。

そんなわけで、前回よりは少し短い時間で回復した俺たちは、更に二度ほど転移を行い、ダンジョンに入って一日足らずで、突撃赤野牛(レッド・ストライク・オックス)の生息する第二〇層まで辿(たど)り着いていた。

「それじゃ、基本的な捕獲(ほかく)方法は前回と同じで良いか？　トーヤに『炎耐性(フレイム・ターミング)』を使う形で」

そう言った俺に、トーヤはやや苦い表情を浮かべる。

「やっぱそれかぁ。ちょっと怖いんだよなぁ、『炎耐性(フレイム・ターミング)』って安定してないから」

「安定していないとは失敬な。せめて『測りづらい』と言ってくれ」

例えば、一の魔力を注ぎ込んだ『炎耐性(フレイム・ターミング)』に、一の魔力を使った『火矢(ファイア・アロー)』を放った場合にどうなるかといえば——実は、あっさりと耐性を突き抜(ぬ)けてダメージを受ける。

これは、前者が身体全体を覆うのに対し、後者が一点集中という違いがあるため。

一の魔力を使った『火矢(ファイア・アロー)』を完全に防ぐなら、一〇ぐらいの魔力が必要となるのだ。

逆に威力(いりょく)が分散する『火球(ファイア・ボール)』であれば二倍から三倍、『火炎放射(ファイア・ジェット)』のように広範囲に拡散する魔法であれば、同等の魔力量でも耐(た)えられる可能性が高い。

突撃赤野牛(レッド・ストライク・オックス)のブレスに一番近いのは、おそらくこの『火炎放射(ファイア・ジェット)』になるだろう。

「ま、最初は多少魔力過剰なぐらいで『炎耐性（フレイム・ターミング）』を掛けてやるから、安心しろ」

「了解。マジ頼むな？　禿げにはなりたくねぇぞ？」

「大丈夫、大丈夫！　燃え尽きる前に、『消火（エクスティンギッシュ・ファイア）』で消したげるから！」

「燃えそうになった時点で、即行逃げるわ！」

気軽に言うユキにトーヤが抗議の声を上げるが、実際、前回のことを考えれば、あまり心配はないだろう。問答をしていても仕方ないので、さっさと掛けてしまおう。

「トーヤ、行くぞ？　『炎耐性（フレイム・ターミング）』」

俺が魔法をかけると同時に、トーヤの周りにぼんやりと光の膜が発生。この膜が薄くなると効果が切れかけている合図なので、その時点で魔法を追加すれば効果を継続できる。

なので注意さえしていれば、突然効果が切れて『トーヤが上手に焼けました！』なんてことにはならない安全設計である――炎の威力が、想定を大幅に上回らない限り。

「これで良し。ほら、ちょうどあそこにいる。ガンバレ！」

「おぉい！　展開が早いな⁉」

「のんびりしてても仕方ないだろ？　さぁ、ゴー、ゴー！」

遠くに見えるターゲットを示してトーヤの背中を押すと、彼は渋々ながら歩き出した。

そんな彼から少し間隔を空け、俺たちも後に続いて歩いて行く。

そして、程なく突撃赤野牛（レッド・ストライク・オックス）もこちらに気付き――後はいつも通り。

突進する猛牛をトーヤが華麗に躱し、振り返ったところで角を掴んで動きを止めると同時、俺とユキが『土壁（アース・ウォール）』で持ち上げ――トーヤが炎に包まれる。

「おぉ！　熱くない！　けど、めっちゃ怖い！」

口では怖いと言っているが、どこか楽しそうに聞こえるのは気のせいだろうか？

しかし、魔法の効果はしっかりと出ているようで、トーヤのフサフサ尻尾は健在、『炎耐性(フレイム・ターミング)』の光もさほど弱まっているようには見えない。

「一瞬だろ。我慢しろ。――次は、もう少し魔力を減らしても良いか」

「ヤメテ！　安全マージン、大事！　命大事に！　ハルカ様の言うことは絶対！」

俺の漏らした言葉を聞き咎め、炎に包まれたままのトーヤが強く主張する。

「懐(なつ)かしいことを……。ハルカ、どう思う？」

「まぁ、魔力に余裕があるなら、今のままでも良いんじゃない？」

苦笑を漏らしたハルカが、メアリと一緒に縄(なわ)で突撃赤野牛(レッド・ストライク・オックス)を縛りつつそう答えれば、トーヤはホッとしたように角から手を放して拘束に参加、ナツキも搾乳を開始した。

またそれと並行して、ユキが突撃赤野牛(レッド・ストライク・オックス)の身体にペインティングも行っていく。

ノーマルよりも力の強いレッドは土壁を破壊(はかい)する。のんびりしている余裕はない。

魔力を増やして『土壁(アース・ウオール)』を強化する方法もあるが、それこそ魔力を無駄に消費することになるし、前回の様子から手早く処理すればなんとかなる範囲である。

「ミーティアも手伝ってください」

「はいなの！」

ミーティアが牛乳瓶をナツキに手渡(てわた)したり、蓋(ふた)を閉めたりして補助。

その間、俺たちは突撃赤野牛(レッド・ストライク・オックス)の身体を押さえつつ、万が一に備えて武器を持って警戒する。

「終わりました！」

そう宣言すると同時に、ナツキとミーティアが一緒に退避(たいひ)。それを確認して俺たちも縄を解いて後を追えば、全員が突撃赤野牛(レッド・ストライク・オックス)の警戒範囲から出て程なくして、土壁が崩壊(ほうかい)した。

「ふぅ。ギリギリね」

「だな。けど、まぁ、成功じゃね？　ブレスにはちょいビビったが、熱くなかったし」

「そのための魔法だからな。あとは縄を掛けずに済めば、もう少し効率的になりそうだが……」

「う～ん、いけるかな……？　ハルカとナツキの役割を交代して、ハルカ一人で搾乳を担当。ペイントをミーティアに任せて、あたしも身体を押さえる方に回れば……」

人員の配置を検討しながら、悩(なや)むように身体を揺らすユキ。

ポジションと体格的に、一番負担が大きくなりそうなのが彼女なので難しいところだろう。

「……トーヤが一・五人分頑張ってくれたら、大丈夫かも？」

「おう。それぐらいなら問題ないぜ？　一応、オレの役割的には力自慢(ちからじまん)だしな」

「危険と思えば、縄を使う方法に戻(もど)せばいいでしょ。――ナツキ、搾れた牛乳の量は？」

「四本と五分の一ぐらいです。順調ですね」

ディオラさんから渡された瓶の数は、予備を含めて一一〇本である。

ネーナス子爵が贈るのは一〇〇本だが、ピッタリではあまりに不用心。体面を重んじる貴族としては『輸送途中(とちゅう)で割れたので、九九本しかありません』というのは許されないらしい。

本数は多いが、個体差を考慮(こうりょ)に入れても三〇頭ほどで必要量は確保できそうである。

「それじゃ、そのパターンで狩りを続けましょ」

まずは試(ため)してみようということで、挑(いど)んだ二頭目。

上手くいくか少し不安だったものの、縄を使わない方法は思った以上に効率的だった。

縄を掛ける手間がなくなった分、搾乳の時間がかなり短縮された上に、暴れる突撃赤野牛(レッド・ストライク・オックス)から縄を解くという、やや危険な作業も必要なくなり、安全性も向上した。

あえて問題点を挙げるなら、ペインティング担当がミーティアになったことで、更に落書き感がアップしたところだが、区別さえ付けば良いので、まぁ、大した問題でもない。

――区別といえば、地味に面倒だったのが雌雄(しゆう)の判別。

警戒範囲がノーマルよりも広い突撃赤野牛(レッド・ストライク・オックス)は、相手に気付かれる前に判別することが難しく、

何度かはトーヤが受け止めた後で調べることになったのだが……こちらも問題はなかった。

魔法の遠距離攻撃(こうげき)で斃すところが、ハルカの小太刀(こだち)か、ナツキの薙刀(なぎなた)に変わるだけ。

赤くなったところで、結局は猪突猛進(ちょとつもうしん)であり、斃すだけなら簡単な魔物なのだ。

そんな感じで、あまり無理をせずに狩りを続けた俺たちは、数日ほどで十分な量の牛乳を確保。

おまけとして俺の【看破】もレベルアップし、雌雄判別の能力が追加されたのだが……。

なんとも利用シーンの限られる能力に、少々困惑である。

「もう集め終わったんですか!?　あ、ありがとうございます」

俺たちの仕事は、ディオラさんの予想よりもだいぶ早かったらしい。搾った牛乳を冒険者ギルドに届けると、ディオラさんは驚きを顕(あら)わにしつつも、しっかり現金で買い取ってくれた。

その額、金貨一万枚――つまり、一〇〇〇万レア。これを本当に金貨で受け取ってしまうと、そ

の重量はユキの体重を超えてしまうので、今回はすべて大金貨での支払いである。

しかし、僅か一週間ほどで金貨一万枚。

これだけあれば、土地や建物など諸々合わせても、俺たちの家が五軒は建つ。

――なんつーか、高ランクの冒険者が少ないのも理解できるなぁ。

俺たちの稼ぎは魔法があってこそだし、その魔法を使える人が少ないのは理解している。

だがそれでも、ランク五の俺たちがこれだけ稼げるのだ。ランク六や七になれる冒険者なら、魔法がなくても十分に稼げるだろうし、十二分な老後資金を貯めることも簡単だろう。

であれば、大抵の冒険者は、程良いところで引退してしまうのではないだろうか？

引退せずに続けているのは、冒険者としての生活が好きな人か、金遣いが荒すぎて貯蓄ができず、稼ぎ続けないとやっていけない人か。冒険者には『稼いだら稼いだだけ使う』という人も多いようなので、後者については、それなりにいそうな気がするのがなんとも言えない。

「あと、護衛依頼を請けに行く際に、運搬についてもお願いできますか？」

「もちろん構いませんよ。同じ場所に行くわけですから」

「とても助かります。――あぁ、別途報酬はお支払い致しますので」

護衛依頼を請けるために、ピニングへ行くことは決まっている。

マジックバッグがあれば運搬も簡単で、それで報酬も貰えるのなら断る理由はない。

俺たちからすれば非常にありがたい話だが、冒険者ギルドからしてもそれは同じだったようだ。

「金貨一万枚の品物となると、頼める相手が限られるんですよねぇ。ナオさんたちなら、その額でも魔が差すこともないでしょうし、運搬方法の面でも安心です」

ディオラさんは小さく息をつくと、居住まいを正して言葉を続けた。

「それでは準備をしておきますので、出発日にまた引き取りに来てください。この度は色々とご迷惑をおかけしますが、どうかよろしくお願いします」

◇　◇　◇

突撃赤野牛のミルクの採取が順調に終わり、護衛依頼の出発予定日まではまだしばらく時間があるということで、俺たちは久し振りにノーリア川上流まで漁に来ていた。

護衛依頼の日までダンジョンで鍛えるという案もあったのだが、しばらく本格的な休暇は取っていないし、今回の依頼を請けると当分は休みを取れなくなる。

依頼人次第で流動的ではあるが、諸々を考え合わせれば、ラファンを出発して再び家に戻ってくるまで『最低でも二ヶ月は掛かるでしょう』というのがディオラさんの話。

であれば、その前に一度リフレッシュしておこう、となったのだ。

また、今回は魚釣りということでトミーも同行しているのだが、堅気の仕事をしている彼は一泊二日で帰宅——つまり、明日には一人で帰ることになる。

以前であれば、危険性を考慮して連れてこなかったところだが、神殿で経験値が聞けることを教えた結果、トミーはコツコツと鍛錬を続けたようで、今では釣り場からラファンの町までなら、まったく危なげないぐらいには強くなってる。

さすがに釣りだけが目的ではないと思うが、案外頑張り屋である。

「すごい！　すごいの！　いっぱい釣れるの！」

「こ、こんな簡単にお魚が手に入るなんて‼」

いつもの釣り場は、いつものように入れ食いだった。

生まれて初めての魚釣りに、ミーティアとメアリが楽しそうに燥ぐ声が響く。

いや、単純に魚釣りを楽しんでいるミーティアに対し、メアリの方は、昔はとても食べることもできなかった魚が、スポスポ釣れることに慄いている感じか。

ある意味、お金を一本釣りしているようなものだからなぁ。

「ここはいつ来ても釣れるわねぇ」

「あぁ。大切にしたい漁場だな。俺たちの充実した食生活のために」

男の釣りに女は付き合ってくれないとか聞いたことがあるが、ハルカたちは特に文句を言うでもなく、毎回（稀にトミーとトーヤだけで来ることもあるが）付き合ってくれている。

入れ食いで釣れることと、食糧確保という面があるからかもしれないが、ありがたいことである。

「僕としては、物足りない部分はあるんですけどね。工夫の余地があまりないから」

「とか言いつつ、トミーが釣る魚、デカいじゃん」

「毛針の細工や針の大きさですね。一応、僕のアドバンテージは鍛冶師ですから」

大きな差はないのだが、トーヤの言葉通り、トミーの釣り上げる魚は平均的に大きい。

魚拓を取るわけでも、競争しているわけでもないし、どうでも良いといえば良いのだが、大きいのが釣れるとそれはそれで嬉しいので、少し羨ましい。

「竿もちょっと違うよな?」

「ええ、折れると困りますから、多少は細工をしています」

適当に枝を切って来ただけの俺たちとは違い、トミーの竿は何やら高級感がある。

訊いてみると、家具職人に作ってもらった竿に、自作の金具などを追加しているのだとか。

「……でも、あんまり意味ないよな? ここで釣る場合」

「そうなんですよ~。竿の撓りを云々するほどの魚なんて掛かりませんし、少し大きくてもタモ網で簡単に掬えちゃいますから……。なんというか、仕掛けとかもあんま関係ないですよね」

「まあな。むしろ、竿すら不要な感じだよな」

そうなのだ。多少大きい魚が掛かろうと、糸を直接持って引き寄せ、タモ網で掬えば終わり。

それこそ、一切撓りのない木の枝でも、いや、糸巻きと針だけでも良いぐらいである。

「ギャフとか、リールも試作してるんですけど……。海に行く予定とかありませんか?」

ギャフとは棒の先に鉤が付いた道具で、でっかい魚を引き揚げるときに使うのだが、当たり前だが、この川にギャフが必要な魚なんて生息していない。

リールについても同様で、引きが強すぎるような魚もいないし、仕掛けを遠くまで投げないのであれば必要性は低い。少なくとも湖程度の広さがなければ、あえて使うことはないだろう。

そう考えれば、やはり活躍するのは海なのだろうが――。

「ないなぁ。この国、海に面してないし」

「えっ! ――なんか、そんな気はしてましたが、やっぱそうなんですかぁ~。はぁ……」

冒険者をしている俺たちですら、周辺国の情報を知ったのは最近のこと。

鍛冶仕事に専念している彼が地理を詳しく知っているはずもなく、一瞬、驚き瞠目したトミーだったが、多少は予測していたのか、諦めたように肩を落としてため息をついた。

ちなみに海に面していないのは、この国に接する周辺国も同じ。

なので、もし海に行きたいなら、それらの国を通り抜けて別の国に行くしかないのだが、トラブルを少しでも避けるのなら、選択肢はオースティアニム公国の一択しかない。

そして、一番マシなそれを選んだとしても、その旅程は『ちょっと海釣りに』などと気軽なものでないことは容易に想像できる。

「以前、『釣りに命を懸けるか』的なことを言ったが、海釣りはマジでそんな感じだな」

「そんなに？」

「海に着くまでに、通過する国の詳しい情報すらねぇからなぁ。下手したら、入国した途端にとっ捕まって、奴隷落ちって可能性すらあるぜ？　特に人族以外は」

「だな。周辺国だと、フェグレイ王国あたりは危ないかもしれないな。他の国も国自体はともかく、領主次第で何があるか。差別も酷いみたいだし」

実際、諸国の中ではまともそうなこの国ですら、先々代のネーナス子爵領では罪とは言えないような罪で、奴隷のように鉱山へ放り込まれたわけで。なかなかにリスクの高い世界である。

「魔物と戦うぐらいならともかく、さすがにそっち方面で『命を懸ける』のは嫌だなぁ」

「だよな。ま、もし安全に海に行けるようなら誘ってやる。ただし期待はするなよ？」

「それでも嬉しいよ。トーヤ君、ホントお願いね！」

俺も海の魚——特に刺身を食べたいので、トミーを誘うのは吝かではないのだが……。

可能性は低そうだよなぁ。それこそ、俺が国を跨いだ転移をできるようになった上で、俺自身がそんな遠くまで足を延ばす機会があれば、というレベルなのだから。

さて、食料確保を目的としたこの魚釣り、普段もレジャーの要素は強いのだが、今回は初参加のメアリたちもいるということで、焚き火を使っての魚の串焼きに挑戦である。

「まずは鱗を取ってください」

「はい！」

「ちょっと、ぬるってしてるの……」

ナツキの指導の下、魚の調理に挑むメアリとミーティア。獣や魔物は容赦なく解体する二人だが、初めて触る魚は勝手が違うらしく、手付きがやや覚束ない。

「鱗を取ったら、お腹を割いてワタを出し、エラも取り除きます」

「こんな……感じでしょうか」

「はい。良い感じです。それを綺麗に洗ってください」

ナツキが指導する横で、俺たちの分はユキとハルカが手早く処理していく。

そして、トミーも地味に手際が良いのだが、俺たちはそちらには手を出さず、焚き火作り。

火がないと焼けないので、これも大事なお仕事である。

「トミー、案外慣れてるね？　結構料理とかするの？」

「いえ、全然。魚に関しては……あれです。釣ってきて捌かないとか許されないので。親に」

少し意外そうなユキの問いに、トミーは苦笑を浮かべる。俺たちと来た時も魚を捌くのだけは手際が良かったし、きっと実家でもかなりの数を熟してきたのだろう。

「あぁ、なるほどね。トミーの親は魚、捌かない人？　最近はスーパーでも丸身の魚ってあんまり売ってないし、それが一般的かもしれないけど……」

「平均以上には上手いと思いますよ？　でも、僕がたくさん釣ってくると、さすがに」

「数が多いと面倒か～。あたしもこっちに来るまでは、魚を捌く機会も少なかったし」

「スーパーで売っているのは、切り身か、処理済みの物をトレーに入れて、だからね。丸身の魚もあるけど、頼めばお店の人が処理してくれるから、なかなか自分で捌くことってないよね～。……まぁ、その分、こっちに来てからは嫌というほどやってるけど」

「そう、それ！　確実に自分でやるより綺麗に処理してくれるって感じだし」

　ユキが肩を竦めて苦笑を浮かべるが、正に嫌というほど、だろう。

　出汁を取るために使うこともあり、これまでに俺たちが釣った魚の数は数百匹というレベルで、それらはほぼすべてユキたちが処理してくれているのだから。

「うーん、でも、ハルカさんたちが捌く魚って、ここで釣れる魚だけですよね？　海の魚に比べれば簡単ですよ？　海だと、たまーに変な魚が釣れて、処理に苦労することってありますから」

「そうなの？　例えば？」

「メジャーなところでは、ハモとかアンコウとか？　アンコウはネットで調べてなんとか捌きましたけど、ハモの骨切りは技術が必要ですから」

「簡単には真似できないわよね。どうしたの？　我慢して食べたの？」

「いえ。思い切ってつみれにしました。ミキサーにかけて」

「勿体ない――気もするけど、賢いのかしら？　それなら確かに、骨切りも不要になるし」

「普通に美味しかったですよ？　イメージするハモ料理とは少し違いますが」

「メジャーじゃない魚だと？」

「マゴチなんかも面倒ですね。美味しい魚ですが、スーパーでは売ってませんよね」

「見たことはないわね。それは――」

と、ハルカたちがそんな話をしている間に、ナツキの料理教室は終盤に差し掛かっていた。

「最後は魚をくねらせるようにして串に刺して……塩を振れば完成です」

「できたの！」「できました！」

ミーティアたちが『パラッパー！』という感じに、魚の串を掲げる。

その出来栄えは、初めてにしては十分な仕上がりであったが、二人がその一本を作る間に、ハルカたちは三人で一三本を完成させていて――まぁ、それは些細な問題だろう。

「それではその串を、焚き火の周りに並べて刺してください」

「「はい（なの）」」

ナツキが作った物も含めて、一六本の串が焚き火の周りに並ぶ。

一人二本の割り当てだが、さすがにそれだけでは物足りないので、ナツキが別の焚き火を用意して、そこで麦粥を作り始めた。

ちなみにウチの食事では、比較的頻繁に麦粥や麦飯が出てくる。

謂わばご飯の代用なのだが、麦の品種によってもち麦っぽかったり、押し麦に加工したりと工夫してくれているので、なかなか美味しく食べられている。

「まだかな？　まだかな？」

「ミー、落ち着きなさい。……あの、どれくらいで食べられますか？」

ワクワクした様子で串焼きを見つめるミーティアを窘めつつ、自分もソワソワが隠しきれないメアリだったが、ハルカの返答に顎を落とすことになる。

「そうね、一時間ぐらい掛けてじっくりと焼くのが美味しいわね」

「そ、そんなに⁉」

「え――っ、待ちきれないの！」

両手をふりふり不満を表明するミーティアに、俺たちは揃って苦笑を浮かべる。

炭火の上に網を載せて焼けば、もっと短時間で簡単に焼けるのだが、串焼きで良い感じに焼こうとすると時間がかかる。既にベテランの域に達した俺たちにとっては、自明の話である。

ちなみにハルカたちは、出汁を取るための焼き干し――魚を素焼きにして干した物――を作っているのだが、それはもっと長く、二、三時間はかけて焼いている。

それに比べれば一時間程度、お茶を飲みながらゆっくりしていればすぐだ。

「まぁまぁ。これでも食べて、のんびりと待ちましょ。麦粥の方も時間がかかるんだから」

ユキが取り出したのは、ダンジョンで入手した果物各種。

「のんびりと待つの‼」

すぐさま態度を変え、じっとユキの手にある果物を見つめるミーティア。

そんなミーティアに和みつつ、俺たちは果物やナッツで時間を潰しつつ、焚き火を眺める。

俺としては、こうやって待つ時間も楽しいものだが……。

「……ミーは、そろそろ焼けたと思うの」

食事前ということもあり、ユキが出した果物やナッツの量は控えめ。

僅かな時間で食べ終えてしまったミーティアには、焼き上がりを待ちきれないようだ。

「ミー、我慢よ、我慢。美味しく食べるためなんだから！」

「うぅ、もう美味しそうなの……」

姉妹二人して耐えるように両手をギュッと握りナツキを見るが、ナツキは微笑んで首を振る。

そんな遣り取りは数度繰り返され、満を持して魚を口にした二人は——。

「「美味しいの（です）‼」」

満面の笑みで声を揃えた。

俺たちも後を追って串焼きに齧り付くが、やはり炭火で焼くと美味い。

単純な味で言えば、ハルカたちが家の台所で作ってくれる物も大差ないのだろうが、大空の下で焚き火を囲んで食べるという、シチュエーション効果は大きい。

「待った甲斐があったの。ミーは、もっと、もっとたくさん釣るの！」

「たくさん確保しておかないと勿体ないです！」

魚を味わって決意を新たにした姉妹は、午後も魚釣りに邁進する。

トミーは当初の予定通り、後ろ髪を引かれながらも、翌日の早朝には一人でラファンへと帰っていったのだが、俺たちはメアリたちの強い要望で、当初の予定を二日延長して五日間滞在。

十分な量の魚や海老、蟹などを補充してから帰還したのだった。

◇　◇　◇

魚釣りから戻って以降も、俺たちはのんびり過ごしていた。

慣れない護衛依頼。万全の状態でその日を迎えるべき、という建前で、特に仕事をすることはせず、趣味と実益を兼ねた料理、錬金術、魔法、その他。

そんなことを行って過ごす、穏やかな日々。

こちらに来て既に一年以上経つが、ここまでゆったり過ごすのは初めてじゃなかろうか？

なんというか……うん。懐が温かいと、優しい気持ちになれるよね？

牛乳を快く分けてくれる牛さんには、感謝しかない。

しかし、そんな穏やかな日々でも、日課の訓練だけは欠かしてない。

一日休むと、取り戻すのに三日かかる——とか、そんな話が本当かどうかは知らないが、少なくとも緊張感は薄れるし、基本的に真面目な俺たちは、あまり訓練を休まない。

例外は冒険中と、町に帰ってきた翌日ぐらいだろうか。

それ以外の日はほぼ欠かさず、早朝のジョギングと全員での訓練を行っている。

それに加えて俺が続けているのが、神殿への参拝。

ジョギングの途中で立ち寄り、お賽銭を放り込み、祈って現在の経験値を聞く。

レベルについてはあまり重視していないのだが、自分がサボっていないこと、そしてきちんと成長していることを確認できるこの作業は、俺の重要な日課の一つである。

そんなわけで、その日も神殿でチャリンとした俺だったが――。

《重課金ボ――――ナス！》

「……は？」

脳天気な声が頭の中に響き、俺が思わず声を漏らすのと同時、視界が白く染まる。

その声の主が誰かなど、考えるまでもないが、戸惑いは禁じ得ない。

《たくさん課金……もとい、お布施をしてくれたあなたに、特別ボーナスを、進、呈！》

だが、そんな俺を余所に、アドヴァストリス様の言葉は続く。

――おっと、流されるだけじゃマズい、言葉を挟まないと！

「あのっ！　これって？」

《ん？　だから重課金……じゃなかった。たくさんお布施をしてくれた君へのお礼だよ？　君は律儀に毎回大銀貨を放り込んでくれるし、それ以外にも色々してくれてるからね》

言われてみれば、こちらの世界で神殿に納めた金額は、元の世界で行った寄付の総額を軽く超えている。そもそも普通の高校生だったあの頃とは、経済力が違うし。

「今回も、私だけですか？」

《うん。今回は重課金だから、たくさん払ってくれた人には全員だよ？》

ついに『重課金』を言い直さなくなった。

でも、『重課金』は正確じゃないよな？　別に俺たち、神様から課金されてるわけじゃないし。

《いいのっ！　意味が解れば問題ないの！　細かいところ、ツッコまない！》

神様に怒られた。

《あ、そうそう。一定以上……ううん、僕が気に入る以上のお布施を払ってくれた人には、全員に特別ボーナスをあげるけど、これは秘密ね？》

一定じゃない――つまり、ただ単に大金を払えば良いわけじゃないと。

訪問回数とか？　前回は『初回ログイン』とか言ってたし、ログイン回数的な。

《ノーコメント。でも、このことを教えたら、その人はなしになるから、注意してね》

「それは、パーティーメンバーも？」

《もちろん。でも、全員にチャンスがあるんだから、前回みたいな気遣いは必要ないと思うよ》

初回ログインボーナスで俺は、パーティー全員に効果がある恩恵を願った。

みんなで頑張っているのに、俺だけが恩恵を受けるのは申し訳ないと思ったから。

今回は全員なので安心だが、口を滑らさないように気を付けないと。ハルカたちも寄付はしているので、そのうちボーナスが貰えるはず。それを俺のミスで潰したりしたら……。

《それじゃ、早速――》

「あ、あの！　いくつか質問、良いですか？」

《質問？　答えられるかは判らないけど、良いよ》

ダメ元だったのに、あっさりオーケーされた。

今度会えたら訊こうとハルカたちと話していたことを――あ、重課金ボーナスのことを考えたら、聞いてもハルカたちには話せない……まぁ、知りたいことは各自で聞くか。

もしくは、全員がボーナスを貰った後で話し合うしかないだろう。

「――まず、なんで私たちをこの世界に連れてきたんですか？」
《それは……》
「それは？」
《禁則事項です！》
「…………はい？」
《あれ、違った？　大抵のことは、こう言っておけば誤魔化せるって聞いたんだけど》
聞いたって、誰にだよっ！　それは可愛くて巨乳の女の子がやらないと、意味ないんだぞ？
てか、微妙に古いな！
《酷いなぁ。僕はきっと可愛いよ？》
「いえ、姿、見えないんですが？　声はちょっと少年っぽいですし」
《神の姿は皆の心の中にあるのです。『僕の考えた最強に可愛い女の子』、それを思い浮かべるのです。それこそがあなたの神の姿なのです》
姿を見せてはくれないワケね。
そもそも最初の転生の時、少年の姿だったよね？
神殿に祀ってある神像は、普通に若い男神だったし。
《僕、別に男神と言ったことなんてないんだけどねー。偶像をあんまり信じちゃダメダメ》
「つまり、アドヴァストリス様は実は女神？」
《さぁ～、どうだろーね？》
断言するつもりはないらしい。トリックスターか。

でも、最初に会った時の姿に嘘がないのなら、少年っぽい女の子の可能性はあっても、確実に巨乳の女の子ではない。

《あんまり不遜なことを考えてると、質問タイム、打ち切っちゃうよ？》

「あ、すみません！　えっと、レベルとステータスの関係が判りにくいんですが」

《あー、レベルと経験値しか確認できないからねぇ。ちょっと不親切だったか》

「それに自分のレベルが判っても、他の冒険者と比べてどうなのかも判りづらいですし」

《う～ん、そのへんは全国模試みたいなものがあるわけじゃないし、統計も取られてないから、君たちだけが判るというのもねぇ》

やっぱ、公平なのか。

《多くの人と会って、【看破】を鍛えて、自分で感じてもらうしかないかな？　一応目安を伝えておくと、レベル換算なら千ぐらいまで上げることも、不可能じゃないよ》

「せん⁉」

——遠すぎる。

最近はあまり強い敵と戦っていなかったこともあり、俺のレベルは未だ二二なのに。

《当然、簡単じゃないけどね。エルフの寿命が多少長くても、死ぬ気でやらないと無理だよ？》

それでなんとかなるレベルか？

いやまぁ、俺たちがかなりのんびりと冒険者をやっていることは、否定しないが。

《ステータスの方は……そうだねぇ、レベルが二倍になると、得意な分野——キミなら魔力が二倍になるようなイメージかな？　同じ魔法が二倍使えるようになる、と思えば良いよ》

「それだと、訓練の内容は関係ないんですか？　頑張って魔力を伸ばそうと努力しても、レベルに応じた量にしか？」

《いや、そんなことはないよ。なんて言えば良いのかなぁ……。ゲームをやる君に解りやすく説明するなら、レベルはステータスの最低保証値？　例えば、ひたすら魔法の練習だけを続ければ、魔力は増やせる。でも、経験値は得られなくなって、レベルアップはしないって感じ？》

えっと……つまり、極振りでキャラメイクした高レベルってことはあり得ない、と？

数値で表現するなら、魔力が一万でも筋力が一なら、レベル1のまま、みたいな。

どれだけとんでもない魔法が使えても、もしくは筋力だけが異常にあっても、他を鍛えない限りレベルは低いまま。逆に言えば、低レベルでも危険な攻撃力を持つ人はいるわけか。

《それと同様に、雑魚の魔物を斃し続けても経験値はほとんど得られなくなるし、逆に雑魚でも斃し方次第では経験値が得られる。その戦闘で何が得られたか、だね》

……なるほど。経験値を溜めたからステータスがアップするわけではなく、ステータスアップの結果が経験値として換算されるというイメージか？

《そうそう。そんな感じ～。強い魔物を斃すこともそれはそれで意味があるけど、所謂パワーレベリング的なものはほとんど効果がないと思って良いよ》

ほとんど、か。

斃させれば多少は効果があるのか、それとも強敵との戦いを見ること自体が経験になるのか。

だが、神様はそれに答えることなく話を進める。

《もちろん、人それぞれ傾向があるから、君とトーヤ君が、同じレベルで同じ筋力を持っているっ

てワケじゃない。その人に応じた総合的強さがレベルだと思えば良いよ》

ステータスの最低保証値は人によって異なり、同じレベルであれば、誰でもすべてのステータスが一定以上と保証されているわけではないらしい。例えば、俺は魔力が一〇〇以上なければレベル10にならないが、トーヤは五〇あればレベル10になれる、みたいに。

《質問は終わりかな？》

「あの、ステータスを数値化して見られるようになったりは……しませんか？　ＨＰやＭＰも」

《……ナオ君、現実を見よう？　世の中、簡単に数値で計れるようなものじゃないんだよ？》

ファンタジーな神様に諭（さと）されたっ⁉　いや確かに、人間の耐久値（たいきゅうち）がＨＰとして数値化されるとか、ちょっとおかしいかな？　とは思うけれども！

《君の世界で神様がファンタジーでも、こっちの世界ではリアルです。諦めてね？》

「ま、魔力。魔力の方は？　ＭＰで消費量が測れたら便利なんですが」

《う～ん、不可能じゃないけど……却下（きゃっか）》

「なんで⁉」

《君たちが有利すぎるから》

「………」

ぶれないお人である。神だけど。

《頑張って感覚を身に付けてね。体調によって結構左右されるから、簡単じゃないけど。使う魔力の最小単位を把握（はあく）できるようになれば、なんとかなるかも？》

アドバイスはありがたいが、それが難しいんだよなぁ。

高度な職人が、触っただけでコンマ一ミリ以下の厚みを把握できるような感じだろうか？
そこまで技量を高めるのは、時間がかかりそうである。
「それでは、ステータス——能力値の方も？」
《それは……気が向いたら実装するかも？　でも、期待しないで》
ゲームかよ！
——ま、運営に希望を出したところで、大抵はダメだよな。
頑張ったけど無理だったよ、みんな！
《さて、話を戻して。重課金ボーナスだよ》
「あ、最後に一つだけ！」
《ん？　なんだい？》
「アドヴァストリス様、メアリとミーティアにも加護を頂き、誠にありがとうございました」
これだけは言っておかなければと、慌てて付け加えると、楽しそうな含み笑い声が聞こえる。
《ふふっ、どういたしまして。一緒に活動するのに仲間外れは、やっぱり可哀想だからね。ついでに言えば、君たちよりもあの子たちの方が、僕を敬ってくれてるしねぇ》
「それは……申し訳ないです」
俺たち、元々信仰心が薄い上に、実物を見ちゃったからなぁ……。
《別に気にしてないけどね。信仰心で君たちを選んだわけじゃないし。それじゃ、今度こそボーナス選択だね。今ならダーツ、スロット、ガラガラ、紐釣りクジから選べます！》
そんな言葉と共に目の前に現れるのは、それら各種設備。

スロットとガラガラは言うまでもないだろう。

ダーツはアレ。くるくると回る的にダーツを投げるやつで、紐釣りクジは大量の紐が纏められた中から一本を引っ張り、その先に付いている物が貰えるやつ。

並んでいる中には『全能力二倍！』とか『全魔法解禁！』とか、凄いと言うか、怪しげと言うか、そんなものもあるのだが……うん、解ってる。アレには繋がってないんだよな？

この神様が、素直にチートを与えるはずがない。

《ちぇ。ネタバレはダメだよ。折角用意したんだから。ほら、縁日でもクジを大人買いして買い占めるとか、嫌われる行為でしょ？》

「いえ、アレはアレで、詐欺だと思うんですが」

高いゲーム機をこれ見よがしに掲げて客寄せするのに、クジを引いても絶対に当たらないという、子供から搾取する酷い仕組み。俺も昔は騙されたものである。

《入ってる、って言ったら詐欺だけど、アレはきっと飾ってるだけなんだよ。クジの値段を考えれば、入ってるかどうかは解るでしょ？》

……あの頃はそんなことも知らない、無垢で純真な子供だったのだ。

「しかし神様、妙に詳しいですね？」

《神様ですから》

納得の答えである。

「ところで神様、今回は希望を聞いてくれたりは……？」

《ダメ》

やっぱ、前回が特別だったか。

そうそう希望を聞いてられない——

《作ったのが無駄になるから》

そっちの理由かよっ！

《さあさあ、好きなのを選んで良いよ。後悔のないようにね！》

好きなようにと言われても……ダーツ以外は全部、運任せだよなぁ。

ガラガラは何が入っているのかすら判らないし、スロットも三つ揃えるタイプではなく、ドラムは一つだけで、窓から見えているのは止まっている部分と前後一つずつのみ。

こちらも『ハーレムルート突入！』、『逆ハーレムルート突入！』、『ざまぁルート突入！』とか、ツッコミどころ満載である。

『ハーレム』にツッコみたいのに、『逆ハー』とか『ざまぁ』が強烈すぎる。

全然そんな状況、ないよな⁉　俺が突然、学園にでも通い始めない限り。

運命がねじ曲がるの？

相手は神様だけに、あり得ないとは言えないのが……。

紐釣りクジは、まだまとも。まず当たりそうにないのが交じっているだけで。

ダーツも的がくるくる回る以上、ほぼ運だが、微妙に自分の行為が介在する余地がある。

中心、タワシ、だけど！

大事なことだから繰り返すが、中心はタワシ！　ボーナスなのに！

「あの、これって本当にコレ？」

《いつもニコニコ、明朗会計。当たった物は確実に履行(りこう)します》

「タワシでも？」

《タワシでも。でも、良い物だよ？　日本の職人の手による高級タワシ――のレプリカ（神製）》

あぁ、一個一万円以上のタワシってあるらしいね～って、嬉しくねぇよ！

さすがにこの状況で当たっても‼

取りあえず、スロットはなし。変に人生ねじ曲がるのは好みじゃない。

紐釣りには凄いのがあるが、あれは絶対当たらないやつ。俺、知ってる。

当たれば履行するとは言っても、当たらなければ意味がない。

ガラガラは完全な運。俺が介在する余地はない。

自分のミスがあり得ない分、諦めやすい気はするが、何が出るか判らないのが怖い。

「ちなみに神様、お勧めとかあります？」

《引き紐についてはノーコメント。スロットはコモン、アンコモン、レア、スーパーレア、ウルトラスーパーレアの五種類。確率的には全部出るけど、どれが出やすいかは解るよね？》

解ります。レア以上は、ほぼ確率ゼロなんですよね？

ウルトラスーパーレアなんて、ただの客寄せですよね？

――さっきの怪しげな各種ルートが、いったいどんなレアリティなのか、微妙に気になる。

《ガラガラはある意味お勧め。あらゆるものが一つずつしか入ってないから。スロットでいうところのコモンも、ウルトラスーパーレアも同じ確率で出るよ》

え、マジで？　なら、ガラガラ一択じゃ――。

《ただし、他の三つには入っていないものもたくさん入っているから要注意。例えば、ちょっと微妙なスキルとかね》
はい、消えたー。なしです、なし。絶対地雷込みですよ、それ。
《ダーツは見ての通り、凄く良いものもあるけど、外れ枠も多いよ。投げさせてあげるけど、やり直しはなし。完全にフェアだよ》
ダーツは判りやすい。貰えるものがオープンなのが良いね。
扇形の幅で確率もおおよそ読めるし。
タワシはあるけど、当たるものもあんまりピーキーなのはないし――ん？
「あの、神様。あの細い、『パジャマ』の欄は？」
《え？　パジャマだけど？　お好みのパジャマをプレゼントしてあげるよ？》
本当にパジャマだった！
タワシも大概だけど、なんでパジャマ⁉
《よく解らないよね。あれもタワシと同じ外れ枠なのかな？》
え――？　あっ、それパジャマちゃう！　パジェ〇じゃん！　車の名前だよ、神様！
俺の世代だと、リアルタイムでは見たことないやつだよ、それ！
さすがは神様。時間感覚がおかしいのか、微妙にセンスが古い！
《あれ、そうだった？　さすがに自動車はプレゼントできないなぁ、世界観的に。そもそもガソリンスタンドもないから、動かせないし》
うん、俺だって貰っても困る。ただの置物的な？

珍しい物なのは間違いないので、場合によっては売れるかもしれないが、もれなく厄介事も引っ付いてきそうである。

《だよね。じゃ、パジャマのままで》

「え？　他の物に変更は？」

《う～ん、良いのが思いつかないので、なしで》

「なし⁉」

酷い。かなーり細いので、そうそう当たらないはずだが……。

でも、こういうときに限って、当たったりするんだよなぁ。一応、【投擲Lv.1】を持っているので、タワシも大丈夫だと思うが、緊張でつい中心を狙ってしまう可能性も……。

「ちなみに、ダーツ、練習ってありですか？」

《練習？　んー、ま、一回なら良いか。どぞ》

神様がそう言うと同時に、スロットやガラガラなどが消え、手の中にダートが現れる。

見た目は俺が知っているダーツとまったく同じ。

フライト――羽根の部分はプラスチックみたいな素材で、シャフトやバレル、ポイントの部分は金属製。ダーツの経験なんてあまりないのだが、【投擲】スキルを信じよう。

今は停止しているルーレットの前に立ち、パジャマを狙って投擲。

俺の手を離れたダートはカツンと音を立て、狙い通りにパジャマの『パ』を射貫いた。

以前プレイした時とは違い、思った以上に狙った場所に行く。

うん、これならタワシ以外の何かしらは当たりそうだ。

《準備は良さそうだね。それじゃ、本番行くよ。離れて離れて離れて》

「え？」

離れて、とか言いつつ、俺は一切動いていないのに、遠ざかっていく的。

あれ？　あれ？　どーゆーこと？

《はっはっは、【投擲】持ちに、そんな距離で投げさせるわけないよね？　簡単すぎるでしょ？》

うわぉ、スキルでの確率操作は許さないって？

そして止まった的までの距離は、目視で一〇メートルほど。

これぐらいがスキルなしの場合と同じ確率？

それとも、ダーツの上手さや慣れなども加味されているのだろうか……？

《それじゃ、どうぞ‼》

的がくるくると回り始めると同時に、俺の手の中に先ほどと同じダートが現れる。

いや、まぁ、神様が厚意でくれるボーナスだし、このくらいがフェアだというのなら、受け入れるしかないのだが……遠いなぁ。凄く、遠いなぁ。

【鷹の目】があるので見るのには苦労しないが、高速で回っているためどこに何があるのかはさっぱり判らず、否が応でも目に入るのは中心に広がるタワシ。

こうしてみると、タワシの領域、広いなぁ……。

「……ま、気楽に行くか。仮にタワシでも、マイナスじゃないだけマシ」

《そうそう。女性たちにプレゼントしたら、喜ばれるかもよ？》

「いや、このこと、喋っちゃダメなんじゃ？」

《おっと、そうだった。それじゃ、君たちの中で最後に条件を満たした人に伝言しておくよ。もう仲間内なら喋っても大丈夫、って》

それは地味にありがたいな。

何かスキルを得ても、それをどうやって得たのか説明ができないのも困るし。

「それじゃ、いきます」

《いっちゃってー》

神様の軽い言葉に気が抜けそうになりながら、俺は遠くに見える的に向かってダートを投擲。

シュッと高速で飛んだダートは——よしっ、タワシは回避！

どこかは判らないが、少なくとも中心領域ではない。

そのことに俺が安堵の息を吐くと、ルーレットの回転が次第に緩やかになり、先ほどとは逆に的がゆっくりとこちらに戻ってくる。

刺さっているのは……おっ、パジャマ並みに細い場所。

何か良いものかな……？

「えっと……『ラッキー！』？」

《お、『ラッキー！』、だね》

これがボーナス？

ラッキーだから投げられる本数が増える、とかではなくて？

てか、こんなん、さっきあったっけ？　神様、確率操作してません？

「えっと、『ラッキー！』ってなんですか？」

《ラッキーはラッキーだよ。ちょっと幸運になるの。そして、神様は公正です》

「幸運……」

この世界、ステータスの能力値には、幸運値があったのだろうか？

『神はサイコロを振らない』んじゃないのか？

――いや、この神様、振りそうだなぁ、サイコロ。

それにボーナス値が付くのなら、価値はあるかもしれない。

《そうだね、例えば、『膝に矢を受けてしまった！』になるところを、『太股に矢を受けてしまった！』になるとか、雨でずぶ濡れになっても風邪を引かないとか、そんな幸運》

「随分とショボ――いえ、ささやかな幸運ですね？」

せめて矢に当たらないとか、雨に降られないとか、そのくらいにはならないのだろうか？

しかもそのレベルの幸運だと、本当に幸運なのかすら判らない気がする。

矢に当たったら、普通に不運だと思ってしまうし。

《いやいや、こんなささやかな幸運も重要だよ？》

自分で『ささやか』って言った⁉

《具体的には1Ｄ100が1Ｄ100＋1になるぐらいの幸運だよ？》

また、一部の人にしか解りづらい表現を。簡単に言えば、一〇〇面ダイスを振る場合に、一～一〇〇の出目が、二～一〇一になるということである。

一が出ると、ファンブルで死亡！　とかいう状況だと凄くありがたいボーナスだが、神ならざる人の視点では認識できないのが、ちょっと虚しい。

「え～っと、まぁ、うん。ありがとうございます？」

《存分に感謝すると良いよ。地味に君の人生を良いものにしてくれる――可能性があるから》

「はい……」

《それじゃ、またね～》

ボーナスを与えれば用はないとばかりに、あっさりと消えていく神様の声。

「え？『また』？次があるんですか⁉ねえ！」

だがそんな俺の問いかけに応える声はなく、次の瞬間に俺は、いつものように神殿で立っている自分を認識することになる。

「夢……じゃ、ないよなぁ」

見下ろしてみても、何の変化もない自分の身体。だが、確認したステータスの恩恵欄には、【経験値ちょっぴりアップ】に続いて【ラッキー！】が追加されている。

――どっちも字面が酷いな！

だが今のところ、そんな気持ちをハルカたちと共有することもできない。

俺は息を吐いて気を取り直すと、何事もなかったかのように帰宅するのだった。

◇　◇　◇

さて。穏やかな毎日に多少のアクセントがあったりもしたが、概ねゆっくり時は過ぎ……。

しかし、そんな日々もいつしか終わりがやって来る。

――って言うほど大袈裟な話じゃないのだが、お仕事の時間です。

今回はメアリたちも自分の足で走るので、少し余裕を持ってピニングに移動する予定。

この年齢の子供を何十キロも走らせるとか、元の世界でやれば普通に虐待だが、こっちの世界では常識も種族も違うわけで。さすがに俺たちと同じ速度は難しいだろうが、毎日のジョギングを見る限り、多少速度を落とせば問題なく走りきれるだろう。

それに、無理なら無理で、またおんぶすれば良いだけ。それだけの余裕は見ている。

そんなわけで、護衛対象の出発予定日まで一週間あまりとなった今日。

俺たちは運搬する突撃赤野牛のミルクを、冒険者ギルドに受け取りに来たのだが――。

「お待ちしてました！　っていうか、間に合うんですか⁉」

出迎えてくれたのは、少し焦れた様子のディオラさん。

慌てたようにカウンターから出てくる彼女に、ハルカはパタパタと手を振って軽く応える。

「うん、大丈夫、大丈夫。十分な余裕は確保してるから」

実際、俺たちが全力で走れば、ここからピニングまでは一日もあれば到達できる。

今回はメアリたちの父親のお墓参りを兼ねて、ケルグの神殿に寄る予定だが、そこで一泊したとしても、ピニングまで二日の行程。仮にその三倍かかったとしても、まだ余裕がある。

俺たちには『防雨』みたいな魔法もあるし、多少天候が崩れても移動は可能なのだ。

「なら良いのですが……。それでは、突撃赤野牛のミルク、お渡ししますね」

少しだけ不安そうなディオラさんだが、これでも俺たちはそれなりに信用がある。

すぐに頷くと、カウンターの上にマジックバッグから取り出した牛乳瓶を並べ始めた。

それは少し前に俺たちが納品した物なのだが、よく見ると瓶の蓋を蝋できっちり密閉した上で、上から印章が押されている。これは未開封の印だろうか？

「ディオラさん、これって？」

「ギルドで検査済みの印です。一種の品質保証ですね。何か問題があった場合、採取してきた人の責任になっては困りますから」

「あぁ、なるほどね。それはありがたいわ」

魔物の肉のような一般的な素材ならともかく、突撃赤野牛のミルクぐらい稀少な物になると、調べれば誰が採取してきたか簡単に判るわけで。

万が一、毒でも入れられて、『最初から入っていた！』と罪をなすりつけられたら堪らない。

ギルドによる保証は、購入者へ安心を提供すると同時に、冒険者もまた守ってくれる仕組みなのだろう。さすが、仲介手数料を取るだけのことはある。保険と考えれば安いものだ。

ちなみに、この封印を行った状態であれば、常温でもある程度の期間は保存ができるらしい。

日本のロングライフ牛乳みたいに、滅菌・密封しているのか、それとも別の方法で対処しているのか。魔法や錬金術があるので、やろうと思えばなんとかできそうな気はする。

「ですが、保存可能とはいえ、新鮮な方が美味しいので、マジックバッグからは出さないでくださいね？　また、万が一割れてしまった場合は、ピニングのギルドで申し出てください」

「一応、予備はあるが……。向こうの冒険者ギルドでも、この処置はしてもらえるんですか？」

今回納品したのは、一一〇本分。これは元々予備を含んだ本数だが、俺たち自身のミスで割ってしまったときに備えて、余分に採取はしてある。

なので、運搬中に破損しても、牛乳自体は補填できるのだが――。

「はい。ですが、普通は一日ほど時間が必要ですから、気を付けてください」

「了解。ま、引き渡しまでマジックバッグから出す予定はないから、大丈夫だとは思うけどね」

「ミルクは直接依頼者の方――子爵家の担当者に渡してください。護衛依頼はこちらの紹介状を門番に見せて頂ければ、スムーズに取り次がれるはずです」

次にディオラさんから渡されたのは、牛乳の引き渡し証明書と護衛依頼を請けるための紹介状。

これを子爵の所で見せた後は、向こうの指示に従えば良いらしい。

また、基本的に護衛は、行き帰りの道中のみ。

向こう――ダイアス男爵領の町に着いた後は自由行動が許されている。

「ですが、場合によっては、現地で依頼者から何か依頼されることもありますので、そのあたりは臨機応変でお願いします。請ける、請けないは皆様次第ですが……」

「ディオラさんとしては、請けてほしい、というところですか？」

言葉を濁したディオラさんに尋ねれば、彼女は迷いつつも頷く。

「……はい、可能であれば。あ、もちろん、依頼料は別途請求して頂いて構いませんし、皆さんで交渉が難しければ、後ほど私が交渉し、依頼内容に相応しい報酬を引き出しますので」

貴族の相手は慣れていない俺たち。なんとも至れり尽くせりである。

「随分と手厚いサポートだけど、こういうものなの？」

「依頼によりますけど、貴族の依頼だと、まああることですね」

不思議そうに訊くハルカに、ディオラさんは苦笑混じりに頷く。

「なかなかに大変そうですね」

「ええ、まぁ、大変ですけど、やらなかったときの方が、むしろ後が大変なので……」

ナツキが同情混じりに言葉を漏らすと、ディオラさんがフッと目を伏せ、哀愁を帯びた表情で遠くを見る。その視線の先には何が浮かんでいるのだろうか？

少なくとも、楽しい記憶でないことは間違いなさそうだが。

「あ、でも、皆さんは安心ですね！　とてもありがたいことに、礼儀正しいですから」

「前も言ったけど、普通に対応するならともかく、貴族相手の礼儀なんて無理よ？」

「良いんです！　その『普通』で！　普通ができない冒険者なんていっぱい……いえ、大半はできませんから」

冒険者の出自を考えれば、それも仕方ない。

学校になんて行く機会はないし、成人するかしないかの年齢で世間に放り出され、柄の良くない冒険者の中で生活。そんな状態で礼儀を身に付ける機会なんてないだろう。

その点、神殿の孤児院出身の冒険者は、イシュカさんたちの教育の賜か、そのあたりが比較的できているようで、強いかどうかは別にしても評判は良いらしい。

「普通の貴族は、冒険者相手に貴族の礼儀を求めたりはしません。いたとすれば、その方は確実に貴族社会で愚か者の烙印を押されますね。そういう人材が必要なら自家の騎士を使え、という話ですから。それができない時点で、お察しです」

「そう言ってもらえたら、あたしたちもかなり気が楽だね」

「ええ、気楽に行っちゃってください。もう、護衛対象さえ守れれば、あとはどうでも良いぐらいの気持ちで！　最悪、護衛対象の命が無事ならそれで良いです。それに、万が一大怪我をしても、皆さんなら治してくれると信じています‼」

さすがにそれはマズい気がするが……なるほど。

ディオラさんは俺たちの治療能力の高さを知っている。それもあって俺たちを選出したのか。

「まず怪我させないのが、オレたちの仕事だけどなぁ。ま、全力を尽くします」

「はい。それでは、どうか、よろしくお願いします」

これまでとは一転、ディオラさんは真剣な顔で俺たちを見ると、深く頭を下げた。

翌朝は少し早めの出発だった。ペースメーカー的にトーヤが先頭を走り、その後ろをミーティアとメアリ、周りを囲むように残りの俺やハルカたちが走る。

街道を走っている限り、そして俺の【索敵】がある限り、不意の襲撃を受ける危険性は低いが、盗賊が遠くから矢を射かけてくる可能性もゼロではないし、一応の用心である。

「今回は、私たちも走れますね！」

「らくらく、なの！」

俺たちだけで移動するよりは少し遅いが、それでも普通の人が走るのに比べて十分に速い。

そんな速度で走りながら、メアリとミーティアは笑顔である。

ラファンに来た時は火傷から回復したばかりだったし、体力的な問題もあったので、俺たちに背負われて移動することになった。

対して今回は自分たちの足で走れるようになったわけで、それが嬉しいのだろう。

「メアリもミーティアも、ここ数ヶ月、訓練を頑張ったものね？」

「うん！　頑張ったの！　ご飯も美味しいの！」

少なくとも、俺たちが日課としている訓練を二人がサボったことはないし、それ以外にも自主的な訓練を続けていることを知っている。

その頑張りがなければ、いくら獣人とはいえ、ここまでの体力上昇は見込めなかっただろう。

ご飯については……影響は小さくないか。この数ヶ月で二人とも肉付きが良くなったし。

あとはどれぐらい持久力があるか、なのだが……。

――と、そんな懸念を余所に、数時間後の俺たちはケルグで昼食を食べていた。

完全に予定通り、いや、むしろ少し速いぐらいのペースで走り続けたメアリとミーティアは、ケルグに着いてもさほど疲れた様子を見せず、今もモリモリと昼食を掻き込んでいる。

「二人とも、大丈夫か？　足が痛いとか、気分が悪いとかあれば、遠慮なく言えよ？」

「問題ないの！　ミーはもっと速くても大丈夫なの」

「私も大丈夫です。しっかりした靴なので走りやすいですし、そんなに疲れていません」

その健啖ぶりを見るに、二人の言葉に嘘はないのだろう。

普通、長距離走などの激しい運動の後では、美味しい物でも喉を通らなかったりするが、メアリとミーティアにとっては、そこまでの運動強度ではなかったということか。

そしてそれは俺たちも同じで、全員がいつもと変わらない量の料理を注文している。

「移動にかかった時間は、前回の一・五倍ぐらいか？　概ね想定した範囲内だな」

「あぁ。このペースで走れば、問題なく明日中にはピニングに着けそうだ」

自分の料理を待ちながら、トーヤとそんな話をしていると——。

「あんたたち、まさか走ってきたの？　そんな小さな子供たちを連れて？」

そんな言葉と共に、俺の前に料理が置かれた。見上げれば、そこにいたのはヤスエ。

そう、俺たちが昼食の場所として選んだのは、ヤスエの食堂だった。

知り合いという気安さと、味が保証されているという安心感。あえて他を選ぶ理由はない。

「あ、久し振り～。順調そうだね？」

「いたのね。こっちに出てなかったから、留守かと思ったんだけど」

軽く手を上げたユキとハルカに応えつつ、ヤスエはメアリたちを見る。

「ありがたいことにね。ハルカのおかげで【調理】スキルが使えるようになったから、チェスターの方を手伝ってたのよ。——で、その二人が引き取った子供よね？　随分可愛い子たちだけど……無茶させてるんじゃないの？　あんたたちは、ちょっと非常識だし」

ヤスエとメアリたちにほぼ接点はないが、俺たちが子供を保護したことは知っている。

だからこそ俺たちと一緒にいる二人が、その子供と理解したのだろうが……。

「非常識とは随分ね？　二人にも無理のないペースで走ってきたわよ」

「本当に？　子供に長距離を走らせること自体が、私からすれば無茶なんだけど……」

メアリたちの容姿を見て、ラファンまでの距離を知っていれば、そう考えてしまうのも自然。

特にヤスエは元の世界の常識もある。心配するように二人を見るが、当のメアリたちはけろっとした様子で、むしろ不思議そうにヤスエを見返した。

「大丈夫です。そんなに速くはなかったですし」

「ミーたちは鍛えてるから、このくらい、走れるの」

「えぇ……？　本人たちがそう言うなら、私が言うことはないけど……。二人とも冒険者なの？」

「はい。一応。まだまだ、ナオさんたちに助けられてばかりですけど」

「頑張って鍛えて、ちゃんと稼げる冒険者になるの」

「……しっかりしてるわね。去年の私に見せてやりたいわ」

二人の受け答えに、ヤスエは苦さの混じるため息をつき、視線を落とす。

実際、メアリたちは子供らしからぬほどにしっかりしていると思うし、去年のヤスエは少々アレだったが、更生したヤスエの古傷に改めて塩を塗り込む理由もない。

「町の復旧は、順調に進んでいるみたいだな？」

俺がそこには触れずに話を変えると、ヤスエもすぐに表情を改めて応えた。

「ええ。領主が頑張ってくれているみたいね。瓦礫の撤去なんかは比較的すぐに終わったわよ？　さすがに再建はまだまだだし、巡回する兵士の数も多いけどね」

町の門からこの食堂までの間で、俺たちも何度か巡回する兵士を目にしている。サトミー聖女教団の首謀者は捕まっているわけだし、そこまで警戒する必要はないと思うのだが……。

「……もしかすると、何か別の懸念材料があるのか？」

「貴族関連かもしれませんね。今回の騒乱で身代を潰してしまったり、不正に手を染めてしまったりした貴族がいたという話も聞きましたし」

「ゴソッと捕まえてしまえば良い気がするんだが、そういうわけにもいかないのかねぇ？」

「私たちの常識とは違う部分もあるでしょうね」

まさか日本みたいに、必要以上に労働者の権利が守られていて、不正をした公務員も簡単には首を切れない、とかあるのだろうか？　普通ならあり得ないと思うが、縁故採用が多いことを考えると、紹介者次第では難しいとかはあるのかもしれない。

「でも、治安に問題がなさそうなのは安心だよね。ネーナス子爵様々？」

「ですね。路上生活者も見ませんでしたし」

単に目に付かなかっただけかもしれないが、少なくとも大火傷をして道端に転がっている子供が放置されていた状況と比べれば、確実に良くなっているはずである。

「まーねー、そこは安心。犯罪も驚くほど少ないみたいだから。あんたたち、この後は？」

「まずは神殿だな。この子たちの父親を葬ってるから」

「あぁ、そっか。あの騒乱で……。この町に来たのはお墓参りって感じ？」

「だねー。ピニングに行く用事があったから、ついでに寄ったの」

ヤスエに答えつつユキが頷くが、それを見たメアリが遠慮がちに手を挙げる。

「それなんですが……あの、私たちは別に構いませんよ？　わざわざここの神殿に寄らなくても」

「うん。アドヴァストリス様の神殿で、ちゃんとお祈りしてるの」

俺たちにはやや違和感があるのだが、庶民は個別の墓を作らないこともあって、俺たちの考える『お墓参り』的な感覚はあまり持っていないらしい。

一応、二人の父親の遺骨はこの神殿に埋葬されているはずなのだが、それはそれ。必要であれば（どこでも良いので）神殿で祈るという感じであり、父親よりも先に亡くした母親の遺骨など、どこに埋葬されたかすら二人は知らないのだとか。

「あー、なんか、そんな感じらしいね、庶民だと。けど、折角ケルグに来たんだし、時間があるなら行ってきたら？　さすがに今日中に町を出るつもりはないんでしょ？」

「ええ。今日は終わり。だから私も行くのには賛成。それに、ここの神殿にも少しぐらいは寄付しても良いと思っているし。孤児院も大変だろうしね」

「そういうことであれば……はい」

「わかったの。ここでもお祈りするの」

お墓参りは、ラファンを出る前にも話していたのだが、その時の二人の反応も似たような感じ。わざわざここに来る理由はないが、あえて拒否する理由もないというところだろうか。

「ま、暇潰しぐらいの感覚で良いんじゃないの？　それからあんたたちも、あんまり自分たちの常識を押し付けるんじゃないわよ？　こっちにはこっちの常識があるんだから」

軽く肩を竦めてそう言うヤスエに、俺たちは揃って目を丸くする。

「……おぉ、まさかヤスエに常識を諭されるとは」

「トーヤ、うっさい！　自分でも柄じゃないと思うけど、まー、色々あるからね」

「さすが既婚者。そっち方面じゃヤスエが先達だし、参考にさせてもらうわ」

「そうして、そうして。必要なら相談にも乗るから。――じゃ、ゆっくりしていってね」

ハルカが小さく笑い、ヤスエは照れくささを誤魔化すようにパタパタと手を振って、足早に厨房へと戻っていく。俺たちはそんなヤスエの言葉に甘え、少しのんびり食事を終えて神殿に。

今回は奮発して、寄付は一人あたり金貨一枚――ただし、メアリたちは除いて。

俺たちが纏めて出すと言ったのだが、父親が埋葬されているからか、それとも孤児院のことが気になったのか、自分で出すと言って、ジャラジャラとお小遣い（こづか）を賽銭箱（さいせんばこ）に入れていた。

現在の孤児院がどんな状況なのか、それは判らない。

だが少なくとも今は、あの時のような『盛況さ（せいきょう）』は耳に届かない。

俺たちはそのことに少し安堵し、翌朝予定通りにケルグを離れるのだった。

サイドストーリー「トーヤの日常」

その日、オレとナオは、二人だけで家に取り残されていた。

——とか言うと、寂しいヤツらみたいだが、なんてことはない。

女性陣がメアリとミーティアも連れて、アエラさんの所に遊びに行っただけのことだ。

目的は、先日に引き続いてお菓子作り。ハルカたちが知っているお菓子をアエラさんに教え、またアエラさんからも教えてもらい、試食という名のティーパーティー。

オレもハルカたちとの付き合いが長いし、女同士の会話に入れないなんてこともないのだが、大量に出てくるケーキは脅威である。当然のようにオレとナオは遠慮し、快く女性陣を見送ったわけだが、そうなると手持ち無沙汰となるわけで——。

「ナオ、どっか遊びに行かね？」

「どっかって、どこだよ？」

家でゴロゴロしてるのもな、と思って声を掛けたオレにナオが返したのは、ある意味で当然の言葉だった。この町に遊べるような場所なんて、ないからな。

それに今は、釣りって気分でもない。正直、あれって作業だし。その他となると……。

「あ～、娼館とか？」

何となく、ポロリと言うと、ナオがこちらにジト目を向けて深いため息をつく。

「……そういえば、お前は行ったんだったな。通ってるのか？」

「まぁ、その……たまに？」

「お前の金だし、どう使うかは自由だが……。前も言ったが、知らねぇぞ？　病気になっても」

「それは大丈夫、だと思う。高かったし？」

大丈夫だとは思うが、万が一の場合のフォローは期待したいぞ？

ナオさえいれば、ハルカがブチ切れることは避けられそうだし。

逆にナオを連れて行ったりしたら、オレの命が危ないかもしれないが。

「そういえば、値段は聞いてなかったな。一回いくらなんだよ？」

「えっと……これだけ」

オレはそう言って、指を三本立てる。

「金貨三枚？」

オレが首を振ると、ナオはなんとも言えない表情を浮かべ、眉をピクピクと動かす。

「……大銀貨三枚とかは、ないよな？」

「……ないな」

おもむろにオレが頷くと、ナオは顎を落としてテーブルをバンと叩いた。

「金貨三〇枚!?　マジかよ！　お前、どんだけ使ってんだ!?」

「うむ。オレも冷静になって、ちょい使いすぎたと思った」

だが仕方ないのだ。

そういう気分のときには、節制ができないのが男なのだ！

「『ちょい』じゃねぇだろ!?　どんな高級風俗かって話だよ！」

「いや、でも、昔の花魁とか、今の価値で一〇〇万円以上使って本番なしとかあったらしいぞ？」

「比べることかよ!?　——あ、いや、比べることなのか？　むむむ……クソ、基準が解らん！」

ナオは思いっきり否定した後、一瞬真顔になり、首を捻ってから諦めたように吐き捨てた。

「日本の今の風俗は、本番なしだもんな。少なくとも、建前上は」

本当のところどうなのかは知らない。行ったことないから、詳しくねぇし。

だが、たぶん数時間で三〇万円とかいうレベルの風俗はないんじゃねぇかな？

「……まぁ、良い。さっきも言ったが、お前の金だからな。これが財布を分ける前なら、ハルカたちと一緒に半殺しにしてたところだが」

「いや、さすがにそれは弁えるぜ？」

全員が節約しているときに、共通費に手を付けるようなクソじゃない、オレは。

「はぁ……。ハルカたちには黙っておくが、破産しない程度にな。金に余裕がなくなったら、冒険のときの状況判断にも影響しかねない。失った信用は取り戻せないぞ？」

「困窮するようなことはしねぇから、そこは安心してくれ」

娼館に通いたいからと危険度の高い仕事を請けたり、一人で稼ぎに行ったりなんてこと、するつもりはない。近接戦闘ではオレが一番強いと思っているが、それを発揮できるのもサポートしてくれるパーティーメンバーがいるからこそ。自惚れて死ぬなんて、アホくさすぎる。

「けど、ナオは行かねぇの？　黙っておくぜ？」

「正直、あんまり興味はないな」

「そうなのか？　ナオだって、普通にエロマンガとか読んでたのに？　エロい動画とかだって、見たことあるだろ？」

「それらは飽くまでもフィクションだろ？　実際にやるのとはちょっと違う」

「まぁ……そうだな？」

「はっきり言って、好きでもない相手とはやりたくないな、俺は」

「枯れてるなぁ、お前。本当に男子高校生か？」

「枯れてるとはちょっと違うと思うが……。別にやりたくないわけじゃないし」

「ハルカ相手ならやりたいと？」

「そうそ――ノーコメント」

頷きかけて、いや、ほぼ完全に肯定しておきながら、ノーコメントとか言うナオ。

これも貞操観念が強いというやつなのだろうか？

「まー、良いけどよ。だが、ナオと男同士の話ができないのは、チョイ残念だな」

「……行く気はない。当然、行く気はないが……ちょっと興味はある。どうだったんだ？」

「興味なかったんじゃないのかよっ！」

「行くという意味での興味はない。だが、この世界の娼館事情としては興味がある。学術的に」

「学術的に、ねぇ。――まぁ、良いけど」

同じ男だ。そこを追及するのは止めてやろう。

折角なので、『飯屋』や『娼館』、『青楼』の違いや価格帯など、経験を含めて（といっても、青楼にしか行ったことはないのだが）詳しく話してやる。

ついでに、あの時に教わった冗談も言ってみたのだが、『うわぁ……』みたいな目を向けられてしまった。いや、まぁ、確かに下品だが、その視線は止めてくれ。心が痛い。

「どうだ？　興味が出てきたか？　なかなか……良いぞ？」

「いや、だから行かねぇって」

共犯にできれば、とちょっと思ったのだが、存外意志が固い。

「――つか、なんでそんなに勧める？」

「だって、自分に性病の危険性があれば、ナオも必死で光魔法のレベルアップを図るだろ？」

「ひってぇ理由だな⁉　自分本位か！」

その通りである。ハルカたちの治療は信頼できるが、同性の医者が欲しいのだ。オレは。

性病に限らず、今後、デリケートな病気に罹るかもしれないし？

「……まぁいいか。無理に誘ったら、後が怖いし」

具体的には、ハルカが。ナオが成長するまで、健康には気を付けよう。

「仕方ないから、トミーでも……ドワーフだから無理か？」

「いや、止めとけよ！　無理じゃなくても止めとけよ！　堅気の仕事で、俺たちより収入少ないんだから！　破産させるつもりか？」

「だな。金貨三〇枚はないよな」

庶民なら一ヶ月かけても稼げない額。それが数時間で溶けるとか、ヤバいもんな。

トミーの収入は知らねぇけど、さすがにオレたちよりも多く稼いでいるとは思えねぇし。

「よし、それじゃその話はここまでにして、トミーでも誘いに行くか」

「いや、だから――」

「あぁ、風俗じゃなくて、普通に遊びにだよ。先日、アイツから、美味いモツ煮込みを出す店があるって話を聞いてな」

「昼飯か？　それなら別に良いが……遊びに行くって話はどこに行った？」

「そこなんだよなぁ……遊べる場所ってねぇよな」

「金や時間に余裕のある平民は少ないからな。俺たちでも、遊べる日は限られているし……アナログゲームでも作るか？　仲間内で空き時間に遊べるように」

「アナログゲームってぇと、将棋やチェス、リバーシとか、トランプ？」

「もう一歩踏み込んで、カタンやディプ〇マシーとか？」

「いや、カタンはともかく、ディプ〇マシーはどうよ？」

ディプ〇マシーを簡単に説明するなら、ヨーロッパを舞台にした陣取りゲーム。

ルールは単純で道具もほとんど不要、作るのは簡単だが、プレイする人を選ぶゲームなのだ。

ランダム要素はなく、プレイヤー同士の交渉で同盟を組んだり、時に裏切ったりして領土を増やす。協力しなければ勝てないが、どこかの時点で裏切らなければやっぱり勝てない。

見方によっては殺伐としたゲームである。

「できるのって、オレたちとトミーぐらいか？　普通の平民に外交とか、そんな発想ないだろ？」

「……自分の国の名前すら、下手したら認識していないレベルだよな」

「逆に流行ったら流行ったで怖いな。別名、友情破壊ゲームだぞ？　冒険者同士でやってたら、刃如何に裏切るかが重要なゲームだからなぁ、ディプ◯マシー。

どうせ作るなら、もっと気軽にやれるゲームの方が良いだろう。

「なんなら、貴族相手に流行らせるか？」

「そっちの方が怖いわ！　ガチで武力行使とかになるかもしれねぇじゃねぇか！」

ある意味では、外交の教材として使えるかもしれないが。

もっとも、これで学んだ貴族が増えると、色々と殺伐とした国になりそうで怖い気もする。

「もっと単純なので良いだろ。例えば……ダーツとか、ビリヤードとか」

「ビリヤード‼　良いな！　欲しかったんだよなぁ、ビリヤードって。ダーツと違って、とても家に置ける物じゃないから、諦めたけど」

「解る！　憧れるところあるよな、ビリヤードって」

格好良いのはもちろんだが、プレイして楽しいからな、ビリヤード。

難点はお金が掛かること。練習しようと思うと、高校生の小遣いじゃすぐに破綻する。

「でも、ナオ、ダーツも持ってなかったよな？」

「まぁな。ダーツも結構高いし。それに……」

「それに？」

「壁が穴だらけになったら、親に怒られる」

「なる。理解した」

親には逆らえない。

外さなければ良いんだろうが、最初から上手くできるはずもねぇよなぁ。

「プラスチックのやつは、なんか違う気がするしな」

「あぁ……オモチャっぽいよな。渋さがない」

カッ、と突き立つのが良いのだ。

ぴこん、とか鳴って点数計算されるのは、ちょっと安っぽく感じる。

「第一、俺の部屋はそんなに広くないからな」

「確か、二メートルぐらい離れるんだよな？　案外確保できねぇよな、その距離って」

空っぽの部屋ならともかく、ベッドや机、本棚がある部屋でダーツをやるスペースを確保するのは困難だろう。少なくとも、日本の大半の高校生は。

「なら、ダーツも作るか？」

「あー、取りあえずはビリヤードで。今だとダーツは、戦闘訓練している気分になる」

「あ～……」

なんとも言えない表情で言ったナオの言葉に、オレも頷かざるを得ない。

現に手裏剣の練習とかしてるしな。活躍したことはねぇけど。

「それに二メートルぐらいの距離なら、ほぼ確実に狙ったとこに当たるだろ。今の俺たち」

【投擲】スキル、あるもんな。ゲームとしては、ちょい微妙か」

もっと距離を離すとか、それこそちょっと投げにくい手裏剣を使うとか、方法はあるだろうが、そうなってしまうとナオが言うように、正に戦闘訓練になってしまう。

「そいじゃ、ビリヤード……これって、ナオの土魔法で作れたりしねぇ？」

「ある程度は作れるだろうが、ここは素直に職人に頼もうぜ？　上手くすれば、ハルカみたいに不労所得が得られるかもしれないし？」

「あぁ、バックパックか。地味に売れてるみたいだな」

　ここラファンでも、バックパックを背負った冒険者を見かけることが増えてきた。

　また、他の町でも販売は順調らしく、世のお母さん方に内職の種を提供しているらしい。

　引退した冒険者にも仕事を回せるため、『他の町のギルドに恩が売れました』とディオラさんはとても味わい深い笑みを浮かべて喜んでいた。

　……確執とまではいかずとも、町の冒険者ギルド間にも色々あるようだ。

「確か金貨二二枚ぐらいだったか？　販売価格」

「そのぐらいだな。その内、ハルカの取り分がいくらかは知らないが」

　以前聞いた額を考えると、一割ぐらいか？

　いや、あの頃は今ほど売れてなかったような気もするし、もう少し多いのか？

「でも、オレたちの食費にしてるんだろ、それって」

「らしいな。別に良いのに」

「だよな」

　ちょっと意見を言ったぐらいで取り分を要求するほど、オレたちは恥知らずではない。

　だが、それとは別に、不労所得という響きは魅力的なのだ。

「けどさ、遊具なんて作ってもらう余裕ってあるのか？　オレたちが銘木を供給した関係で、工房はどこも忙しいって話じゃなかったか？」

「忙しいことは忙しいんだが、余裕がないわけじゃないみたいだぞ？」

「そうなのか？」

「あぁ。ほら、銘木が使われる家具はオーダーメイドだろ？　——受注生産って意味じゃなくて、こだわりの逸品って意味で」

「解る。そうだな」

　受注生産という意味では、庶民が買う安物の家具でもオーダーメイドなのだ。

　ある程度まで作ったパーツを在庫していることもあるが、完成品のベッドやタンスを大量に並べて、その中から選んで買うなんてことはない。

「注文する方も貴族や金持ちだからな。当然細かい所までこだわるわけだが、疑問点を確認しようにもちょっと電話を一本、メールを一通ってわけにもいかないだろ？　隣町でも数日、少し離れていれば返答が来るまで数ヶ月なんてこともある」

「つまり、仕事を抱えていても、空き時間はあるってことか」

　複数の仕事を並行して進めれば無駄がなくなる気もするが、貴族を相手にするなら、それも難しいのかもなぁ。自分の我が儘で予定が遅れていても、『他の仕事をやる時間があるなら、こっちをやれ！』とか言われそうだし。勝手なイメージだが。

「空き時間を利用できる仕事って意味では、良いと思わないか？　オリジナル商品って」

「まぁ、テレビで見る町工場の取材なんかだと、自社製品が云々とか、聞いた話ではあるな」

「だろ？　少なくとも話は聞いてくれそうじゃないか？」

「けどさ、上手くいったとして。ビリヤードを買うのって、貴族か金持ちだろ？　結局、色々注文付けられて、オーダーメイドにならねぇか？」

　絶対に『他と同じでは嫌だ。もっと豪華にしてくれ』とか言い出すに決まっている。

　これまた勝手なイメージだが、ナオも納得するところがあったらしく、一瞬沈黙する。

「……いや、そこは平民向けのプールバーとか？」

「この町に、そんな洒落たバーが受け入れられるのか？　騒ぎながらエールをかっ喰らってるイメージしかねぇんだけど？」

「そこはほら、俺たちが行くのが場末の酒場だからじゃないか？　判らないけど。――ま、無理そうなら無理と言ってくれるさ、シモンさんが」

「話を持っていくだけならタダだよな。オレたち、所詮素人だし」

　実際に商売をしている職人なら、そのへんの事情にも詳しいだろう。

　それこそ、こんなときのお助けキャラ、ディオラさんに相談してみてもいい。

「ま、取りあえず今は」

「おう」

「飯を食いに行くか」

「だな」

◇　◇　◇

「へぇ！　ビリヤード！　良いですねぇ。是非作ってくださいよ。できたら遊びに行きますから」

トミーを誘ってやって来たモツ煮込み屋。

ビリヤードの話をトミーに振ってみると、思った以上に食いつきが良かった。

――しかし美味いな、このモツ煮込み。トミーが薦めるだけのことはある。

醤油味でも味噌味でもないし、どうやって味付けしているのかはさっぱり判らねぇけど、美味いので問題なし。若干の臭みはあるが、これはこれでアリと思えるレベルで纏まっている。

一緒に出てくるのが黒パンなのはいただけないが、モツ煮込みに浸して食べれば、その濃厚な味のおかげでだいぶマシになるのも助かる。

「宿暮らしでは、ビリヤードなんて買えませんからねぇ。ナオ君たちは大丈夫なんですか？」

「俺たちの家、一階はまだ二部屋余ってるからな。一部屋を遊戯室にしても大丈夫だろ、たぶん。ハルカたちにはまだ相談はしてないが」

「オレの鍛冶は外に追い出されたからな。なんなら、使っていないエディスの家もあるし」

家の正面から、向かって右側。

そこには生産部屋（仮）として四部屋ほどスペースが確保してある。

うち二部屋は裁縫と錬金術で利用されているが、残念ながらと言うべきか、それとも当然と言うべきか、火を使うオレの鍛冶は使用を許されず、庭の隅に建てた小屋へと追いやられている。

安全性や騒音の面から考えても、仕方ないと理解しているので不満はないのだが、そのおかげで、部屋はまだ二つほど未使用のままになっているのだ。

余裕を持って作ったそれなりに広い部屋なので、ビリヤードを置いても十分にスペースが取れるし、それこそ気が向けばダーツを設置しても良いだろう。

「あ、でも、ボールのサイズとか、テーブルのサイズとか知ってるんですか？」

「いや、知らねぇけど、適当で良いだろ？　オレたちが作ればそれが基準だ」

「……確かに。クラスメイトの中に、ビリヤードに妙なこだわりがある人でもいなければ、文句を付ける人もいませんよね」

「まぁ、何度かやったことがあるから、そうかけ離れたサイズにはならないだろ」

トミーの言葉にナオが頷くが、それはオレも同じ。ナオと一緒に行ってたから。

二人で記憶の擦り合わせをすれば、概ね近いサイズで作れることだろう。

「他の娯楽がないから、楽しみだなぁ。それこそ、トーヤ君たちと釣りに行くぐらいしか……。でも大丈夫なんですか？　お金の方は。きっと、かなりの資金が必要になりますよね？」

「そのぐらいは……あっ」

ヤバい。今のオレの貯金、目減りしてるんだった。

何故って？　言わせるなよ。オレが一回行っただけで、満足できるわけないだろ？

さすがにリミットは決めているが、減っているのは紛れもない事実なのだ。

「……？　どうしたんですか？」

オレが声を上げたことで、トミーが不思議そうにこちらを見る。

そんなトミーとオレの様子に、ナオが呆れたようなため息をつく。

「はぁ……。コイツ、最近、娼館に行ってるんだよ。しかも、青楼とかいう高級な所に」

「ぶっ‼　げほっ、ごほっ。本当ですか⁉」

エールを噴きそうになりながら、トミーが信じられないと言わんばかりの目をオレに向ける。

てか、トミー、昼間っから酒を飲んでるんだよな。

すっかりこっちに染まっちまって……。

もっとも【蟒蛇(うわばみ)】のスキルで酔(よ)わないから、問題ないのかもしれないが。

「あぁ、トミーは青楼を知ってるのか。男だな。本当らしいぞ？　俺も今日聞いたんだが」

「あ、いえ、僕(ぼく)はドワーフなので行きはしないんですが、酒の席の話題にはなるんですよね、そっち方面の話は。だから知ってるだけで……一回で金貨が一〇枚以上飛んで行くとか？」

「数時間で三〇枚が消えたらしいぞ？」

「……マジですか？」

ある意味、尊敬すら含んだ視線を向けてくるトミーに、オレは重々しく頷く。

「否定するのは難しいな」

「いや、さっきお前が言ったことだろうが」

呆れたように首を振るナオだが……ちなみにそれ、初回な。

最高でいくら溶けたかは……秘密である。オレも思い出したくないし。

「気を付けてくださいよ？　そっち方面で奴隷(どれい)に落ちる人って、普通にいるんですから」

「奴隷なぁ……。トミーはどんな感じか知ってるか？」

この国では奴隷の売買は禁止されているが、借金漬(づ)けの実質的な奴隷は存在する。

だが少なくともこの町で、それっぽい人を見た覚えはない。

「色々あるみたいですが、マシな場合なら、無給でひたすら酷使(こくし)される。見目が良ければ、男でも娼館行きという場合も——」

そう言ってトミーがチラリと視線を向けたのはナオ。

「おい、そこで俺を見るな。俺は行ってないから」

「ですよね。ナオ君なら、お金払わなくてもできますよね」

「ナンパ師みたいに言うのも止めろ。俺は誠実なんだよ」

「え、誠実……？　あ、いえ、なんでもないです」

ナオの視線が厳しくなったのを感じたのか、トミーはコホンと一つ咳払い。話を続ける。

「悪い場合は本当に奴隷になります。この国では奴隷禁止ですが、許可されている国もあります。そんな国に出荷されるようですね」

「ドナドナと？」

「そう、ドナドナと。たぶん、子牛よりも酷い梱包状態で」

「ふむ。人権なんて、なかったんや！　と」

「ないですからね、実際。領主の胸三寸です。川一本隔てるだけで天国と地獄、なんてこともあるようですよ？　幸い、ここはまともみたいですが」

「引っ越しなんて、簡単にはできねぇからなぁ」

土地に縛られる農民は当然、商人や職人にしても地域への繋がりが強く、気軽に土地を離れて別の場所で起業するなんて易々とできるはずもない。

この国に関して言えば、引っ越し制限が緩いようなので、丸裸になる覚悟があればそれも可能だが、決して『隣町に引っ越して電車通勤しよう』なんて、気軽なものではない。

「ま、トーヤのことは良い。本当に破産したら、俺たちが借金の肩代わりをするだけだ」

「優しいですね、ナオ君」

「その代わり、ウチでのヒエラルキーは一番下、ペット扱いだがな。借金返すまでは」

「ひどっ！　耳と尻尾はあっても、動物じゃねぇぞ、オレは！」

「けど、ハルカとか言いそうじゃないか？　『理性を持たず、我慢もできない獣はペット扱いで十分。むしろ上等すぎ』ぐらいは」

「……否定できねぇ」

行くなと言われていた娼館に行き、高級娼婦に入れあげて破産、借金を友人たちに肩代わりしてもらう。完璧に反論の余地がないクズだな。

――いや、破産するつもりはねぇけど！

「それとも、そのままブヒブヒと出荷される方がお好み？　出荷よーって」

「なワケねぇ！　つか、そもそもそんなに入れあげねぇよ！　……たぶん」

既に数度通っている時点で、断言ができない。

「不安な物言いだなぁ、おい。まぁ、ヤバそうなときは殴ってでも止める――ことは俺にはできないから、魔法で焼いてでも止めるか」

「いや、実力行使が必要なほどのバカになってたら、見捨ててくれても良いけどよ」

そんなバカ、オレ自身嫌だ。

むしろ逆に、焼き尽くしてくれても良いまである。

「それであっさり見捨てられるほど、浅い付き合いじゃないだろうが」

「そんなもんか」

「そんなもんだ」

頷き合うオレたちを見て、トミーがパチパチと手を叩いてにんまりと笑みを浮かべる。

「いやー、良いですね、美しい友情！」

「実際にその場面になったら、そんな綺麗なもんじゃないと思うがな。トーヤ一人を俺たち四人でボコボコにする血みどろの惨劇が展開されるぞ？」

混ぜっ返すようなトミーの言葉に、照れ隠しなのか、ナオがなかなかに酷いことを言う。

だが実際、その状況になったら、起きる状況とナオの説明に大きな違いはねぇと思うが。

「それより、トミーはどうなんだ？　仕事の方は」

「順調です。とはいえ、言われるままに熟しているだけですが。独立も認められてますが、師匠と被らない仕事となると、ちょっと心許ないです。別の町に行くのは……不安ですし」

「ショベルはガンツさんに渡したからなぁ」

「そうなんですよ。ミンサーの方は持ってって良いと言われてますし、幸いそれなりに売れていますが、これだけで店を構えるのは厳しいですから」

ショベルはトミーを弟子入りさせてもらう見返りだったから、これは仕方ない。

ミンサーの方もガンツさんの協力がなければ完成しなかったと思うが、販売許可を出しているあたり、さすがにガンツさんは懐が深い。

「ミンサー、売れてるんだな？」

「はい。飲食店を中心に。クズ肉やスジ肉でも、それなりに美味しく食べられるようになりますからね。さすがに一般家庭に普及するほどではないですが」

「肉屋がミンチを売るようになれば、それまでだもんなぁ」

「えぇ。大量消費する飲食店には売れ続けるでしょうが、数に限りがありますし」

ナオの指摘にトミーが困ったように頷く。

実際、日本の家庭でミンサーは一般的ではなく、普通の人はミンチ肉を買う。

こっちの場合、ミンサーが手動（ウチのは改造されて魔力で動くが）なので、肉屋が大量のミンチを作るのは難しいだろうが、普通の肉屋は元々肉の入荷量が多くない。

飲食店には塊のまま売り、残った少量をミンチにするぐらいなら十分に対応できるだろう。

詰まるところ、庶民がミンサーを買う理由はないわけだ。

「何か、別の柱が欲しいところですが……何かないですか？」

「そうだなぁ。例えば……あぁ、製麺機はどうだ？　俺たちなら買うぞ？」

「あぁ、パスタやラーメンを作れるアレか。あったら便利だな」

ハルカたちならなくても作れるだろうが、手間は省けるはず。

家電としてパスタマシンが売っていたぐらいだし、需要はあるか、と思ったのだが——。

「二人とも、それは餅搗き機をアメリカで売るようなものです。パスタ、見たことありますか？」

「……なるほど。日本ですらメジャーになりきれないもんなぁ、餅搗き器」

トミーのなかなかに的確な喩えに、ナオが納得したように頷く。

普段から食べる習慣のない物。それを作れるといっても売りにならねぇよなぁ。

パスタマシンを売る前に、パスタを広める必要があるわけで。

ただの鍛冶屋に食品のプロモーションまでやらせるのは厳しいだろう。

「餅搗き機、たぶんホームベーカリーに負けてるよなぁ。日本の伝統食なのに」

逆にホームベーカリーのおまけ機能として、餅搗き機能が付いてくるぐらいに。

ちなみに、オレの家には餅搗き機があった。ついでにホームベーカリーも。

きちんと米を蒸してから搗く餅搗き機に対し、ホームベーカリーのおまけ機能はちょっと違ったのだが……どっちでも美味かったから、好みの問題でしかない。

「他となると……俺としてはアイスクリームメーカーとか欲しいが、これも売れないよなぁ」

「牛乳はもちろん、砂糖も庶民には手を出しにくい価格ですからねぇ……あれ？　もしかして、牛乳、手に入るんですか？」

「ん？　あぁ。少し前にダンジョンで牛の魔物を見つけたんだ。結構美味いぞ？」

「羨ましい！　じゃあ、ギルドに卸してますよね。いくらですか？　直接売ってくれませんか？」

「あー、コップ一杯で金貨一枚ぐらいだぞ？」

「うぐっ、さすがにダンジョン産。高いですね……」

目を輝かすトミーに値段を伝えると、言葉に詰まってため息をついた。

やっぱ、堅気の商売している一般人からすれば高いよなぁ。少しぐらいならお裾分けしても良いか、とも思うのだが、一応仕事として集めていることを考えると、やや難しい。

いうなればトミーが、店の武器をタダでオレたちにくれるようなものだし。

当然、オレたちがトミーに仕事を依頼するときも、きっちりと代価は払っている。

公私ともに色々とお世話になっているディオラさんや、料理を教えてくれるアエラさんたち、錬金術で助けてくれるリーヴァとは、若干立場が違うのだ。

「そうだなぁ、ウチに遊びに来れば、茶菓子として出してやれるけどな」

ハルカたちも来客に出すのなら、細かいことは言わないだろう。

オレの妥協案に、ナオも頷く。

「そのへんが妥当なところか。手土産にアイスクリームメーカー……いや、ソフトクリームメーカーとか持ってきたら、ハルカたちが喜んで、好きなだけ食わせてくれると思うぞ？」

「ソフトクリームかぁ。僕も久し振りに食べたいなぁ……。あれって、空気を含ませるんですよね？ ひたすら攪拌しながら冷やせば良いんでしょうか？」

「そうじゃないか？ あー、でも、普通のアイスクリームメーカーも、冷やしながら攪拌してるよな。何が違うんだ……？」

「やはり攪拌頻度じゃないでしょうか？ 泡立てるような感じで頻繁に攪拌すれば――」

オレは料理や菓子の作り方に詳しくない。何やら議論を始めたナオとトミーの邪魔をしないよう、オレはカラッポになったモツ煮込みの器を掲げて、お代わりを注文した。

「ふむ。なかなか面白そうじゃねぇか」
飲み会のような昼食を終えたオレたちは、トミーと別れてシモンさんの工房へと来ていた。
ソフトクリームに関する議論に結論は出なかったが、『取りあえず試作してみます』と言っていたので、トミーならば何かしらの物は作ってくれるだろう。

収益の柱を作るという目的からは外れているが、トミー自身が鍛冶屋に併設してカフェでも開けば成功――いや、無理か。金属を叩く鎚の音は、カフェのＢＧＭとしては斬新すぎる。

「できますか、シモンさん」

「たりめぇだろうが！　こちとら、何年木工で飯食ってると思ってやがる！」

「それはありがたいです」

自信ありげにドンと胸を叩くシモンさんと相談しながら、ビリヤードの仕様を決めていく。

まずはボール。これは硬い銘木の切れっ端を使うことになった。

当然ながら硬い木の方が高いのだが、銘木を伐採すると、どうしても使えない部分が出てくる。

例えば枝。板に加工するには細すぎる物でも、ビリヤードのボールなら問題はない。

これを利用すれば、材料費が随分と抑えられるだろう。

次にビリヤード台。これは普通の木で作る。

もし貴族に売れるようなら、銘木を使うなり、精緻な彫刻を施すなりするとして、今回作るのはオレたちの分と、販売用のサンプル。無駄な豪華さは不要だ。

また、ビリヤード台に張るのに適した、ラシャのような布はこの町では生産していなかったので、ブラウン・エイクの革をセーム革のように柔らかく加工した物を使うことになった。

それに伴い、ビリヤード台の広さは少し大きめのブラウン・エイク、その革一枚で張れるサイズに決定。本物の正確なサイズは知らないが、感覚的には大きな違いはないと思われる。

キューはこれまた銘木のあまり。細い棒も使い道が少ないので、銘木でも材料費が安いのだ。

先っぽのボールを突く部分には、タスク・ボアーの角。握りの部分に装飾を入れることもあるようだが、これまたオレたちには不要なもの。やっぱり貴族なんかが勝手にやるだろう。

基本的にはすべて木製。他の素材もできる限りラファンで作られる物を使ったので、上手くすれば、この町の第二の特産品になってくれるかもしれない。

ちなみに、後からナツキに『ビリヤード台には石の板を使う』と聞いたのだが……なるほど、ビリヤード台のあの重さはそれだったのか。

だが問題ない。オレたちが基準だ。不都合があれば交換すれば良い。

幸い石の製造に関しては、専門家のナオがいるのだから。

こんな感じに比較的すんなりと仕様が決まったビリヤードだったが、それがオレたちの家に納品されるまでには、それなりの期間が必要となる。『できる』と豪語したシモンさんでも、まったく同じサイズのボールをほぼ真球で削り出すのは難しかったらしい。

だが、さすがはシモンさん、結果として納品されたボールの出来は素晴らしく、少なくともプレイしていて、挙動がおかしいと思うようなことはなかった。

——なかったのだが、オレたちからすると、木製ボールは思った以上に軽かった。

これまたナツキ情報なのだが、昔のビリヤードのボールは象牙で作られていたらしく、比重はかなり重めで水に沈むんだとか。そもそも木で作る物ではなかった。

結局、適当な代用品も思いつかなかったので、ナオが試行錯誤して魔法で作ることになってしまったのだが、他人が簡単に真似できなくなったのは、怪我の功名だろうか？

商品がヒットしたらナオが死にそうだが……それはそのときに、考えよう。

その他にもキューの先っぽを変えてみたり、クッションの形や素材を変えてみたり。

様々な試行錯誤と紆余曲折を経て、オレたちのビリヤードはひとまずの完成を見る。

それはとても満足できる出来であり、遊びに招いたトミーも含めて全員を笑顔にしてくれた。


——そう、少なくとも、えげつない額の請求書が届くまでは。

考えれば解ることだが、試作を何度も繰り返せば、必要となるコストは跳ね上がる。

具体的には、既にダメージを負っていたオレの財布に、致命傷を与えるほどに。

当然のようにオレの顔からは笑顔が消え、すわ、ナオの危惧が現実に——!?

と、なりかけたのだが、ありがたくもナオが少し多めに、そしてハルカたちが『私たちも遊ぶから』とカンパしてくれたおかげで、オレの財布は一命を取り留め……。

とても幸いなことにオレのペット生活は、すんでの所で回避されたのだった。

サイドストーリー「もう一歩だけ　～サイの冒険 第四章～」

ダンジョン探索に於いては、危険な状況というものが無数に存在する。

致命的な罠に引っ掛かる。パーティーから一人だけ分断される。強い魔物に遭遇する。

何の因果か、それらすべてを経験するという不運に見舞われた俺だったが、それと同時にエステルという美少女と知己を得る、類い稀な奇跡にも恵まれる。

その結果、死地を逃れた俺は、ダンジョンの第九層でアドニクスさんたちとの合流に成功。

無事に生還を果たし、幸運を噛み締めながら祝杯を挙げていた。

「それじゃ、サイの生還を祝って、カンパーイ！」

「「「カンパーイ！」」」

アドニクスさんの掛け声に合わせ、エールを掲げたのは九人。俺とアドニクスさんたちに加えて、あの時、アドニクスさんたちと一緒にいた冒険者パーティーの四人である。

ちなみにエステルは『疲れたので休みます』と部屋に戻ってしまい、残念ながら不参加。

誘ってみたのだが、やんわりと拒否されてしまった。

やはり他の冒険者に対する不信感は強いようで、ほぼ初対面であり、強面でもあるアドニクスさんたちと一緒に飲むというのは、厳しいのかもしれない。

「ぷはーっ！　この度は助けに来てくれて、ありがとうございました！」

エールを飲み干して俺がお礼を言うと、アドニクスさんたちも「イェー！」と歓声を上げる。

「気にすんな！　仲間だろ？」

ルーカスさんがバシバシと俺の肩を叩けば、アドニクスさんも重々しく頷く。

「見捨てたら、俺は神様に顔向けできなくなる」

「それでもですよ。危険も多いのに。それにルーシーさんたちも……」

改めて俺が顔を向ける先は、四人の女性冒険者。

そう実は、アドニクスさんたちと一緒にいた冒険者は、いずれも女性だったのだ。

年齢は二〇代前半から半ばぐらい。ルーシーさん以外の三人は、サンディさん、ポリーさん、エルヴィラさんで、これまで会ってきた女性冒険者と違い、女を捨てていない。

――あ、もちろん、エステルは除いて。

「必死になっているアドたちを、見てられなかったからな」

俺が落とし穴に嵌まってはぐれた後、アドニクスさんたちは即座に帰還を選択した。

だがそれは、当然のこと。ダンジョンで欠かせない水を出せるのが、俺だけだったのだから。

そして幸いなことに、最低限の水は別途確保していた彼らは、無事にダンジョンから脱出する。

普通であれば、この後は冒険者ギルドで俺の失踪を報告、新たな仲間を募集して再スタートとなるのだろうが、とても律儀なアドニクスさんたちは、俺を救助するために動き始めた。

だが、元々俺が加入できたのは、稀少な水魔法の使い手だったからこそ。

そんな俺が抜けた以上、新たに水魔法使いを確保しなければ救助どころではないが、そう簡単に見つかるはずもなく、東奔西走している時に声を掛けてきたのがルーシーさんだったらしい。

「訊いてみたら、加入してまだ一年にも満たないメンバーを助けるためって言うじゃない？　これはもう、手助けしてあげないとって思って」

「そうそう。組んでみたら、案外相性も悪くなかったしね～」

「これも縁というものでしょう」

ルーシーさんたちは皆、きっと良い人たちなのだろう。

エステルを見捨てた奴らのように、パーティーメンバーを囮にして逃げ出す冒険者だっている中、生存は絶望的とも思える俺を助けるために、本気で奔走するアドニクスさんたちは珍しい。

ましてや、そこに手を差し伸べる冒険者など。

「短期間で九層まで来てくれましたよね。無理したんじゃないですか？」

「多少は、な。俺たちだけじゃ、まず無理だった。ルーシーたちがいてくれたからだな」

「いや、アドたちの技量が高いから成し得たことだ。私たちのパーティーだけであそこまで潜るには、もっと日数が掛かったはずだ」

「上手く噛み合ったって感じだよね～」

「だな！　――もっともサイたちは、俺たちの助けなんぞ必要なさそうな感じだったが？」

「はは、エステルがいたおかげで、なんとか生き延びることができました」

一人だけならレプタイラを斃すことはもちろん、そこまで辿り着くことなく死んでいただろう。

それに精神的な面でも、エステルの存在は俺を非常に助けてくれて……。

「そーいや、訊いてなかったな。サイはどこまで落ちていたんだ？」

「えっと、一八層みたいです」

「「…………」」

俺の答えに、全員が息を呑んで沈黙する。

「……マジか。よく生きていたな？」

「正にエステルのおかげです。俺一人じゃ、絶対に死んでました」

改めてそう言うと、ルーシーさんは腕を組んで唸った。

「彼女か……。よく受け入れられたな。私たちも以前誘ってみたが、断られてしまったぞ？」

「ですね。ダンジョンでソロは危ないので、声を掛けてみたんですが……」

エステルはあの容姿。勧誘する冒険者は多くいたようだが、彼女はその悉くを拒否。同じ女性ということでルーシーさんたちもパーティーに誘ったが、やはり丁重に断られたらしい。

「残念だけど、あたしたちも信用されなかった感じ？」

「あ～、エステルは以前、パーティーメンバーに裏切られたみたいで……」

「それでか。――しかし、何故お前は受け入れられたんだ？」

「遭難中だったという状況もあるでしょうが、その……俺の外見が……」

「「なるほど！」」

全部説明する前に、全員が納得したように頷く。

――いや、そんなに解りやすいか!?

確かにエステルからも、子供扱いされる感じはあったけどさ！

とはいえ、それは俺が【若作り】スキルを取ったからで、言っても仕方のないこと。

それよりも、合流してからずっと気になっていたことを訊くことにする。

「しかし皆さん、随分と意気投合している感じですね？」

「あー、解るか？」

照れたように俺を見るアドニクスさんだが――解らないでか。

なんというか、座り方が露骨なのだ。

普通、こういう男と女のグループとなると、二つに分かれて座るだろ？

男はこっち側、女はこっち側、みたいな感じで。

だが、目の前の現実はどうだ？

俺以外の全員が男女のペアで座り、明らかにその距離が近い。

これで気付かないほど俺は鈍感じゃない――つーか、居たたまれない。

俺の生還おめでとうパーティーじゃなかったのか、と。

もしかして、俺を出汁にして、男女で呑みたいだけじゃないのか、と。

合コンパーティーで一人取り残された気分なんですが！　行ったことないけど‼

これって、俺以外全員、裏切り者案件――いや、裏切ってないのか？

元々俺はオマケみたいなもんだし、ダンジョンに潜るという目標も失われていないのだから。

つまり、全員がハッピーってわけだな。……俺以外はっ！

「それで、今後は全員でパーティーを？」

「あぁ、その予定――っと、もちろん、サイも一緒だぞ？」

安心させるように俺の肩に手を置き、笑顔で深く頷くアドニクスさんだが……。

いや、凄く正直に言えば、俺の方が遠慮したい。

どうもエルヴィラさんが魔法使いのようで、水に関しては問題ないみたいだし、九人パーティーというのはさすがに人数が多すぎる気がする。

それに何より、俺は今後ずっと、四組のイチャイチャを見せ続けられるのかと！

そんなのは絶対にゴメンだと、声を大にして言いたい！

——言いたいが、さすがにそれは何なので、声を小にして提案する。

「それなら俺、抜けても良いですか？　エステルに組んでくれないか、頼んでみようかと」

下心はある。当然、ある。

それぐらいエステルは可愛いから。

だが、それはそれとして、エステル一人でダンジョンに潜らせる心配の方が大きい。

今の彼女は明らかに俺よりも強いが、レプタイラのような敵が出てきたときに一人で勝てるとは思えないし、アレですら第一五層のボスでしかないのだ。

ダンジョンの第一〇層ぐらいまでで活動するのなら、そこまで危険はないかもしれないが、エステルの目的を考えれば、きっとこれからも下を目指していくだろう。

許されるならそれを手伝いたいと、俺はそう思っていた。

「ほー、へー、なるほどなぁ？」

マルコスさんがニヤニヤと笑いながら、自分のハゲ頭を撫でる。

具体的なことは口にしないが、その心情は彼の表情が語っていた。

違うと主張したいところだが……否定できない部分もあるので俺は口を噤むしかない。

そしてそんな彼とは対照的に、真面目な表情なのは、ルーシーさんとアドニクスさんである。

「お前がエステルと組んでくれるなら、私たちも安心だが……」

「断られたらどうするんだ？　サイはまだランク二。一人じゃダンジョンにも入れないだろう？」

「うっ。そ、その場合は……他のパーティーを探すか、別の町で自分を鍛えるか、ですかね」

ダンジョンでは手を取ってくれたので、可能性はあると思いたい。

だが、選択肢のなかったあの時と今とでは、状況も違う。

エステルがその気になれば、俺よりも条件の良い仲間も見つかるだろう。

そんな状況で俺が売り込めるような、そして他の人にはないアドバンテージなんて……金運？

ステータスの恩恵に効果があるのなら、エステルの助けになるかもしれない。

けど、レプタイラが武器を持っていたのは、これが影響した可能性もあるんだよなぁ。

だとすると、果たして良いのか、悪いのか。

確かに良い武器は手に入ったが、危機も呼び寄せたわけで。

それを撥ね除けられるだけの力があれば、この恩恵も有効なのだろうが……危険でもある。

――あ、ちなみにだが、あの時に手に入れた槍は、今も俺の手元にある。

ダンジョンで入手した物なので二割の税金が必要なのだが、他の魔石などを全部売却してそこから槍の税を支払い、残った俺の取り分をすべてエステルに渡すことで槍は譲ってもらったのだ。

実際のところ、そこまでしてもエステルの方が損をしているのだが、彼女は『あなたの槍は壊れてしまいましたし、それぐらいは構いません』と言ってくれた。

「他のパーティーか。サイの実力を知れば引く手数多だろうが、お前は少し世間知らずだからなあ。……よし、その場合は俺たちが面接してやる。正式に参加する前に声を掛けろ」

「ははは……ありがとうございます」

ガシガシと俺の頭を撫でてくるアドニクスさんに、俺は乾いた笑いでお礼を言う。

完全に子供扱いだが、心配してくれているのは解るので拒否もしづらい。

「よし、それじゃや、サイの門出を祝って、もう一度乾杯だ！」

「「「おうっ！」」」

野太い声が響き、掲げられるエール。皆、嬉しそうな笑顔だが……これってたぶん、俺のことは半分以下、大半は自分たちに彼女ができたことが理由だよな？

◇　◇　◇

昨晩の祝賀会兼、送別会——という体で、酒に溺れる悪い大人たちの間から早々に抜け出した俺は、一晩かけてエステルになんと話を持っていくか、悩みに悩んだ。

その結果、出た結論は——直球で行く。

下手の考え休むに似たりって言うだろ？

女の子に慣れていない俺が上手く誘おうだなんて、土台無理な話である。

格好を付けようとか、交渉しようとか、考えるだけ無駄。

俺にできるのは自分の気持ちを正直にぶつけるだけで、それこそが一番成功率も高いだろう。

そう結論づけた俺は、覚悟を決めて彼女の部屋の扉をノックする。

「エステル、いるか？　サイだ」

「――はい。どうしました？」

部屋の中からしばらくゴトゴトと音がして、やがて顔を出したのは、装備を解いたエステル。

油断してるってわけじゃないが、初めて見る普段着(ふだんぎ)のエステルに――。

「あっと……その、えっと、少し話をしたいんだが、良いか？」

直球はどうしたって？

はっはっは。エステルみたいな美少女を前にして、恥(は)ずかしがらずに自分の思いを伝えられるなら、とっくに彼女ができてるわっ！　童貞(どうてい)、舐(な)めんな！

「――？　ええ、良いですよ。どうぞ」

「部屋に入っても、良いのか？」

扉の前を空け、中に誘ってくれるエステルに尋(たず)ねるが、彼女は小さく笑う。

「構いません。もしあなたが二人きりだからと襲(おそ)ってくるような人であれば、今頃(いまごろ)ダンジョンには、あなたの屍(しかばね)が転がっているはずですし？」

返り討(う)ち前提ですか、そうですか――実際、その通りになっただろうけどなっ！

俺は勧(すす)められるまま部屋に入り、エステルが示した椅子(いす)に座る。

対して彼女は、自分のベッドに浅く腰(こし)を掛けると、俺の方へ顔を向けて話を促(うなが)した。

「それで、お話とは……？」

「あ～、その、エステルにお願いがあるというか……」

言葉を濁(にご)す俺に、エステルの眉根(まゆね)が訝(いぶか)しげに寄る。

このままじゃマズいと、俺は深呼吸、意を決して言葉を続ける。

「えと……、た、単刀直入に言うと、俺とパーティーを組んでほしい」

目を逸らし気味になんとかそれを伝えると、エステルは驚いたように少し目を見開いた。

「本気ですか……？　あなたには、危険を顧みず助けに来てくれる人たちがいるのに？」

いきなり拒否されなかったってことは、可能性はあるか……？

「あっ。――まさか、捨てられたんですか？」

「いやっ！　アドニクスさんたちは凄く良い人たちだ。一緒にやろうと言ってくれた」

過去のことがあるからだろう。

目を鋭くするエステルに俺は慌てて首を振り、事情を話す。

「けど、ほら、一緒に来てくれた人たちがいただろ？　あの人たちとも合流するみたいで。九人のパーティーはちょっと人数が多いと思わないか？　俺の役割が……」

「あぁ、水魔法を使える人がいると、サイの立ち位置は微妙になりますね」

「はっきり言わないでくれ。俺が傷つく」

否定のできない事実だから。

俺だってそれなりに戦えるが、俺から水魔法を取ったら、ごく普通の槍使いである。

あのパーティーに居場所があるかと問われると、男女の仲も併せて厳しいと言うしかない。

「それで、どうだ？　俺とパーティーを組んでくれないか？」

改めてそう言うと、エステルは考えるようにじっと俺の顔を見た。

「……サイは何を目的として、この町に来ましたか？」

「目的……？　俺の、目的……」

当初俺は、【大金持ち】スキルで働かずに遊んで暮らそうと、かなりナメたことを考えていた。

だがそれは不可能と判明、今度は知識チートでボロ儲けしようとしたが、これにも失敗。

だから、俺が冒険者になったのは仕方なく。

身元が不確かでもできる仕事なんて、これぐらいだから。つまり俺の目的は――。

「あえて言うなら、金稼ぎ？　安心して暮らせるお金と立場が欲しい」

立場という点で言うなら、冒険者ランクを上げるというのが一番現実的だ。

そのためには冒険者ギルドで多くの依頼を熟す必要があるのだが、迷宮都市に普通の依頼は少なく、本来なら他の町で活動する方が効率的である。

しかし男としては、エステルという美少女と知り合えた幸運を捨てるなど、あり得ないわけで。

「サイはちょっと特殊な立場ですもんね」

「あぁ。ダンジョンで話した通りだ。柵はないが、頼れる人もいないからな。普通の冒険者でも良いんだが、ダンジョン探索なら安定的に稼げそうだし、夢もあるだろ？」

そして、口には出せないが、エステルともっと仲良くなりたい――と、そんな仄かな下心を知ってか、知らずか、エステルはしばらく考えて小さく頷く。

「私の方は以前伝えた通りです。私の年齢や領地の状況を考えると、余裕は五年程度でしょうか。それまでに何らかの功績を挙げる必要がありますし、私にはそれが最優先です」

「五年か。時間があるようで……案外ない、か？」

「はい。ダンジョン探索は簡単ではありません。ですから、そのためには多少の無茶をする可能性もありますﾟ。それを認めてくれるなら…………パーティーを組んでも構いませんよ？」

やや強気ながらも窺うように俺を見るエステルの顔には、微かな不安も見え隠れしていて……。

「もちろんだ！　よろしく頼む」

俺は即座に立ち上がって踏み出し、エステルに手を差し出す。

彼女はその手と俺の顔をじっと見ると、やがてゆっくりと立ち上がり、俺の手を取る。

「……ふふっ、サイの手を握るのも、二度目ですね？」

「あぁ、そうだな。……前回は臨時だったが、今回は正式に、ということで良いか？」

「ええ、そうですね。それでは、またしばらくの間、よろしくお願いします」

しばらくではなく、できる限り長く続けたい。

俺はそんな願いを込めながら前よりも少しだけ強く、微笑むエステルの手を握り返した。

◇　◇　◇

「すみません。問題が起きました」

エステルがそう告げたのは、ダンジョンの再探索の準備を始めて、数日後のことだった。

「問題……？　はっ⁉　ま、まさか、やっぱり俺と組むのは止めるとか――」

「私は前言を翻したりはしません――が、場合によっては、その方が良いかもしれません」

慌てて訊き返した俺の言葉をエステルはすぐに否定するが、同時に気になる言葉も付け加えた。

「実は、父が面倒なことをしてくれまして」

「面倒なこと……？」

「はい。どうやら、私の婚約者を名乗る男が、この町に来ているようです」

それはエステルの父親が、彼女を家から追い出そうと勝手に決めた相手らしく、当然、エステルは認めていないのだが、彼女も既に一七歳であり、この世界の常識としては結婚していてもおかしくない年齢。相手の方が痺れを切らせてやってきたらしい。

「多少お金を持っているだけの、騎士爵家の次男なんですが……。私の結婚を利用するにしても、もう少しマシな使い方はできないものかと、自身の親ながら情けなくなります」

「……ん？　父親は領地の運営を上手くやってるって、前に言ってなかったか？」

憂い顔で深いため息をつくエステルにそう尋ねると、彼女は少し考えて理解したように頷く。

「え？　……あぁ、実務を任せていたのは間違いないですが、父はむしろ無能寄りですね。家を出る前に調べてみたら、祖先からの蓄えを切り崩しつつ、なんとか無難にやっていただけのようです。ですが無理をしたことで、借金を抱えることになったようで……」

その借金相手が、婚約者を名乗っている男の家。

しかも借金の理由が、エステルの弟に家を継がせるために工作資金を使いすぎたから、というのだから、エステルからしたら笑えない話だろう。

「それだけであればまだ良かったのですが、あの父は愚かにも、借金の形に先祖伝来の品を渡してしまったそうです。こうなると、私も無視はできません」

それは、特殊な効果のある魔道具であることも然る事ながら、エステルの家を興した先祖が冒険者時代に手に入れた装飾品であり、且つエステルの母親も身に着けていた家宝。

彼女としては、簡単に諦(あきら)めることはできないらしい。

「なるほどなぁ……。しかし、詳(くわ)しいな？　相手からもう接触(せっしょく)があったのか？」

家から出て時間も経(た)っているだろうに、と俺が問うと、エステルはニコリと微笑む。

「いえ。ですが、譜代(ふだい)の家臣は私に味方してくれていますから」

「連絡(れんらく)が来るのか。——だが、それを理由に結婚するのは本末転倒(ほんまつてんとう)じゃないか？　エステルが家から追い出されてしまえば、もう家宝もないだろ？　別の家になるんだから」

「はい。私もそのつもりはありません。なんとか、買い戻すことができれば良いのですが……」

「相手の目的がエステルとの結婚なら、難しそうだな」

「ええ。絶対にそれを盾(たて)に結婚を迫(せま)ってくると思います。加えて、私とサイがパーティーを組んでいることが知られると、面倒なことになるかもしれません」

エステルは肩を落とし、深いため息をつく。その口から小さく「あんの、クソ親父(おやじ)がっ」と少々汚(きたな)い言葉が漏(も)れているような気がするが……きっと気のせいだろう。

「面倒なことか。——いきなり無礼打ちされるとか？」

「まさか。自分の領地でならまだしも、他家の領地でそんなことをしたら問題になりますよ」

首を振ってエステルは笑うが……自分の領地なら殺(や)られかねないのか。貴族、怖(こわ)っ。

「サイに対して危害を加える可能性もないとは言いませんが、どちらかといえば問題は、相手が意固地になって交渉が難しくなるかもしれないってことでしょうか」

なるほど。結婚したい相手の近くに男がいたら、そうなるか。

「とはいえ、交渉できるものなのか？　簡単には買い戻させてくれないだろ？」

「お金の方はなんとかなると思いますが、相手が望んでいるのはそれじゃないですからね……。父が愚かなことしなければ——いえ、これが目的なんでしょうけど」

エステルは頭が痛いとばかりに、額に手を当てる。

俺も何か方法はないかと考えるが、すぐに思いつくならエステルだって悩んでいないだろう。

結婚は拒否しつつ、家宝は取り返したい。

かなり難しい交渉内容に、俺とパーティーを組んでいることまで加わるとなると……。

本当はパーティーを解消した方が良いのかもしれないが、俺としては絶対に避けたいところ。

勇気を振り絞って申し込んだのに、始動前に解消なんて……酷いよな？

「……なぁ、エステル。アドニクスさんたちに相談してみないか？」

「サイのパーティーメンバーだった人たちですか？　しかし、これは私の事情で——」

「俺の事情でもある。それに、一人で考えて良い解決方法が出るならまだしも、そうじゃないなら、人に頼るのも良いんじゃないか？　少なくとも悪い人たちじゃないぞ？」

躊躇いを見せるエステルの言葉を遮るように俺が言うと、エステルは視線を揺らす。

「それは……知っています。落とし穴に落ちたサイを見捨てなかった人たちですし」

「だろ？　もっとも、こういうことで頼りになるかは別問題なんだが、相談すれば芋づる式に、頼りになりそうな人たちも手伝ってくれそうだからな」

曖昧な俺の言葉にエステルはこちらを見て、目を瞬かせた。

「お金で女を言いなりにしようなんて、最低ですね」

アドニクスさんたちに男女関係で頼るのは、控えめに言っても愚策だろう。

しかし彼らに相談すれば、頼りになりそうな人たちも隣で話を聞くわけで。

前述の言葉は、そんな頼りになりそうな人筆頭であるエルヴィラさんの反応であり——。

「情けない男だ。自分に魅力がないからと、そのような手段を取るなど！」

ルーシーさんはドンとテーブルを叩き、サンディさんやポリーさんも同調するように頷く。

そして、わざとらしいほどに憤りを顕わにしたのは、マルコスさんとルーカスさん。

「まったくだ！　金があるからって、やっちゃいけねぇことだろうが‼」

「あぁ！　信じられねぇクソ野郎だ‼　許されるなら、俺がぶっ飛ばしてやりてぇ！」

——あんたら、この前、似たようなことを言ってたよな？

そんな記憶が頭を過るが、二人の必死の目配せに俺は小さく頷き、口を噤む。

今は協力してもらう立場だからな。あえて、不和の種を蒔くつもりはない。

「大丈夫だよ、エステルちゃん！　あたしたちがなんとかしてあげるから！」

「え、えっと……ありがとう、ございます？」

力付けるようにエステルの肩を抱くポリーさん。エステルはその距離感に戸惑いを見せつつ、俺や他の人たちの間で、何度か視線を彷徨わせてお礼を口にする。

「私も賛成だけど、具体的にどうやるの？　盗賊ならダンジョンで始末しちゃえば良いけど……」

「さ、さすがにそれは——」

サンディさんの言葉をエステルが慌てたように遮るが、エルヴィラさんは笑って首を振る。

「もちろん、そんなことはしませんよ。犯罪ですからね。エステルとしては、結婚は避けたいし、家宝も取り戻したいということですよね？」

　エルヴィラさんの確認にエステルが「はい……」と遠慮がちに頷くと、エルヴィラさんは考え込むように目を瞑り、小さく唸る。

「うーん、なかなか難しいですが……。貴族として正式な申し込みがあったのであれば、相応の理由を付けて断ったのだと思いますが、その理由は何にしましたか？」

「――ん？　気に入らないから、じゃダメなのか？」

「立場が圧倒的に上であればそれでも構いませんが、普通は言葉を飾るものです」

　口を挟んだテザスさんに首を振り、改めてエルヴィラさんがエステルを見ると、彼女もその言葉に同意するように頷き、「当然必要ですね」と続ける。

「当家は冒険者を祖とします。なので、冒険者として実績のない相手とは結婚できない、と。母が結婚に失敗したのも、そこだと思っていますから」

　エステルの家が面倒臭いことになったのは、簡単に言えば父親が浮気をしていたから。

　父親が母親と一緒に冒険者をしていれば、二人の間に距離ができることもなかっただろうし、仮に一緒に活動せずとも、もっと母親を理解できただろうと、エステルは考えているらしい。

　そんなエステルの言葉に複雑そうな表情を浮かべるのは、マルコスさんとアドニクスさん。

「そのあたりは難しいな。心情的にはエステルの味方だが……男女間の話だからなぁ」

「まぁ、冒険者以外と結婚してパーティーを抜けたアイツは、スッパリと冒険者を辞めたな」

　対してサンディさんは、不満そうに「むー」と唸った。

「私としては、結婚するんだったら、相手を知った上で努力するべきだと思うけど？」

「家を大事にする貴族が祖業を重視するのは、当然だと思いますが……。とはいえ、そこは今、重要ではないので話を進めましょう。相手はどのような方なのですか？」

「ブローズという騎士爵家の次男です。私も一度しか会っていないのですが……」

　しかもそれは、エステルが他の貴族の結婚式に出席した時、簡単に挨拶をしただけ。

　親しく話したわけでもなく、家の名前はまだしも、ブローズという名前はほとんど覚えておらず、改めて調べてみて、あまり評判が良くないことを知ったほどなんだとか。

「それじゃ、断るのも当然だよね～。でも相手は諦めずに手を回してきたんだ？」

　ポリーから気の毒そうな目を向けられ、エステルは深いため息をつく。

「そのようです。迷惑なことに」

　最初に申し込みがあったのは、エステルの母親が存命の頃。

　その時にはっきりと断ったので、エステルとしては話は終わったと思っていたのだが、母親が亡くなり、父親の蠢動が始まってすぐにその話が浮上してきたらしい。

「ブローズと父が繋がっているとまでは断言できませんが、利害の一致はあるでしょうね」

「そのために、家宝を金で売ったという感じなのか？」

「はい。普通の方法で私が首を縦に振るとは、父も思っていないでしょうし」

　一応は借金の形となっているようだが、エステルとしては、父親があえてブローズの家から借金をして、家宝を売り渡したと考えているようだ。

「それだけエステルに固執しているわけですか。ですが、そこは利用できるかもしれませんね」

「例えばだけど、エステルに相応しい冒険者になるために、ここに来たってことは考えられる？」

確認するように尋ねたサンディさんの言葉に、エステルは眉根を寄せた。

「その可能性は低いと思いますが……」

迷宮都市は普通の依頼が少なく、また低ランクの冒険者がダンジョンで大きな功績を挙げることも難しいため、冒険者ランクは上がりづらい。

そもそも低ランクの冒険者では、ランク四以上の冒険者と組まなければダンジョンに入ることすらできないのだから、ランク四前後になってから迷宮都市に来るのが普通である。

「しかし、ブローズがランク四以上の冒険者になっているなら、再度結婚の申し込みがあるでしょうし、それがない以上、彼は冒険者ですらないか、低ランクなのだと思います」

「そうでしょうね。状況は概ね理解しました。少し調べて対処方法を考えてみましょう」

「なんとかなりますか？　私、かなり都合の良いことを言っている自覚はあるのですが……。それに私には、皆さんに協力してもらえるような理由もないですし」

端的に言えば、『結婚はしたくないが、家宝は取り戻したい』だからなぁ。

もちろんエステルとしては、金銭で賄えるのなら払うつもりはあるのだろう。

だが今回、相手が求めているのが、それではないところが厄介なわけで。

しかしエルヴィラさんは、不安そうなエステルを安心させるように微笑む。

「任せてください。これでも多少の人生経験はありますから。リスクゼロとはいきませんが、それなりに勝算のある道筋をつけることはできると思います」

そんなエルヴィラさんの言葉に続き、ルーシーさんたちも口を開く。

「エステル、心配するな。私たちのパーティーを守ってきたのは、エルヴィラの頭脳なのだ。それにエステルの事情は、同じ女としても見過ごせない！」

「そうそう。女だけのパーティーだと、色々と面倒事が多いからね～」

「エルヴィラに任せておけば、万事上手くいくわ」

ともすれば、エルヴィラさんへのプレッシャーになりそうな、それらの言葉。

しかし、彼女は笑顔を崩すこともなく、ゆっくりと頷き――。

「そこまで言うなら、その賭け、受けてやる！　吠え面をかくなよっ！」

あ、ありのまま、今起こったことを話すぜ？

エルヴィラさんがブローズと少し話したかと思うと、いつの間にか、エステルの結婚と家宝を賭けて勝負することになっていた。頭がどうにかなりそうだった。

話し合いとか、交渉とか、チャチなもんじゃあ、断じてねぇ――とか、テンプレ台詞を言いたくなるくらいスムーズに、ブローズは期待した言葉を吐いてくれた。

――いや、もちろん、ここに至るまでには、ある程度の段階はあったんだが。

まずはエステルを表に出さないようにして、ポリーさんやルーカスさんがブローズに関する情報を収集。ブローズが従者を一人だけ連れてこの町を訪れ、エステルを探していることを掴んだ。

その目的は予想通り、家宝を使ってエステルに結婚を迫ること。

あとは根回しをしてから冒険者ギルドに赴き、ブローズが一人のときを狙って接触するだけ。

そこでエルヴィラさんたちが軽く挑発すると、彼は見事、ダボハゼとなったわけである。

現在そのダボハゼは、噛み付くような目でエルヴィラさんを睨んでいるが、どこか腰が引けているのは、後ろに並んでいるアドニクスさんたちの存在があるからだろう。

ダボハゼ——もとい、ブローズも多少は鍛えているようだが、身体の厚みや筋肉の盛り上がりはアドニクスさんたちにはまったく及ばず、正面から戦えば完全に一捻りだろう。

もっともこの世界、単純な外見で強さを測れるほど甘くないので、油断はできないのだが。

美少女のエステルだって、レプタイラみたいな魔物と正面から戦えるほどに強いわけだし。

「そうか。では——」

エルヴィラさんの後ろにいたルーシーさんが、組んでいた腕を解いて一歩前に出る。

その気迫に気圧されるように、顔を引き攣らせたブローズが一歩下がる。

そんな彼を追って、ルーシーさんが更に前へ出ようとするが、そこに慌ててやってきたギルド職員が割って入り、ルーシーさんを押し止めた。

「ちょ、ギルドでの争い事は困りますよ⁉　話し合い、話し合いでお願いします！」と、取りあえず、ここでは何ですので、個室へ移動しましょう？　そちらの方も良いですよね？」

「い、良いだろう。第三者が入った方が確実だろうからな！　来い！」

職員が来たことで、明らかにホッとしたような表情を浮かべたブローズは、虚勢を張るようにドスドスと足音を立てて指示された別室に移動、俺たちもその後を追う。

そして、そこで職員に事情を説明すると、彼は「なるほど」と頷いた。

「つまり、どちらの主張を通すか、勝負で決めると。その見届け人をギルドにご希望ですか？」

「そうだ。ギルドが間に入れば、お前たちも約束を破ることはできないだろう？」

余裕を取り戻したブローズが、馬鹿にするように俺たちを見るが——実のところ、彼との最初の会話では、貴族の誇りを懸けるとか、懸けないとか、そういう話だった。

それがいつの間にか家宝を賭けるという話に変わり、今は勝負するという流れ。

もちろん、エルヴィラさんたちがそうなるように誘導したのだが。

「解りました。双方の同意があれば、契約書を作ることも可能ですが、その場合は確実に履行してもらうことになりますよ？　ギルドの面子もありますので」

「当然、俺は構わない。エステルも異存はないだろうな？」

「ええ、私も貴族、二言はありません」

「双方、異存なしと。では、契約書を作らせて頂きますが、勝負の内容はどうされますか？　それによって必要とする手数料も変わってきますが……」

トラブルの仲立ちをして対処する以上、冒険者ギルドも無料というわけにはいかない。

そう尋ねた職員に即座に答えたのは、エステルの方だった。

「私が結婚相手に求めるのは、冒険者としての実力です。勝負はどちらが先にランク六の冒険者になるかというものにしたいですね」

「ふざけるな！　いくら俺でも無理に決まっているだろうが！　登録すらしていないんだぞ!?」

「冒険者ギルドとしてもお勧めは致しかねます。ランクはギルドが決めるものなので、もう少し客観的に判断できるものの方が面倒がないかと」

「そうだろう、そうだろう。お前、よく解っているじゃないか。——何かないか？」

自分に同調する職員の言葉にブローズは満足そうに頷くと、職員を見て尋ねる。

妙に自信がありそうだから、何か考えがあるのかと警戒したのだが、そうでもなかったらしい。

「私に訊かれても……。え～と……では、転移装置の利用権を先に得られた方が勝ち、ということではいかがですか？　エステルさんも、まだ五層程度で停滞していたと思いますし」

転移装置とは冒険者ギルドがダンジョンに設置している物で、ダンジョン内の特定の階層に移動できるのだが、その性質上、利用には一定の制限がある。

ここのダンジョンでは、特定のボスを斃すことがその条件となっており、第二〇層の最後にいるボスを斃せれば、第二一層まで跳べる転移装置の利用権が得られるようになっている。

「この町で利用権を持つ冒険者は、一定の実力があると認められます。エステルさんもそのぐらいの冒険者であれば、認められるのではないですか？　達成の有無も明確ですし」

「それは……。私としては、ランクを競う方が良いのですが……」

「認められるか!!　俺の方が絶対に不利だろうが！」

ブローズが不満そうなエステルを怒鳴り、語気を強めて財布を放り投げる。

「おい、お前、さっきの内容で契約書を作るんだ。手数料はここから必要なだけ取れ！」

「かしこまりました。――賭けるものと、勝負の内容はこれで間違いはないですね？」

ある程度のテンプレートがあるのだろう。

財布を受け取った職員は、紙を取り出して淀みなく手を動かし、契約書を作り始める。

「あとは、勝負に関わる人ですね。パーティーメンバーの手助けを許可するか、人数を同数に制限するか。エステルさんたちは九人いますが、あなたの方は？」

「当然同数だ！　こちらは俺と従者の二人。エステルも……そうだな、そこの女——」

「まさか、女二人だけでダンジョンに潜れとか、言ったりはしないよね～？」

俺たちを見回して、最初にブローズが指さしたのはポリーさんだったが、ニヤニヤと笑う彼女に気圧されるように「くっ」と呻き、指の向きを変えて改めて指名したのは——。

「なら、そこの子供。そいつだ！　一応男だから文句はないだろう！」

俺だった。確かに俺は若く見えるが……子供と言われるのは釈然としない。

「では、補助者の名前はサイさんと……はい、ジェスさんですね。双方、これでよろしいですね？　同意されるのであれば、署名をお願いします」

職員が俺の名前とブローズが告げた従者の名前を契約書に記入、完成した書類をエステルとブローズに示し、二人が署名するのを確認して職員自身も署名を行った。

「これで契約は完了しました。双方、契約内容を誠実に履行することを期待します。写しの交付を希望される場合は、後ほど受付までお越しください」

そう言い置いて部屋を出て行く職員を見送り、ブローズは勝ち誇ったようにエステルを見る。

「ふん。これでもう逃げられないぞ？　結果は見えているだろうが、せいぜい頑張るんだな？」

「そちらも。——私たちはこれで失礼します。次に顔を合わせるのは結果が出たときですね」

契約が終わればもう用はない。

俺たちも早々に部屋を出て、足早にギルドを後にしたのだが——。

「——バカな⁉　俺がダンジョンに入れないとはどういうことだっ！」

「ですから、ダンジョンに入るには冒険者ランク四以上が必須条件です。登録したばかりのあなたはランク一未満。許可はできません」

「俺は貴族だぞ！　こんなことが許されると思っているのか！　パパに言いつけてやるぞ！」

「どうぞご自由に。これは冒険者を守るための規則、曲げることはできません」

そんな言葉が背後から聞こえてきたのだった。


「……はぁ〜〜〜。なんとか無事に終わりました。皆さん、ご協力ありがとうございました」

厄介な人物がいる冒険者ギルドから離れてホッとしたのか、大きく息を吐いたエステルが改めてお礼を口にすると、アドニクスさんたちは笑って首を振る。

「礼など必要ない。俺たちは今回、ほぼ空気だったしな」

「あぁ。立っているだけで、本当にエルヴィラが言った通りの流れになったなぁ」

「だな！　あんまりにも予想した通りに動くから、俺なんて逆に不安になったほどだぜ」

「むしろ、俺たち必要だったか？」

「いえいえ、皆さんがいなければもう少し面倒だったと思います。一応、次善の策もいくつか考えていたのですが……ふふっ。必要なかったですね。所詮は甘やかされて育った貴族です。選択肢を限定してしまえば、とても簡単に想定通りの行動をしてくれます」

首を振り、穏やかに笑うエルヴィラさんだが、それを見る男性陣から漏れるのは乾いた笑い。

だがそれも仕方のないことだろう。

今回のすべての流れは、エルヴィラさんが謀ったことなのだから。

ブローズの従者がいないときを見計らったのは、冷静な身内から助言を受けるのを阻止するためと、一人対一〇人という圧倒的な人数差で心理的に圧迫するため。

そういう環境を作った上で、エルヴィラさんが言い争いを仕掛けた。

ポイントは、強面のアドニクスさんたちが一歩引いて口を出さないこと。

対峙したのが彼らであれば、ブローズも理由を付けて逃げたのかもしれないが、実際に言い合いをしているのは、女性陣の中で最もか弱そうなエルヴィラさんと美少女のエステル。

更に場所は冒険者ギルドのホールで、他人の視線もある。

その状況で退くことはプライドが許さなかったようで、彼はあっさり挑発に乗ってくれた。

そして、その後の流れも予定通り。ギルド職員の登場も、勝負内容がランクではなく転移装置の利用権となることも、パーティーメンバーとして俺が選ばれることも。

エルヴィラさんが描いたシナリオ通りに、ブローズは踊った。

——彼の敗因は、冒険者ギルドが中立だと誤解したことだろう。

これまでギルドに貢献してきたエステルたちと、この町に来たばかりで冒険者の邪魔をしようとしているブローズ。ギルドがどちらを優先するかなど明らか。

ブローズ寄りの助言をしているように見えて、職員は完全にこちらの味方だったのだ。

「でも、冒険者ギルドは、あんなこともしてくれるんですね。今回が特別ってわけじゃ——」

「ないですね。ギルドとしても、冒険者同士の争いは不利益になりますから。契約書を作ると多少の手数料は取られますが、それでギルドの後ろ盾が得られるなら安いものです」

「その手数料も、アイツが勝手に払ってくれたしな？　——つーことで、あとはお前たち次第だ」

「頑張れよ！　さすがに負けるとは思わねぇけど……」

「契約は正式なものだから、その場合は庇うことはできない。それは忘れないでくれ」

「応援している。同じ女としてな」

口々に激励してくれるみんなに、顔を見合わせた俺とエステルはしっかり頷いて――。


その数日後。俺たちは準備を調えて、ダンジョンの入り口に立っていた。

「それじゃ、エステル。行くか」

「はい。頑張りましょう。――遅れないでくださいね？」

微笑むエステルに俺も笑みを返し、俺たちは一つのパーティーとして、新たな一歩を踏み出した。

あとがき

皆様のおかげで、このお話も九巻目。最近はあまり外出をしていないので、そろそろ「あとがき」に書くことがなくなって困っているいつきみずほです。

そんなわけで、話のネタがネットに偏りがちになってしまうワケですが、最近の世の中を騒がせているのはやはり生成型ＡＩでしょうか、いろんな意味で。

これらが創作活動に役立つのか、それとも障害になるのか、まだまだ評価の定まらないところですが、情報技術の進歩としては興味深いところです。

文章関係でいえば、やはりＣｈａｔＧＰＴが一番メジャーでしょうか。

現状ではまだ「事前学習した情報の変換器」なので、「創造」とは違う気もしますが、それの境目がどこになるのかは、なかなか難しいことになりそうです。

ただ、情報の変換という点に於いては、かなり有益なシステムですよね。

私は検索エンジンとしてしか使っていませんが、膨大な情報から必要な情報を抽出する手間を省いてくれますし、自然言語が使えると、曖昧な記憶からでも検索できるのが助かります。

もっとも、如何にも本当らしく嘘を言うこともあるので、一次情報の確認は必須なのですが。

これは文章だけではなく、写真や動画、そして音声でも同じなので、証拠写真や証拠の音声も役に立たなくなりそうで……現代を舞台に推理小説を書く人は大変そうです。

今後はそれらも踏まえた情報リテラシーが、ますます重要になりそうですね。

個人的には、誤字脱字や日本語のミスなどを完璧に指摘してくれるＡＩが欲しいところですが、ビジネス文書ならまだしも、小説に関しては、現在主流の方法で実現するのは難しそうです。

小説に使われる日本語って、必ずしも正解がありませんからねぇ。

同じキャラでも話す相手によって口調が違ったり、敢えて間違った言葉を使ったり、直喩はまだしも、隠喩なんてそのまま解釈すると意味不明だったりと複雑で……。

校正してくださる方は本当に凄いと思います。いつも助かっています。


さて。いつも苦労させられるあとがきも、なんとか埋まりそうなので、最後にお礼を。

イラストレーターの猫猫猫さん、今回もステキなイラスト、ありがとうございます。

生き生きとした可愛いキャラクターが見られるのを、いつも楽しみにしています。

特に今回は〝翡翠の羽〟の三人を除いたメインのキャラの多くが描かれていて……眼福です。

読者の皆様。今回もありがとうございます。毎度のことながら、この小説が続けられているのは、お買い上げ頂いている皆様の存在あってのことです。

できるならば、今後ともどうぞよろしくお願い致します。

いつきみずほ

異世界転移、地雷付き。9

2023年9月5日　初版発行

著　　者　いつきみずほ

発 行 者　山下直久

発　　行　株式会社 KADOKAWA
〒102-8177　東京都千代田区富士見 2-13-3
電話 0570-002-301（ナビダイヤル）

編　　集　ゲーム・企画書籍編集部

装　　丁　AFTERGLOW

D　T　P　株式会社スタジオ２０５ プラス

印 刷 所　大日本印刷株式会社

製 本 所　大日本印刷株式会社

DRAGON NOVELS ロゴデザイン　久留一郎デザイン室+YAZIRI

●お問い合わせ
https://www.kadokawa.co.jp/（「お問い合わせ」へお進みください）
※内容によっては、お答えできない場合があります。
※サポートは日本国内のみとさせていただきます。
※ Japanese text only

定価（または価格）はカバーに表示してあります。

ISBN978-4-04-075112-2　C0093

@kaku_yomu